ハヤカワ・ミステリ

JACK RITCHIE

ジャック・リッチーのあの手この手

JACK RITCHIE'S WONDERLAND

ジャック・リッチー
小鷹信光編・訳

TOKYO HAYAKAWA BOOKS

A HAYAKAWA
POCKET MYSTERY BOOK

装幀・目次デザイン・扉デザイン／水戸部 功

前口上

ジャック・リッチー、全篇初お目見得での〝新登場〟！

さあ、お立ち会い。寄ってらっしゃい、見てらっしゃい、お代は立ち読みのあとでけっこうだよ。なんたって、『クライム・マシン』『10ドルだって大金だ』『ダイアルAを回せ』の大好評三連弾から早くも六年、『カーデュラ探偵社』からでさえ三年間ご無沙汰をしちまったあのジャック・リッチーの久方ぶりの登場なんだ。せめてお手にとって、目次だけでも……

おっと、いまその目次を読みはじめたあなた、どうです、ちょっと変わった趣向でしょう？〝あの手この手〟と前触れをしたからには、リッチーおじさんの手の内をせめて五パターンぐらいには分類してみようと、頭をふりしぼって考えついたのが、謀、迷、戯、驚、怪のなにやら意味ありげな五文字だったってことでしてね。

いまご覧いただいた『ジャック・リッチーのあの手この手』の上演演目《だしもの》をどうやって選んだのかに

ついては、巻末の「収録作品解題」であらためて触れることにして、なにをさておいても申しあげておきたいのは、お立ち会い、謀、迷、戯、驚、怪の五部に分類してここにおさめた全二十三篇が、一篇のこらず本邦初お目見得のまっさらな短篇がずらーっと並んでるってことです。

さて、第一部「謀之巻」とくれば、当然頭に思い浮かぶのは、謀略、はかりごと、謀計、たくらみ、陰謀、わるだくみ、策謀、からくりといった、いかにもリッチー好みの言葉の数々。巻頭の「儲けは山分け」でまず殺し屋vsくえない執事の虚々実々の駆け引きをお楽しみいただいたあとは早くも〝真打ち〟ターンバックル刑事物三連発。これをあえて「迷之巻」に組みこまなかったのは、当口上士がかねがねヘンリーの〝はかりごと〟に満幅の敬意を表していたからにほかならない。バックル名での初登場の時代からヘンリー・ターンバックルは迷ミステリの名探偵役だったのだ。次なる「学問の道」では、天才vs天才少年の深謀が火花を散らすが、残りの二篇は、日本のリッチー・ファンが初めて味見をする非ミステリの策謀小説ってところだろうか。

第二部「迷之巻」のキーワードは迷妄、惑迷、昏迷、迷惑、まどう、みだれる、まぎれる、おぼれるなどなど、これまたリッチー・ワールドの十八番だ。サーカスの演目に見立てれば、巻頭の「下ですか?」はまさに危険な綱渡りと高飛び込み、最後のチェス小説は人間砲弾の離れ技だな、お立ち会い。二つめの「隠しカメラは知っていた」では、思いまどったあげくに正解にたどりつく快感が得られ、三つめの「味を隠せ」では、惑迷の果てに正義の裁きが下る〝夫と妻に捧げる犯罪〟の定石くずしをお楽しみいただける。

第三部は「戯之巻」。初めの二篇、「金の卵」は私立探偵捜査小説の定石を茶化すみごとな戯作、「子供のお手柄」はすべてのミステリ・ファン（とくにアメリカ人）をたぶらかす遊び心いっぱいのパズルだが、うしろの二篇は、日本のファン初見のおふざけロマンス小説。四十代半ばにさしかかろうとしていたジャック・リッチーは、身過ぎ世過ぎにこのような楽しい話を量産した。そうやってたわむれながら、六〇年代をやり過ごしたんだろうね、きっと。

起承転結の四部構成であれば「結」にあたるのが第四部「驚之巻」だ。山椒の実のように小粒でもピリリとした驚愕、驚異、驚嘆がサプライズ・エンディングで炸裂することはまちがいなしだよ、お立ち会い。甲乙つけ難いあの手この手の四篇だが、読者との駆け引きが大好きだったリッチーおじさんにまんまとしてやられた気分に浸れることは百パーセント保証できる。

そして最後に待ちうける第五部「怪之巻」には、普通ではない、めずらしくも怪しい、不思議な物語が四篇勢ぞろい。見世物小屋の怪人もどきのボクサーを主人公にした一篇にほのかに涙をさそうみごとな結末をつけるリッチーの手際が、残りの三篇でさらに盛りあがる。

あの手この手を駆使したジャック・リッチーの締めの一手にご用心あれ。

特別口上士／編纂者・訳者
小鷹信光

目次

戯之巻　たわむれ

驚之巻　おどろき

怪之巻　あやし

ジャック・リッチーのあの手この手

謀之巻

は　か　り　ご　と

儲けは山分け
Body Check

高橋知子 訳

おれは仕事の報酬、二万ドルを受け取りに行った。

ジェソップは顎をさすった。

しばらく待って、おれは言った。「不都合なことでもあるのか？」

「ああ、確証がひとつもない」

「確証？」

「ダグラス・レイゼンウェルが死んだという確証だ」

おれは含み笑いを洩らした。「ほんの一瞬だが、心配させられたぞ、ヘンリー。もちろん、レイゼンウェルは死んでる」

「それについて、マスコミはひと言もふれてない、アルバート。ひと言たりともな」

おれはまた考えた。レイゼンウェルを殺害したのは、土曜日の夜の早い時間だ。となれば、日曜日の朝には死体が発見されていてしかるべきだ。今日は月曜日。

「今朝の朝刊に出てなかったか？」

「これっぽっちもね」

「夕刊にはきっと載る」

「だろうな、アルバート。だが、われわれはもっと時の流れの速い時代に生きている。わたしが言ってるのはテレビだ。昨日のどの時間帯にも、レイゼンウェルの死を報じたニュース番組はなかった。今朝も。ダグラス・レイゼンウェルほどの者が殺されたとなれば、当然ニュースになるはずだ」

確かにそうだ。レイゼンウェルが、ケシ畑の産物をいけしゃあしゃあと国民総生産《GNP》に組み込んでいる国々から農作物を輸入して、そうとうな収入を得ていることは――それを証明できた者はいないが――周知の事実だった。

「まちがいなく、レイゼンウェルを殺したのか、アルバート？」

「まちがいない。一発でしとめた。立ち去る前に、やつが死んでるのはちゃんと確かめた。おれがどれだけ用心深いか知ってるだろ」

おれはレイゼンウェルの主寝室のクロゼットに身を隠すと、ドアをわずかに開けて待った。レイゼンウェルは部屋に入ると、明かりをつけた。おれはやつにドアを閉めさせてやってから、発砲した。

ついでクロゼットから出ると、銃弾がなすべき仕事を果たしているのを見きわめてから、侵入したときと同様にバルコニーに通じる格子戸を抜けて家をあとにした。

ジェソップは眼鏡をぬぐった。「レイゼンウェルは防弾チョッキか何か、その類の防護具を身につけていて、死んだふりをしてただけじゃないか？」

「それはない。死んだ人間は見ればわかる、ヘンリー。おれを欺けたはずがない」

「死んだのは替え玉だったという可能性は？ あんたも知ってるだろうが、以前そういうことがあった。レイゼンウェルに雇われた者がときおり代役を務めていた」

おれは思案した。実のところ、レイゼンウェルの顔をじかに拝んだのは土曜日の夜が初めてだった。「もしちがう男を撃っていたとしても、ヘンリー、おれが実際に人を殺したという事実は残る。死体がレイゼンウェルでなくても、ニュースで取りあげられるはずだ」

ジェソップは同意した。「おそらく死体は――それが誰の死体であれ――まだ発見されてないんじゃないか？」

おれは顎をさすった。「おれがレイゼンウェルを殺ったのは土曜の夜だ。日曜の朝になって姿が見えないとなれば、使用人たちは、レイゼンウェルが一日か二日どこかに出かけたと考えるだろうが、自分たちは行き先を逐一知らされる立場にはないと思ってる。やつの死体が転がったままで、発見されるのを待ってるということは充分考えられる」

ジェソップはうなずいた。「どうもそうらしいな。じきに誰かが見つけるはずだ。おそらく今朝のうちには。今日の夕刊で記事を目にするか、テレビのニュースで耳にするだろう」ジェソップは咳払いをした。

「とはいえ、アルバート、悪いが、確証が得られるまでは報酬を支払うわけにはいかない。ルールはルールだからな。特別扱いはできない」

当然ながら、ジェソップの言い分はもっともなことだった。しかし、おれは死ぬほど金が入り用だった。いまの稼業についた当初——はじめたのはけっこう遅かった——ひと財産築けると本気で考えていたわけではないが、そこそこ裕福な暮らしは手に入ると思っていた。

まあ、手に入るには入った。仕事を請け負うのは、平均して年に二度だ。

だが、あくまでも〝平均して〟だ。収入が安定しているとは決して言えない。正直なところ、レイゼンウェルを殺る仕事を受けるまで十一ヵ月近く何もしておらず、蓄えがいつ底をつくか気が気じゃなかった。

ジェソップはおれの心を見抜いて言った。「自業自得だ、アルバート。これほど仕事を選り好みしなければ、もっと仕事をまわしてやれるんだが」

そう、おれには独自の基準がある——いわば、おれ流の倫理だ。節操なく人殺しはしない。手にかけるのは、まずはおれの基準に照らして、どの角度から考えても死に価する者だけで、どちらとも判断がつきかねる依頼は引き受けない。

ジェソップのもとを辞すると、アパートメントに戻り、夕刊を待った。夕刊が届いたが、レイゼンウェルの死にまつわる記事も、レイゼンウェル宅で人が死んだという記事もいっさいなかった。午後のニュース番組でもなんら報じられなかった。

心配になってきた。レイゼンウェルは数日の予定で家を空けていると使用人が思い込んでいるにしても、誰かひとり――おそらくメイド――くらいは、日曜日の朝にベッドを整えるかシーツを交換するかしに寝室に入るだろうに。メイドがここぞとばかりに仕事をさぼったのか？

そろそろ行動を起こす時だ。

おれはメモ帳をめくって、レイゼンウェルの自宅の電話番号を調べると、番号を回した。

男が応じた。

執事か？　きょうび執事を抱えてるやつがまだいるのか？「レイゼンウェルさんはおられますか？」

「申し訳ありませんが、レイゼンウェル氏は不在です」

レイゼンウェルの寝室を見てこいと言いたい衝動に駆られた。が、こう言った。「どこにかければ連絡がつきますか？」

「あいにく、二日ほどニューヨークに行くとしか聞いておりません」

「出かけたのはいつです？」

「土曜日の夜です」

「レイゼンウェルが発つところを実際に見たのですか？」

間があった。「あなたはどなたですか？」

おれの調査によると、レイゼンウェルは道楽で絵画に手を出していた。「わたしの名前はアロンゾ・ジェニングズ」おれは言った。「〈ジェニングズ・ギャラリーズ〉の者です」

「〈ジェニングズ・ギャラリーズ〉、ですか？　レイゼンウェル氏から〈ジェニングズ・ギャラリーズ〉という名前を聞いた憶えはありませんが」

一体どうして執事ごときが、画廊に関するレイゼンウェルの知識に通じてるんだ？「ところで、あなたは？」

「フランクリンといいます。レイゼンウェル氏の個人秘書です」

ああ、そうだった。ここで自分のメモを思い出した。ウィリアム・フランクリンだ。十五年ほど前から、レイゼンウェルの個人秘書を務めている。おそらく、レイゼンウェル本人と同じくらい、彼の事業について知っているのだろう。

「わたしのギャラリーはサンフランシスコにあります」おれは地理的にたっぷり離れた街を選んで言った。

「残念ながら、これまでレイゼンウェルさんとは取引をしたことがないのですが、氏のコレクションについては、あちらこちらで同業者から聞いています。こちらが入手したモディリアーニの作品に興味を示されるのではないかと思いまして」

間があった。「あなたは絵画を売りもするし、買いもするのですか？」

「もちろん」

「サンフランシスコからかけておられるのですか？」

「いいえ。空港からです。二、三時間ほど市内にいる予定です。もし面倒でなければ、あなたの知らないうちにレイゼンウェルさんが帰宅していないか見てきてもらえませんか？」

また間があった。「レイゼンウェル氏には今後絵画を購入される意向はありません。実は、コレクションを手放すことにされたのです」

「ほんとうに？」

「ええ、売るおつもりです。一枚残らず。購入する気はありませんか？」

それについて、おれはしばし考えた。「そそられる話ですね。価格が適正ならば引き取りましょう。レイゼンウェルさんが売却したがってるのは確かなんですか？」

「ええ、確かです」

「でも、レイゼンウェルさんが現在どこにいるのか、あなたは知らないんですよね？　電話で連絡もつかないんでしょう？」

「その必要はありません」

「必要ないとはどうして？」

「あなたが本気で絵画に関心を持たれているのなら、わたしが取引に応じます。レイゼンウェル氏から、不在中に買い手が現われたら売ってもいいとの許可をもらっておりますから」

おれはふっと笑った。「その権限は書面になっているのかな？」

「はい」

「わかった。わたしがいまからそちらに行くというのはどうだろうか？」

「けっこうです。お待ちしています」

おれは電話を切ると、こんどは電話でタクシーを呼んだ。タクシーは湖沿いを反対側の東岸に向かい、やがてレイゼンウェルのフランス・ノルマンディ様式の大邸宅へとつづく曲線状の私道に入った。車まわしで停止したタクシーの前には、側面に〈ロシター――高級家具〉と書かれた大型のヴァンが駐まっていた。

フランクリンは外を見て待っていたようで、おれが玄関に近づくと、ドアがはじかれたように開いた。

フランクリンは四十代後半の長身の男で、顔には不安げな表情が貼りついていた。彼はすぐさま、手の切れるような三つ折りの書面を差し出した。

そこには、絵画の売却に関して、フランクリンが全権を託されている旨が記されていた。書面の最後には、〝ダグラス・レイゼンウェル〟とサインがはいっていた。

おれは書面を返した。「絵を見せてもらえますつぎの絵に向かいかけたおれたちは脇へ寄って、ソファを運んでいる作業着姿の男ふたりを通した。

フランクリンは説明の必要性を感じたようだ。「家具を何点か張り替えに出すんです」

おれたちはつぎの絵の前で足をとめた。

「二万五千ドル」フランクリンは言った。

「一万五千ドル」

フランクリンはしばらく考えてから言った。「いいでしょう」

十万ドルほど出費——もっとも、字義どおりではないが——したところで、二階へあがった。途中でまたもや、さきほどの男ふたりに道を譲ったが、このとき彼らはそれぞれ意匠をこらした重そうな椅子をかかえて階下へ向かっていた。目の肥えていないおれから見れば、椅子の張り物は問題がなさそうに思えた。

おれたちは廊下に掛けられている絵の前で足をとめた。

「たしか、ご購入なさりたいのはこの絵でしたか？」

レイゼンウェルは絵画を一カ所にまとめているのではなく、複数の部屋に飾っているようだった。

おれたちはまず書斎に入った。

正直なところ、絵画のことはさっぱりわからない。しかし、目のまえの絵をとくと見てから、思案顔で言った。「これはすばらしい。レイゼンウェルさんはこの絵にいかほどの値をつけたのですか？」

「購入金額は三万ドルです」

おれは含み笑いした。「三万ドル？」おれは頭をふった。「わたしが出せるのは、一万五千ドルがいいところです」

フランクリンは再度言った。「二万ドルでは？」

おれは引かなかった。「一万五千ドル。それ以上は一セントも出せない」

フランクリンは応諾した。「けっこうです。この絵はあなたにお譲りします」

「一万八千ドル」フランクリンは言った。

おれは微笑んだ。「ほかに売るつもりのものはあるのかい、フランクリン？」

「ほかに？ ほかの絵も、ということですか？ ええ、コレクションはすべて」

「絵と家具のほかに、という意味だ。自動車はどうなんだ？ 処分したい車が何台かガレージにあるんじゃないか？」

フランクリンは探るような目つきでおれを見た。

「実のところ、あなたが興味を持ちそうなポルシェがあります」

「フランクリン」おれは言った。「坐れ」

彼はしばらくおれを見つめてから、廊下に置かれた椅子に腰をおろした。

「フランクリン、レイゼンウェルが死んでることは、あんたもおれも知ってる。やつが死んでるのをおれが知ってるのは、おれが撃ち殺したからで、あんたが知ってるのは、あんたが死体を発見したからだ。で、あんたはすかさずこうやってやつの死を利用しようとしている」

フランクリンの目が警戒するようにゆらいだ。

「互いに手の内を見せようじゃないか」おれは言った。「あんたはレイゼンウェルの絵画やら家具やら自動車やら、売れるものはひとつ残らず売っぱらい、金を持ってとんずらしようと企んでる。ちがうか？」

フランクリンは何も言わなかった。

「だが、そいつはあまり賢いやり方じゃない、フランクリン。これっぽっちもな。警察が捜査に乗り出したら――当然そうなるだろうが――まず目にするのは空っぽになった家だ。そうなれば、あんたが消えたこともふくめ、あれやこれやの状況から、盗みがあんたの仕業だというだけじゃなくて、レイゼンウェルを殺害した犯人もあんただと見る。国じゅうの警官があんたを探すだろうね」

フランクリンはごくりと唾をのんだ。

「フランクリン、目先の利益――こんなはした金のために、あんたは殺人容疑をかけられるうえ、実際の金を逃すことになる」

「実際の金？」

「ああ、実際の金だ。フランクリン、あんたはレイゼンウェルの個人秘書を十五年以上やってるんだろ？ レイゼンウェルがあんたに絶対的な信頼を置いてなければ、それほど長くそのポジションにはいられなかっただろうね」

フランクリンは同意を示した。

「となれば、レイゼンウェルの事業を隅から隅まで把握してるはずだ。おれが思うに、やつが多忙をきわめてたり手がふさがってたり、単にじゃまされたくなかったりしたときは、それこそ幾度となく、書状のサインをあんたにさせてたんじゃないか？ 書類にも？ もしかしたら小切手にも？ あんたはこの長年のあいだに、やつのサインを誰も怪しまないくらい巧みにまねできるようになったにちがいない。レイゼンウェルはどこに金をあずけてる、フランクリン？ スイスの銀行か？」

フランクリンは唇をなめた。「いや。このところ、スイスの銀行は秘密口座に利息を払わなくなっている。それどころか年に一度、預金の手数料を請求してくる。レイゼンウェル氏はスイスの銀行に口座はひとつも持っていない」

「だったらバミューダあたりか？ バミューダの銀行か？」おれはにやりと笑った。「ひょっとしたら、レイゼンウェルはあんたを信頼するあまり、ことあるごとに現金を海外の目的地まで、あんたに直接運ばせたりしてたんじゃないか？ あんたはレイゼンウェルの代理人として通ってる。使者とか密使とかに、だろ？ 口座を開いてないのか？ 預金の移しかえは？ 現金の引き出しすら、これといった問題もなくできてたんじゃないのか？」

フランクリンはためらいを見せたが、こちらの言い分を認めた。「ええ」

「フランクリン、いまあんたに必要なのは時間だ。逃亡する時間。金を引き出す時間。だが、レイゼンウェルが死んでると世間に知れたら、何をどうしたってそんな時間はなくなる」

おれはフランクリンのまんまえに坐った。「フランクリン、レイゼンウェルの死を秘密にしておけるのも、せいぜいあと一日か二日だ。それはあんたも承知しているはずだ。だから、手がつけられるものをすべてかき集めている。おれを雇った連中は、自分たちの仲間や敵対者、それにとりわけ雇っている者たちに、レイゼンウェルは組織の掟にそむき、それゆえ迅速かつ的確に制裁がくわえられたということを知らしめたがっている。その話を広めるか、さもなければレイゼンウェルの死体がいまだ発見されていない充分に納得のいく理由を聞くかしたがるだろう。死体はどうしたんだ？どこかに埋めてないといいんだが？」

フランクリンは首をふった。「まさか」

「そいつはよかった。冷凍室の一員か」おれは椅子ごとフランクリンに迫った。「フランクリン、これからおれは雇い主のところに戻り、手違いでレイゼンウェルの替え玉を殺してしまったと伝える。殺し屋に命を狙われていると察知したレイゼンウェルは混乱を生じさせ、逃走する時間を稼ぐために替え玉の死体をどこかに隠した。だが、おれはやつが潜伏していそうな場所に関して、確かな手がかりをいくつかつかんでおり、即刻やつを探し出して息の根をとめる。そう言えば、組織は期限の延長を認めるはずだ。これまで連中からの仕事をしそんじたことはないからな。おれが必ず最後までやり遂げると、連中は信じてる。

というわけで、今後二、三週間はレイゼンウェルを追いかけ、連中に経過の報告もする。あんたも動くんだ。ただしほかの目的で。あんたがどれだけ金を手にできるかはわからない、フランクリン。それはあんたの奮闘と才覚にまかせることにしよう。それと、あんたに行動する時間を与えたことに対する、おれへの報酬はきっかり十万ドルだ」

フランクリンは椅子に坐ったまま身じろぎした。

「その後、あんたが目的を遂げたら、フランクリン、おれは冷凍室からレイゼンウェルの死体をとり出して解凍し、数百マイルほど離れた片田舎の道に捨てる。発見されるまで一日二日かかりそうなところに。

警察の捜査がはいっても、ここにはレイゼンウェルのまがうことなき資産——絵画、家具、自動車——がすべて無傷で残っている。何ひとつ欠けることなく、で、あんたはやきもきしながら、レイゼンウェルからこれほど長い間連絡がないわけを思案している。当然、警察はレイゼンウェルが外国の銀行に口座を持っていると思うだろうが、銀行の場所も口座の数もつかめないらしい。あんたはお尋ね者の殺人犯として逃げまわる必要はない、フランクリン。逃亡生活をはかることなく、隠居してどこかで金を使ってればいい」

フランクリンは額をぬぐい、立ちあがった。廊下を進み、並んでいるドアのひとつ——レイゼンウェルの寝室のドアだ——のところへ行くと、一瞬ためらってから、ドアノブをまわした。室内には入らなかった。

おれはフランクリンのいるドア口へ行った。

レイゼンウェルは室内の床に——土曜日の夜、おれの凶弾に倒れたときとまったく同じ場所にいた。もっとも、血はすでに乾いていたが。

おれはたしなめるようにフランクリンに言った。「ここに放ったらかしにしてちゃだめじゃないか。ほかの誰かが死体を見つけるかもしれないだろ」

フランクリンは震えているようだった。「レイゼンウェル氏がここに倒れてるなんて、死んでるなんて知らなかった」

おれは何度かまばたきをしてから、フランクリンをまじまじと見つめた。「つまり、土曜の夜からこいつがずっとここに倒れていて、誰も――」

フランクリンはうなずいた。「土曜日の夜、レイゼンウェル氏は小型スーツケースに荷物を詰めるからと、二階にあがりました。ほんとうに数日間、ニューヨークに行く予定だったのです。あの夜、氏の姿をもう見かけなかったので、出発したと思っていました。この家にいる者が知るかぎり、あの夜レイゼンウェル氏は自分のベッドで寝ていないので、わたしにしてもほかの者にしても、この寝室に入る用事はなかった」

おれは愕然とした。「だけど、絵画や、あんたがさっさと値段をつけて処分しようとしてたものは？　それに家具やポルシェ――」

フランクリンは力なく笑った。「わたしは法外な値段を要求しましたが、その半分か三分の一の値で落ちても充分満足でした。それにほんとうに、絵を売る裁量をまかされていたんです。さっき見せた書類が偽造だなんてとんでもない。家具に関しては、レイゼンウェル氏が時代遅れの素材やデザインに飽きたからと、リフォームに出していたところでした。それからポルシェは入手して以来頭痛の種でしかなくて、適正な価格で売却できるのなら、氏が喜んで手放すのはわかっていました」

おれは目を閉じた。生まれてこのかた、これほど当惑したことはなかった。ここまでおれは押しに押してきた。てっきり、フランクリンはレイゼンウェルの死体を隠し、家にあるものを慈悲のかけらもなく略奪して――

とにかく厄介きわまりないことになった。それに危険だ。この新たなフランクリンはあまりにも多くのことを知りすぎてしまった。彼の存在は脅威だ。どうしておれはリヴォルヴァーを持ってこなかったんだ？　こいつを絞め殺すしかないのか？　そんなことができるほど、おれに力があるのか？

目を開けると、フランクリンは笑みを浮かべたままだった。満面の笑みを。

おれたちは顔を見合わせた。十秒ほどして、まだ取引は終わっていなかったことに気づいた。

おれも笑みをつくった。ふたりでレイゼンウェルの死体を裏階段から地下へ運んだ。死体を大型の冷凍庫に押し込み、厳重に鍵をかけると、おれはひとつしかない鍵をポケットに入れた。

フランクリンが現金を引き出すときは必ず、彼の脇か背後にぴたりと張りついた。

三百万ドルほどをふたりで分けた。折半で。フィフティ・フィフティだ。

ふたりで分けようと先に言ったのはおれだったのだから当然だ。

寝た子を起こすな

Take Another Look

高橋知子 訳

市長の息子を酒気帯び運転で逮捕したのが運の尽きだった。

ミリケン警部のオフィスには、警部とわたしふたりきりだった。警部は厳しい笑みを浮かべた。「ヘンリー、辞表を書いたらどうだ？」

「お断りします」わたしはきっぱりと言った。

「どうしてわたしはきみを馘《くび》にしない？」

「解雇は警察委員会が再検討しますし、委員会は一般市民からなり、ひと騒動起こしかねないと警部もわたしもわかってるからです」

〝一般市民〟という言葉に、警部は顔をしかめた。

「なんであんなことをした？」警部は再度問うた。「きみは非番だった。それに、きみが所属してるのは殺人課だ」

「警察官に非番など、いっときたりともありません」

「彼は自分が市長の息子だと言わなかったのか？」

「言いました。でも、そんなの誰だって言えます」

「運転免許証を見なかったのか？」

「もちろん見ました。しかし、ジョンソンはどこにでもある名前ですし……」

あの日は非番で、ダウンタウンにある中央図書館に行った帰り、前方の車が派手に蛇行運転をしているのに気づいた。わたしはクラクションを鳴らし、用心しながら車を横につけると、財布を振り開いてバッジをちらつかせた。運転者には車を縁石に寄せて停めるだけの分別がまだ残っていた。

調べてみると、運転者は歩ける状態にはないとすぐにわかった。歩くどころか、わたしが彼の車の鍵をポケットに入れ、最寄りの公衆電話から囚人護送車を手配したときには眠りこけていた。

ミリケンは立ちあがった。「一緒に来い、ヘンリー」

わたしは警部について廊下に出た。しばらく並んで廊下を進み、〝記録課〟と書かれたドアの前でとまった。なかに入った。

広い部屋のなかでは、二十人ほどの民間職員が仕事に精を出していた。

「異動ということですか？」わたしは訊いた。

ミリケンは歩きつづけた。

わたしたちは室内を抜けて、奥にある何も書かれていないドアへ向かった。ミリケンが鍵を開け、ふたりそろってなかに入った。

「ここはなんです？」わたしは訊いた。

「きみの新たな任務だ」そう言うと、ミリケンは木製のファイリング・キャビネットを無造作に指した。「ここには殺人や強盗、レイプ、放火、不法侵入、不法投棄などの事件の記録がおさめられている——どれも未解決だ」ミリケンは人一倍尖った歯を見せて笑った。「さてヘンリー、きみの仕事は正義が勝利するために、いま何かできることがないか、これらの事件を再検分することだ」

〝いま〟という言葉に引っかかった。「ファイリング・キャビネットには、たっぷり埃が積もってるようですね」

ミリケンはまたしても歯をむき出しにした。「そりゃそうだろう。この部屋にある事件は、いちばん新しいものでも二十五年は経ってる。この署が創設されたころのものもある。確か一八四二年だったか」

わたしは目をしばたたかせた。「わたしに二十五年以上も前に葬られた事件を洗いなおせというんですか？」

「葬られてはいない、ヘンリー。寝かせてやってるだけだ。だから、こいつらを起こしてやってくれ」警部の笑みが大きくなった。「急ぐ必要はない、ヘンリー。時間はそれこそたっぷりあるからな」警部は部屋の鍵をわたしの手の平に落とした。「部屋を出るときは必ず明かりを消して、鍵をかけるように。じゃあ、せいぜい楽しんでくれ」

警部はもと来た通路を引き返していった。

わたしはため息をつき、部屋の様子を探った。窓はなかった。ファイリング・キャビネットのあいだを縫っていくと、使い古されたデスク一台と回転椅子一脚が置かれた狭いスペースがあった。

どうやら、かつてここに住人がいたようだ。

デスク上方の吊りさげライトをつけると、そのスペースに生気がやどった。わたしはファイリング・キャビネットのところに戻り、ラベルを確認していった。まさにミリケンの言うとおりだった。考えられうるほぼすべての種類の犯罪——しかもすべて未解決——がそろっていて、発生から最低二十五年は経ているものばかりだった。

わたしは殺人事件をまとめてある場所へ行き、ファイリング・キャビネットの抽斗を適当にひとつ選んで開けた。厚い段ボール製のケースを取り出してデスクに戻ると、なかをあらためた。

事件は一九四一年十一月の比較的暖かい第一金曜日、六時四十分に発生していた。

その時刻——一分程度は前後するかもしれないが——に、アイリーン・ブラノン夫人の悲鳴を近隣の人たちが聞いた。隣人たちはそれぞれ窓に駆け寄った。そのなかのひとり、ウィルソン夫人がブラノンの家の裏手から黒い人影が飛び出すのを目撃したと証言していた。その夜は月明かりがほとんどなく、公式発表によると午後四時四十六分には日が落ちていたので、ウィルソン夫人もそれ以上のことは見てとれなかった。

ウィルソン夫人は、すぐさま警察に通報した。警察が到着したとき、ブラノン夫人はキッチンの床で事切れていた。三度刺されていたが、凶器は見つからなかった。

ウィルソン夫人の遺体のそばの床に、ダイアモンドのブレスレットが落ちており、署の専門家の評価によると、およそ一万ドルの価値があるとのことだった。

警察は必要な写真撮影や計測をおこなってから、遺体をモルグに搬送し、規定どおり検死にまわした。

刑事ふたり——うちひとりはダンラップ巡査部長だ——が、ブラノンの家に残った。十一時ごろになってブラノン夫人の夫、デニスが帰宅した。

刑事たちが起きたことを伝えると、当然ながら夫は動揺を見せた。殺人への関与を問われると、デニス・ブラノンはいっさい関わっていないと即座に否定した。その夜はずっと——六時から十時半ごろまで——双子の弟、アルバートの家にいたとのことだった。

ブラノンは警察署に連行されてさらに尋問を受けたが、妻の死について心あたりはまったくないと言い通した。

同様に署に呼ばれた弟のアルバートは、ブラノンの供述を一分の隙もなく裏づけた。

午前五時三十分、警察はデニス・ブラノンを釈放し、尾行をつけた。

ブラノンは警察署を出たその足で、セント・ジョン大聖堂でおこなわれる六時のミサに向かった。どうやらデニスは毎朝——雨が降ろうが晴れようが、殺人事件が起きようが——ミサに出席していたらしい。

わたしは書類を読みすすめた。

段ボールのケースには公的なひな型——いまでは使用されていないものもある——聞き込み調査の資料、尋問記録など、すべての書類がおさめられていた。人相書きや供述書や履歴も。すべてが——警察が調べつくせるものがすべてそろっていたが、それでも事件は解決にいたっていなかった。

書類を読み終えると、わたしは腕時計を見た。二時間以上経っていた。わたしはデスクの上に広げた書類に目を戻した。ダンラップが容疑者や目撃者に事情聴取をおこなっている様子がまざまざと目に浮かび、声が聞こえる気がした。

物思いにふけりながら椅子に背をあずけたとたん、わたしはひっくり返った。その瞬間、なぜこの回転椅子がお払い箱になったのかを悟った。わたしは起きあがって椅子を組み立てなおし、慎重に腰をおろした。

どこまで行ってたっけ？ ああ、そうだ。ダンラップ巡査部長が尋問をおこなっているところだ。一例をあげると、ウィルソン夫人。

ウィルソン夫人は鋭い目つきで、真剣そのものだった。「正直なところ、ブラノンさんたちのことはよく知らないんです。あの方たちは半年前に越してきたばかりですから」

「わかっていることを話してください」

「そうですね、夫人のすばらしい点をひとつ。あの人、毎週月曜日にかかさず洗濯をするんです。わたしたち近所の者とはちがって。つまり、火曜日とか水曜日とか適当な日とかじゃないんですよ。それにいつ見ても、干し方が規則正しいんです」

「規則正しい？」

「ええ。枕カヴァーは枕カヴァーで一カ所に干すとか。ソックスはソックスだけまとめて、シャツは一本のロープにまとめてとか。うちのあたりでは、だいたいが種類なんて気にせず干してます。そんなこと関係なくずらりと」

「なるほど。それで、六時四十分にブラノン夫人の悲鳴が聞こえ、あなたはすぐに窓のところに行ったのですね？」

「そうです。明かりはほとんどありませんでしたが、人影が裏の芝地を突っ切って路地へ駆けていったのはわかりました」

「ブラノン氏では？」

「それはなんとも言えません。ただ人影だったとしか。誰であってもおかしくありません」

「ブラノン夫妻は静かな方たちでしたか？　たとえば、大声で怒鳴りあうようなことはありませんでしたか？」

「とても静かなご夫婦でした。隣人として理想的と言えるくらい。ただ、ウォッカの瓶は別ですけど」

「ウォッカの瓶？」

「ええ。一日おきくらいに、ブラノン夫人が空になった瓶を一本持って、家の裏口からこそこそと出てきて、ゴミ箱のなかのほかのゴミの下に押し込んでいくんです。ゴミ収集人が来たとき、たまたま外にいたことがあって。最近は二週間に一度しか集めに来ません。生ゴミは週に一度ですが、それ以外のゴミは隔週で——そのときに見えたのですが、瓶は全部ウォッカの瓶でした。二週間で八本か九本」

「ブラノン夫妻が飲んだのですか？」

「さあ……ご主人は飲むように思えません。その人を見ただけで、わたし、だいたい言いあてられるんです」ウィルソン夫人は引き締まった笑みをかすかに浮かべた。「ウォッカはにおいがないから、飲んでてもわからないでしょう？　夫人が飲んで、瓶を隠して、ご主人はまったく気がつかなかったんじゃないかしら？」

「ブラノン夫妻には友人が大勢いましたか？　訪問客が多かったとか？」

「訪問客はあまりありませんでした。でも夫人には特別な友人がいましたね」

「頻繁に家に来ていた人がいたということですか？」

「厳密に言えば、家に来ていたわけじゃありません。その一歩手前というか」

「一歩手前？」

ウィルソン夫人の目に宿る光が鋭くなった。「まあその……わたしの妹がうちからちょうど四ブロック先に住んでいるのですが——あの角を曲がって、まっすぐ行ったところに——わたしはしょっちゅう行ってましてね。一週間に四回か五回。八週間ほど前のある午後、マギーと一緒にリヴィングルームの窓際でお茶を飲んでいたとき、ブラノン夫人が通りを歩いてくるのが見えました。角のところで立ちどまったので、バスを待つのかと思いました。でも、何台かバスが来たのに、そこにずっと立ったままでした」

「それで？」

「それで思ったんです、変だなって。で、マギーとふたりで様子を見てたら、五分後くらいに、男性が運転する大型の高級車が停まって、ブラノン夫人が乗り込んだんです」ウィルソン夫人はいったん間をおいた。「それが水曜日のことなんですが、金曜日に、マギーとまた何気なしに窓際に坐っていたら、同じことが起きたんです——ブラノン夫人が角で待ってて、同じ車に乗って。だからわたしたち……いえ、マギーが毎日午後二時に様子を見ることにしたんです。そしたらなんと、同じ車に少なくとも週に二回か三回、拾ってもらってたんです」

「どんな車だったかわかりますか？」

「車のことはあまり詳しくなくて、高級車みたいだったとしか。それに運転していた男性もよくわかりません。一度も車からおりたことがありませんでしたから。でも……」

「なんです？」

ウィルソン夫人の頬にうっすらと赤みがさした。

「妹が気まぐれで車のナンバーをひかえたんです。だって、ちょっと怪しいでしょう。わたし……いえ、妹はナンバーをひかえるくらい、なんら問題ないと思って。何かが起きてもいけないからって……」

言うまでもなく、ウィルソン夫人はダンラップ巡査部長に車のナンバーを伝えた。州の陸運局の調べにより、北シモン通り二四八一番地に住むチャールズ・コリングという名前が浮かびあがった。

コリングは四十代後半、街最大のデパートの筆頭副社長だった。結婚しており、大学に通う子どもがふたりいた。

コリングは用心深かった。「どういうご用件でしょう、巡査部長さん？」

「アイリーン・ブラノン夫人という人を知ってますか？」

コリングは考え込むように眉根を寄せた。「ブラノン？　ブラノンですか？　いえ、そういう名前の人にはまったく心あたりがありませんね」

「この写真を見れば、思い出すんじゃありませんか？」

コリングは写真をいちべつすると、かすかに青ざめた。

「彼女に最後に会ったのはいつです？」

「ブラノンという名前の人は知らないと言ったでしょう」

「この人と一緒にいるところを何度も目撃されてるんですよ――信頼に足る目撃者でしてね、あなたの車のナンバーをひかえてもいます」

コリングは唇をなめた。「これはいったいどういうことです？」

「昨夜、ブラノン夫人が殺害されました」

コリングの顔からさらに血の気がひいた。「それで、わたしが殺害に関与してると思ってるんですね？」

「昨日の夜、六時四十分ごろ、どこにいましたか？」

「その時刻に、彼女は殺されたのですか？」

「質問に答えてください」

コリングはしばらく考えていたが、ややあってなかば笑みを浮かべて言った。「昨日の午後六時四十分は、パーク・フォールズで催されたミルウォーキー州実業家協会の晩餐会に出席していました。ここから三十マイル以上離れたところです」

「それを証明できる人はいますか？」

「もちろん。百人近くね。おまけに、晩餐会でわたしは主講演者でした。晩餐会まえのカクテルに間にあうようにと、六時に会場に行きました。晩餐そのものは七時から饗されて、七時半に講演をおこないました」

「ブラノン夫人とはどういう関係ですか？」

コリングは咳払いをした。「ただの友人です」

「会うのに人目を忍ぶ必要のある友人ですか？　一万ドルもするブレスレットをプレゼントするような友人なんですか？　いま、ブレスレットの出所を追ってるところなんですよ、コリングさん。それを突きとめるのはさほど難しくないでしょうが、あなたがその手間を省いてもらえませんか？」

コリングは視線をそらした。「わかりました。ブレスレットはわたしが彼女に買ってやったものです」

「ブラノン夫人とはどうやって知りあったんです？」

「よくある話ですよ。バーで出会って、そこからその先へと」コリングは弱々しい笑みを見せた。「ブラノン夫人の夫は彼女のことを理解していませんでした」

「彼女に何か約束をしましたか？」

「約束？」

「なんの意味もなく、女性に一万ドルもするブレスレットを贈る男なんていないでしょう？　あなたがたの火遊びは単なる浮気じゃないと思わせたんじゃないですか？　ゆくゆくは結婚すると思わせたとか？」

「ありません」コリングは言い放った。「そんなことは断じてありません」ついで、自己弁護をはかった。「ひょっとしたら向こうは勘違いをしていたかもしれませんが、わたしのほうから結婚とかそういったことを約束したことは絶対に、絶対にありません」コリングは息をついだ。「巡査部長さん、今回の事件でわたしの名前を出す必要があるんですか？　つまりその、わたしは妻帯者で、子どももふたりいます。ブラノン夫人との友人関係が世間に知られることにでもなれば、それこそ迷惑以外の何ものでもありません。だって、彼女の殺害に、わたしはいっさい関わってないんですから」

「あなたが事件の発端である可能性はあります」

コリングはふたたび顔色をうしなった。

ふと気がつくと、わたしはまたもや床にころがっていた。わたしは起きあがって、椅子をもとどおりになおすと、べつの書類の束を手にとった。

デニスとアルバートは双子だった。一卵性ではないが、どこにでもいるような双子らしい双子だった。近しい友人は、さほどわけなくふたりを見わけることができた。

両親は、ふたりが生まれたときから、それぞれに独自の個性を持たせようと考えていた。学業の進捗ぐあいは同程度で――成績はまったく同じではなかったが、大差はなかった――同じクラスに籍を置くことはほとんどなかった。似たような恰好はいっさいせず、各自の洋服を持っていた。

それゆえのことだろうか、長じてふたりは良好な関係はつづいていたものの、いくつかの点で進む道を異にした。デニスは父親の信仰を受けてカトリック教徒に、アルバートは母親の信仰を受けてクエーカー教徒になった。仕事の面では、デニスは会計士、アルバートは司書の職についた。

司書？　司書と聞くと、人はなぜか――とくに分館の場合は――女性を思い浮かべる。

わたしは少年時代に通っていた分館と、ミス・ルシンダ・スウェンソンを思い起こした。スウェンソンはいつも髪をきっちりまんなかで分け、権威をちらつかせた渋面をしていた。八歳のときだったか、わたしは自分で読書計画を立てたが、何カ月ものあいだずっと、ミス・スウェンソンに児童書のコーナーに追いやられていた。

しまいに、わたしはスウェンソンにがぶりと嚙みついた。それ以降、彼女は何も言わなくなった。

わたしはデニス・ブラノンへの事情聴取が記されている書類にとりかかった。彼は幾度となく取り調べを受けていたので、書類はそうとうな量になっていたが、わたしはそれらをひとまとめにした。

デニス・ブラノンは二十代なかば、どちらかと言えば小柄で、明るい色の髪をしていた。

「夜は弟の家にいたということですね？」

「はい。六時ごろ、向こうに着きました」

「どのくらいいたのですか？」

「十時半までです。で、家に帰ったら警察が待っていたんです」

「夕食は弟の家で？」

「ええ。そのためにいたようなものです」

「何を食べました？」

デニスはしばらく眉根を寄せていた。「ローストビーフにフライドポテト。トマトのスライス。缶詰の桃。コーヒーです」

「弟は独身ですか？」

「はい」

「食事は誰がつくったのですか？」

「大家が。アルバートは小さなアパートメントの二階を借りています。ポーター夫人は——階下に住んでるのですが——週に四日か五日、夕食をつくって届けてくれるんです」

「あなたがたふたりぶんを？」

「いいえ。早い時間につくって持ってきてくれてました。アルバートはそれをオーヴンに入れておいて、わたしが到着してから、ふたりで食べました」

「ともあれ、ポーター夫人があなたを見かけたということはありませんか？　着いたときとかに？」

「わたしにはわかりません」

「食後は何をしました?」

「アルバートとチェスを」

「帰るまでずっと?」

「ええ。確か、わたしが全勝でした。はっきり言って、アルバートはあまり強くないですから。チェスにさほど夢中になれないのも、そのせいでしょう」

「チェスに興味がないのに、三時間以上もしてたんですか?」

「はい。アルバートはつきあいがすごくいいし、わたしは客でしたから」

「奥さんに殺意を抱きそうな人に心あたりはありますか?」

「いいえ、まったく。きっと空き巣とかそういったものの犯行だったんでしょう」

「奥さんとのあいだに喧嘩は?」

「たまには。どこの夫婦も同じです」

「どんなことで喧嘩を?」

「たいしたことじゃありません。よくある些細なことです」

「コリングという名前の人を知ってますか? チャールズ・コリングを?」

デニス・ブラノンは首をふった。「一度も聞いたことがありません」

「奥さんの遺体の脇にあったブレスレットをご覧になったでしょう?」

「ええ」

「ブレスレットについて何か知ってますか?」

「いいえ。何も。いまのいままで一度も見たことがありません」

わたしはべつの書類の束に目を通した。ポーター夫人も事情聴取を受けていた。デニスが、彼女の上階に住む弟を訪ねてきたのを見かけてもいなければ、物音も聞いていなかったが、十時半ごろ、彼が帰るのを聞いた気がするとのことだった。

ついでアルバート・ブラノンの供述調書をめくった。

「お兄さんはしょっちゅう夕食を食べに来るのですか？」

「しょっちゅうというほどではありません。でも、ゆうべはたまたまそういう日だった。デニスは六時に現われました。一緒に夕食をとって、そのあとはチェスをしていました」

「何ゲームしました？」

「はっきりとは憶えてません。たぶん六回くらいでしょう」

「その半分くらいは、あなたが勝ちましたか？」

「いいえ。すべてデニスの勝ちです。チェスがすごくうまいんですよ」

「ラジオはつけてましたか？」

「いいえ」

「確か、夕食にはラムチョップを食べたんですよね？」

「いいえ。ローストビーフにポテトとトマトです。缶詰の桃のスライスも」

「マッシュポテトですか？」

「いいえ。フライドポテトです」

「デニスはお酒を何杯飲みました？」

「彼は酒を飲みません。ぼくたちはコーヒーを飲みました。クリームと砂糖入りのコーヒーです」

「どうしてお兄さんの奥さんも招待しなかったのですか？」

「以前はしてたんですよ。でも、彼女にしたら退屈でしかなかったようです。だからもう自宅にいるほうがいいと思ったみたいで。もちろん、頭痛がするからとか言いますがね」

足音が聞こえ、ミリケン警部が現われた。「おやおや、まだここにいたのか？　こんどの仕事がよほどおもしろいと見える。きみの姉さんから電話があって、きみが夕食の時間になっても来ないと。きみの居場所を――どこにいけばきみに会えるかを知ってるのはわたしだけだから、わざわざ本部まで戻ってきたんだ」

わたしは腕時計を見た。夜の八時を過ぎていた。わたしは腰をあげ、ブラノン事件の書類をかたづけはじめた。

ミリケンはわたしが坐っていた回転椅子に腰をおろした。背をあずける警部をわくわくしながら見ていたが、何も起きなかった。

わたしはため息を洩らし、ブラノン関連の記録をファイリング・キャビネットのもとの場所にしまった。

警部とともに記録課の部屋に戻り、そこで警部とわかれた。わたしはその場に残って、夜勤の職員のひとりに市の住所氏名録を求めた。

デニス・ブラノンは記されていなかったが、アルバート・ブラノンは載っていた。少々驚いたことに、アルバートは一九四一年当時と同じ番地に住んでいた。

わたしは姉に電話をかけて、まだ無事生きていると知らせてから、アルバート・ブラノンの家へ車を走らせた。

着いてみると、そこは並木のある閑静な住宅地だった。わたしは車を駐めると、ポーチに向かった。上階の部屋につながるブザーを押した。

ややあって、二階に通じる廊下の明かりがつき、ドアに鍵はかかっていないと知らせる声がした。

階段をあがると、五十代なかば、髪には白いものが混じるが、全体に若々しい風貌の小柄な男がいた。

「アルバート・ブラノンさんですか?」

男はうなずいた。

わたしは一瞬迷ってから財布を取り出し、バッジを見せた。「ヘンリー・H・バックル巡査部長です」

アルバートはわたしの背後を見やった。「刑事さんというのは、ふたりひと組で動いてるんだと思ってました」

わたしはうしろを振り返った。「目下、特別任務を受けていてパートナーはいません。お訊きしたいのですが、あなたのお兄さんにはどこに行けば会えますか？」

アルバートは弱々しく微笑んだ。「兄がどこにいるかご存じないと？」

「ええ」

アルバートはわたしをなかに通した。

使い勝手のよさそうな小さなキッチンがあり、その奥に本が並ぶ部屋が見えた。室内は本とパイプと、おそらくはローストビーフの混じったにおいが漂っていた。

アルバートはパイプに缶のなかの葉を詰めた。「どうしてデニスの居場所を知りたいんです？　こんなに歳月が経ってから？」

「教えてもらえますか？」

アルバートはうなずいた。「デニスは一九四四年に亡くなりました」

「一九四四年に？」

アルバートは先をつづけた。「ええ、第二次世界大戦の終盤です。デニスは、マーシャル諸島のクワジェリン侵攻のさいに死にました。いまになって、彼になんの用ですか？」

わたしは少しばかり気まずかった。「彼の奥さんの殺害事件のことです」

アルバートは片眉をあげた。「ついに解決したって言うんじゃないでしょうね？」

「いやまあ……そういうことで」

「彼女を殺害した犯人がわかったんですか？」

「ええ。あなたのお兄さんのデニスです」

アルバートは興味深げに、話のつづきを待った。

「わたしが思うに、お兄さんは妻がチャールズ・コリングと浮気をしているのに気づいた。偶然ブレスレットを目にし、どうしてそんなものを持っているのか妻に問いつめた。妻がウォッカを飲み過ぎているのをたまたま見つけた。妻は浮気を認めただけじゃなく、開きなおって食ってかかった。それでデニスはそばにあった包丁をつかみ、彼女を殺した。そのあとデニスはここに逃げてきて——おそらく包丁は途中で適当な下水溝に捨てたんでしょう——あなたとふたりでアリバイをでっちあげた」

「ほう？　どうしてアリバイがうそだと思うんですか？」

わたしは得意顔で微笑んだ。「一九四一年以降、カトリック教会のしきたりはかなりゆるやかになりましたが、当時、従来の教えを守っているカトリック教徒——デニス・ブラノンのような——は、金曜日に肉を口にはしませんでした。殺害のあった日は金曜日です」ここでわたしは鷹揚《おうよう》な笑みを見せた。「あの夜はふたりとも魚を食べたと、どうして警察に言わなかったんです？」

アルバートも笑みを浮かべた。「ポーター夫人がローストビーフをつくって届けてくれたあとに、デニスが急にやって来たんです。当然、ポーター夫人も警察の事情聴取を受けました。もしわたしたちがローストビーフ以外のものを食べたと話していたら、警察は瞬時にして、何かうさんくさい《フィッシー》——そういう表現をしてもかまわなければ——と思ったはずです」アルバートは説明した。

「なるほど」わたしは言った。「では、偽証したと認めるんですね？」

アルバートは肩をすくめた。「ええまあ」

わたしは咎めるような目つきで彼を凝視した。「この事件で、まだしっくり来ないことがひとつあります。双子の行動で」

アルバートは怪訝な顔をした。「双子の行動って？」

「殺人事件に双子が関わっているときは、まず策略を念頭に置いておかねばなりません。互いに入れ替わるとか」

アルバート・ブラノンは目をしばたたかせた。「どうしてわたしたちが入れ替わらなくちゃならないんです？　そんなことをする理由がわかりません。それに、たいていの人はわたしたちを即座に見わけられましたよ。もしわたしがアルバートではないと思っているのなら、わたしの指紋を出生記録で調べればいいでしょう」

「あなたはアルバートだと思ってますよ」わたしは言った。「ただその絶対と言っていいほど……」わたしは体がほてるのを感じた。「いやその、それこそ太古の昔から、双子が登場するところでは……」

アルバートは不安を覚えるまでに冷ややかな目つきで、わたしを見すえた。「バックル巡査部長、もし三十年前にデニスが、金曜日に肉を口にしただろう、と事実を突きつけられていたら、あらいざらい一気に自供したと本気で思うんですか？」

「いや、それは、だけど……」

「曜日を忘れていたというだけで、陪審員が善良なカトリック教徒に終身刑を言いわたすとでも？」

「いや、デニスが曜日を忘れていたとは……」

「ええ、そうでしょう。ですが、もしアリバイのちょっとした矛盾が警察の注意を惹いていれば、わたしたちは失念していたと主張したでしょう」アルバートは温かみを感じさせる笑顔を浮かべた。「デニスが戦争の英雄だったって知ってました？」

「いや、だけどそれがどの程度……」

「入隊したのは真珠湾攻撃のあった翌日です。銀星章を二度、名誉負傷章を三度、従軍星章を四度、授与されました。善行章も一度。それから三十年経ったいま、亡き戦争の英雄の名誉を汚そうというのですか？」

「名誉を汚すという問題では……」

「だったら、何がしたいんです？　殺人幇助でわたしを逮捕するつもりですか？　時効はないんですか？」

「殺人にはありません」

「殺人の幇助はどうなんです？」

「さあ。それは確認してみないと……」

「戦争の英雄である大切な兄が三十年前、金曜日にうっかりして魚を食べなかったというだけで、いまになって陪審員がわたしを殺人幇助の罪で有罪にすると言うんですか？」

「だが、さっきあなたは偽証を……」

「ほかの人にはいっさい否定しますよ。あなたがそう言うだけで、わたしの言ったこととはちがうと」

わたしはここでも司書に嚙みつきたい強烈な衝動に襲われた。

アルバートはわたしの肩をたたき、穏やかに言った。

「ヘンリー・H・バックル巡査部長、寝た子はそっと寝かせておくのが賢明だと思いませんか？」


わたしはじっくりと考え、ため息をついた。

自宅に戻り、ブランディを三杯飲んでからベッドに入った。

殺人事件のファイルから埃まみれの厚い段ボールのケースを取りだすと、デスクに運んだ。

一八六二年？

ふむ、こいつはおもしろそうだ。

わたしは椅子に腰をおろし、背をうしろに……

くそっ……

ＡＢＣ連続殺人事件

The Alphabet Murders

高橋知子 訳

最初の死体の主はホームレスだった。

われわれは懐中電灯の光をたよりに、死体を調べた。ラルフが言った。「なんで、額に口紅で大文字のAが書かれてるんだ?」

わたしは体を起こした。「それがAという文字だと早合点するな、ラルフ。おおざっぱに描かれた矢じりかもしれない」

ラルフは視線を戻した。「どうして矢じりなんだ?」

「ラルフ、被害者の漆黒の髪をよく見てみろ。真っ黒な目も。それぞれが総じて黒いこの顔立ち。死してなお、アメリカ先住民の威厳をたたえている。メノミニー族か、あるいはポタワトミ族だと思わないか?」

わたしは先に到着していた制服警官のひとりに目をやった。「被害者の身もとはわかったのか?」

警官はうなずいた。「財布の中身と、被害者を知る近隣の人たちの話から、カシミール・カミンスキー・ウィズニュースキーだと判明しました」

「よし」わたしは前言もどこ吹く風で言った。「この哀れな男の額に書かれた大文字のAの意味がわかる者はいるか?」

いなかった。

被害者は出入り口の引っ込んだ箇所に、坐った姿勢で死んでいた。そばには、空になったウイスキーのパイント瓶がはいった紙袋が落ちていた。

検死局から来た遅番の検死官のひとりが言った。

「一撃で殺られてる。頭蓋骨の陥没ぐあいからすると、凶器は細い鉄の棒みたいなものだろう」

ウィズニュースキーをあの世に送った凶器は見つかっていなかった。

先ほどの制服警官がさらなる情報をもたらした。

「隣りの酒場の主人によると、ウィズニュースキーは今夜八時ごろに店を訪れ、ウイスキーのパイント瓶を一本買ってます。それだけで店を出ていったと。あまり人づきあいのいい酒飲みではなかったようです。買うだけ買ったら、あとはひとりで酒を楽しむほうがよかったようで。遠くへ行くことはなかったとか。せいぜいあの出入り口までです。あそこに坐り込んでくつろぎ、ボトルを空にしたんじゃないでしょうか。もしかしたら眠っているときに襲われたのかも。われわれが到着したとき、まだ体にぬくもりが残ってました」

まもなく午後九時になろうとしていた。

ラルフとわたしは、ウィズニュースキーがウイスキーを購入した酒場での聞き込みにとりかかった。ウィズニュースキーは四十代、定職にはついていなかった。ときおり、チラシを配って小銭を得、近隣の酒場に入り浸っていたという。が、たいていは近くの商業地区やその周辺の裏通りをほっつき歩いていた。周囲の者が知るかぎり、一定した寝場所はなかった。寒い日はどや街の安宿で夜を過ごし、暖かい日は気の向いた場所で寝て、人に踏まれたり雨に打たれたりすることはなかったようだ。

九時半、ラルフとわたしがウィズニュースキーの知人数名から事情を聴取していると、警官がやって来た。パーキントン署長が話をしたいとのことだった。

わたしたちは店を出て、縁石ぎわに駐めてあるパトロールカーの無線をつかんだ。

「ヘンリー」署長が言った。「そっちはどんなぐあいだ?」

「二十四時間以内に、容疑者の——単独犯か複数犯かまだ不明ですが——身柄を確保できると思います」

「それは何よりだが、ヘンリー、目下きみたちは見当ちがいの場所を突っついてるのかもしれんぞ。報告によると、そこの死体は額に口紅でAという文字が書かれていたそうだな」

「Aという文字と見て、ほぼまちがいありません」

「それでだな、ヘンリー、ついさきほどもうひとつ死体が発見された。こんどは谷あいの産業地区だ。こちらも頭を殴打されているが、額にあった文字はBだ」

谷あいの産業地区は、街を南北に隔てる川の両岸にのびる低地にあった。双方の地域へは、何本かある高架橋を往来する。

かつて高架橋の下方には工場や会社があったが、いまやそのほとんどが取り壊されて空き地となり、地方にある工業団地の節税対策に利用されている。残存している工場は見るからに老朽化し、いまにも崩れそうだ。工場間に不規則にもうけられた短い通りに並ぶ薄汚れた木造家屋が建てられたのは、職工たちが徒歩で仕事場に通い、日常生活が工場のサイレンと教会の鐘の音で律せられていた時代だった。前途有望な若者の大半はとうの昔にその地を離れ、子どもの姿はめったに見かけなくなっていた。

ラルフとわたしは目的地に到着すると、一カ所に集まっているパトロールカーのうしろに車を駐めた。死体が発見された路地の入り口には大人たちが群がり、押し黙って身を乗りだしていた。

被害者の額には、まぎれもなくBという文字が書かれていた。被害者は右手に赤いバンダナタイプのハンカチを握ったままで、左手からほんの数インチのところに二十五セント硬貨が一枚落ちていた。

「ああ、なるほど」わたしはその状況を認めて言った。「被害者はこの路地の入り口にさしかかったとき、くしゃみをしたくなったか、鼻をかみたくなったかした。ところがハンカチを取り出したとき、一緒にポケットにはいっていた二十五セント硬貨が落ちた。歩道に落ちた硬貨を拾おうとかがんだところを殴打された」

最初の現場でも顔をあわせた検死局の遅番検死官は、さっきとほぼ同じことを言った。「殴られたのは一度きりだが、それだけじゃない。凶器も同様のものと思われる」

凶器がなんであれ、発見されていなかった。

ラルフとわたしは現場に面している酒場、〈ケイシーズ・タヴァーン〉での聞き込みを開始した。その結果、被害者はジェイムズ・レオナルディという六十七歳の独り者で、酒場から数軒先にある賄いつきの下宿家に住んでいることが判明した。地元の手袋工場に五十年以上勤めていたが、すでに引退して年金暮らしをしていた。

引退後は毎晩、習慣のように〈ケイシーズ・タヴァーン〉を訪れていた。ビールをちびちびと楽しみながらテレビを観たり、話をしたりしていたという。家路につくのは、たいてい九時半ごろだった。

骸《むくろ》と化したレオナルディを発見したのは、彼の数分あとに酒場を出た年配の夫婦だった。殺人犯は路地の暗がりに潜み、通りかかったレオナルディを襲ったものと思われた。

聞いたところによると、レオナルディの人物像はいたって平凡なもので、およそこの世に敵がいるとは思えないと誰もが口をそろえた。下宿の管理人の話では、現役時代のレオナルディは倹約家とは言えず、それゆえ三人の甥――いずれもウェストアリスに住んでいた――が見込めるのは、生命保険でおりる五千ドルだけとのことだった。

午前零時十五分前、ラルフとわたしは事情聴取を切りあげて本部に戻り、そこまでの状況を確認した。その後アパートメントに戻ったわたしはサンドウィッチを胃におさめ、大きなグラスでオヴァルティン（麦芽入りの栄養飲料）を飲み、ベッドにもぐりこんだ。

翌朝八時四十五分、電話が鳴った。日勤の指揮官、ノリッジ警部だった。「ヘンリー、ゆうべ、額にそれぞれアルファベットのAとBがはいった死体が二体見つかったそうだな」

わたしは送話口に向かってうなずいた。「ええ、警部。ふたりに接点があるかどうか調べるつもりです」

「ところで、ヘンリー、死体がもうひとつ増えた。コーネリアス・ヴァン・ルーゲンという名の男だ。今朝、自宅の書斎で死んでいるのが見つかったんだが、額にCと書かれていた。いまからラルフと現場に行って、捜査の指揮をとってもらいたい。超過勤務扱いにする」

本部でラルフと落ちあって署の車に乗り込むと、レイク・ショア・ドライヴに車を走らせ、九時半過ぎにはヴァン・ルーゲン宅の煉瓦造りの門をくぐった。家の前の湾曲した私道に車を駐めた。

制服警官に案内されて廊下を進み、カテドラル型天井の書斎に入った。書棚を一瞥するなり、紙装の本が一冊もないのがわかった。並んでいるのは革装の本ばかりだった。

検死官はヴァン・ルーゲン宅の所在地に興味をいだき、みずから通報にこたえたという。「頭部を三、四回殴られている。凶器は不明。まだ発見されてないそうだ」

ハンソンとウィッパリーの両巡査部長の姿があった。ノリッジ警部から、ラルフとわたしに協力し、指示に従うようにとの命を受けていた。

「死体を発見したのは誰だ？」わたしは訊いた。

背後から、背の高い禿頭の男が進み出て言った。

「わたしです、刑事さん」

わたしは男に視線をすえた。「で、あなたは誰です？」

「ウィンターセット。執事です。もっとも、いまでは執事職だけのために人を雇う方はいませんが。わたしもあれやこれやと任されています」

「遺体を発見したのは何時でしたか？」

「今朝の八時ちょっと前です、刑事さん。書斎のドアを開けて見つけたんです」

「なるほど」わたしは言った。「書斎のドアは閉まってたんですね？ それをあなたが開けたと？ どうしてです？」

「この家全体に目を配るのがわたしの職務でして、点検してまわるさいにドアを開けなくてはならないこともよくあります」

「遺体を発見したあと、何かにさわりましたか？」

「いいえ、何も。もう手遅れなのはすぐわかりましたから。そのままドアを閉めてご家族に知らせ、警察に通報しました」

「ヴァン・ルーゲンは規則正しい生活をしてましたか？ たとえば、毎晩決まった時間に寝るとか？」

「ええ、刑事さん。たいてい十一時前には自室に入られていました」

「なるほど」わたしは言った。「なるほど」そう繰り返して両手をこすり合わせた。「ラルフ、これはわたし向きの整然とした事件だ。被害者Aは発見されたとき、まだわずかながら体が温かかったことから、死亡時刻を割りだせる。つぎに被害者Bが死に見舞われたのは九時半を少しまわったころだ。そこで、あの谷あいの産業地区からここまでの時間を考えると、ヴァン・ルーゲンが殺害されたのは昨夜の十時から十一時のあいだと見てほぼまちがいない」

ラルフは検死官に目をやった。

検死官は肩をすくめた。「そんなところだろう。まあ、死んでから時間が経てば経つほど、死亡時刻を推定する手がかりは増える」

ラルフはうなずいた。「では、ヴァン・ルーゲンはいつもどおり十一時にベッドに入ったが、後刻、階下で物音がするのを聞いたとは考えられないか？ たとえば午前一時とかに？ それで何事かと見に降りてきたというのは？」

「ラルフ、ラルフ」わたしは努めて落ち着いた声で言った。「きみも見たように、氏は身なりを整えていた。となると、いつもの就寝時間より前に殺害されたと考えられる。もし午前一時にその物音とやらを聞いたのならパジャマを、それにおそらくバスローブを着ていたはずだ」

ラルフに自説を撤回する気はなかった。「ヘンリー、最近はバスローブを所有する必要性を感じている人は多くない。それにパジャマを着る必要性も。だから物音を耳にしたヴァン・ルーゲンは服を着てから、様子を見に降りてきたんだ」

わたしは含み笑いを洩らした。「ラルフ、もしきみが階下で怪しい物音がするのを聞きつけたとして、バスローブもパジャマも着ていないとすると、服は着るだろうが、鏡を見ながら必要もないネクタイをしめるか？　われらが死体は、どう見てもネクタイなるものをきっちりとしめていた」

ラルフは潔く白旗をあげた。「まことみごとな考察だ、ヘンリー」そう言うとラルフは渋面をつくって室内をめぐり、ランプの笠をのぞき込んだ。

「明かり」ややあって、ラルフは言った。「どうして明かりがついてないんだ？　電気スタンドは？　それでなくとも、どれかひとつくらいは？」

「ラルフ、どうして明かりがついてなくちゃならない？　昼間だぞ」

「だが、ゆうべは昼間じゃなかった、ヘンリー。被害者が暗いなか、そこのデスクについて坐っていたとは思えない。それに殺人犯はヴァン・ルーゲンが何をしているか見えてなくちゃならない。となれば、明かりはいまも当然ついているはずなのに、ついていない。それに、ここにいる執事は何にもふれていないと言ってる」

わたしは思案した。「ラルフ、被害者はちょうど書斎に入ったところで、手探りで電気スタンドのほうへ向かっていたとも考えられる。ところが、明かりをつける前に襲われた」

「ヘンリー、暗闇で犯人は三回殴ったというのか？　おまけに、いずれも的確に相手をとらえたと？」

少々難問だったが、これぞという答えを思いついた。

「どんな確証があって、犯人は三回しか殴らなかったと言い切れる？　二十回殴って、十七回はずしたかもしれないじゃないか」

「いやいや、ヘンリー、空振りしたとしても、それがことごとくかすりもしなかったのか？　何回かはヴァン・ルーゲンの肩とか腕とか、どこかにあたらないか？　それに殴打の痕跡はいずれも小さい頭部にあった」

「ラルフ、ゆうべここは真っ暗闇じゃなかったかもしれない。あのみごと絢爛《けんらん》なフランス窓から月の光が射していたんじゃないか？」わたしは室内にいる者たちに援護を求めて言った。「ゆうべ満月が出ていたかどうか憶えてる者は？　満月でなくとも、半月と満月の中間の月とか？」

ハンソンとウィッパリーの両巡査部長は畏敬の念もあらわに、われわれの演繹的《えんえきてき》なやりとりを聞いていたが、ここでウィッパリーが勇気を奮い起こして発言した。「殺人犯は明かりを消してから出ていったのではないでしょうか」

ウィンターセットが口をはさんだ。「さきほど何にもふれていないと言いましたが、遺体やすぐそばにあるものにはふれていないという意味でした。習慣のなせるわざとエネルギー危機への無意識の恭順から――あるいは、ショック状態にあったからか――漫然と明かりを消したかもしれません」

わたしはラルフに目をくれた。「ほらな、ラルフ、どんな物事も完璧に筋の通った説明がつくもんだ。慌てふためく必要はない」

わたしはウィンターセットに視線を戻した。「ヴァン・ルーゲン氏が死んだことを家族に知らせたということでしたが、家族とは誰なんです？」

「ヴァン・ルーゲンさんの甥御さんふたりと姪御さんひとりです。みなさん、この家に住んでいます」ウィンターセットは部屋の奥に置かれた長椅子に、静かに坐ってわれわれを見つめている若い男ふたりと若い女ひとりを示した。

わたしは三人に歩み寄った。「わたしはヘンリー・S・ターンバックル部長刑事です」

アリアドニー・ヴァン・ルーゲンは濡れ羽色の髪をした二十代半ばの女で、べっ甲縁の丸眼鏡の奥の目はすみれ色をしていた。甥ふたりは、見たところ彼女よりも数歳年上のようだった。ロスコー・ヴァン・ルーゲンは緑っぽい格子柄の上着を、シグムンドは無地の青い上着を着ていた。外見的なちがいと言えば、それだけだった。

ロスコーは格子柄の袖につつまれた腕を胸の前で組み、微笑んだ。「シグムンドとわたしは双子なんです」

わたしはラルフを脇へ呼んだ。「まったくもって、この展開は気にいらない」

「まったくもって気にいらないって何がだ？」

「双子の登場がだ。双子のいるところ、常に策略ありだ。互いに入れ替わるとか、そういったことがな。片方が殺されたって、それがどっちかなんて永久にわからない」

わたしはヴァン・ルーゲンの遺族たちに向きなおった。「洋服の仕立てから察するに、ヴァン・ルーゲンは裕福だったようですね」

アリアドニーが同意を示して言った。「何百万ドルと持ってました」

「ほう」わたしは愛想よく言った。「ところで、その何百万ドルはどなたが相続する立場にあるんですか？」

「わたしたち三人です」アリアドニーは言った。

シグムンドが笑みを浮かべ、青い袖をまとった腕を組んだ。「ぼくはちがう。相続権を失ってるから」

アリアドニーはシグムンドをまじまじと見た。「こんどは何をしたの？」

「おじさんが大切にしてたキャディラックをぶつけてへこませた」

アリアドニーは説明の必要ありという、実に正しい判断をくだした。「わたしは少なくとも六回は相続人からはずされたことがありますし、シグムンドとロスコーもそれぞれ二回ははずされてます。おじさんは単に、わたしたちを相続人からはずすのが好きだっただけです。そうすれば、日ごろの行いに気をつけるだろうからって。いつだって、わたしたちの誰かを相続人からはずしておかないと気がすまなかったんです」

わたしはシグムンドに話しかけた。「きみは数百万ドルの相続権を奪われたというのに、嬉しそうな顔をしてそこに坐ってる。理由があるのか？」

シグムンドはにこやかにうなずいた。「わかりませんか？　わたしにはコーネリアスおじさんを殺す動機がなくなるからですよ。いっぽう、アリアドニーとロスコーは得をする」

天井を見つめていたウィンターセットが、わたしに何か気づかせようと意を決して口を開いた。「ヴァン・ルーゲンさんの額に口紅でCと書かれているのが、いやでも目にはいりました」

わたしはウィンターセットを見すえた。「それがCという文字だと、どうして断言できるんですか？　どうしてそれが新月を表わしていないと言えます？　あるいは、持ち手のない鎌とか？」

ウィンターセットはひるまなかった。「昨晩人がふたり殺害されたと、今日の朝刊にありました。ひとりは額にAが、もうひとりはBが書かれていたそうじゃないですか。それで、ヴァン・ルーゲンさんの額に何か書かれているのを見たとき、きっとCだと思ったんです」

思案をめぐらしていたラルフが言った。「金持ち、貧乏人、物乞い、泥棒《シーフ》。医者、弁護士、インディアンの酋長《チーフ》」

当然ながら、全員の目がラルフに向けられた。

ラルフは頬をほのかに染めた。「まずはヴァン・ルーゲン。まちがいなく金持ちだ。それからウィズニュースキー、こいつは乞食。つまり物乞いだ。そしてレオナルディ、年金暮らしとくれば貧乏だ。な、わかるだろ。金持ち、貧乏人、物乞い、泥棒」

「何が言いたいんだ、ラルフ?」わたしは薄々答えを予測できたが、尋ねてみた。

「ヘンリー、犯人のつぎの狙いは泥棒だ」

わたしはほかの人たちに声が聞こえないところへ、ラルフを引っ張っていった。「そいつはちょっとばかり行き過ぎだと思わないか?」

「行き過ぎってどこがだ?」

「ラルフ、われらが殺人犯はきっちり順を追ってる。A、B、C、D、E、Fといったぐあいに。そのうえどうして金持ち、貧乏人、物乞い、泥棒としなくちゃならない?」

「まあその、厚みをもたせたいんだろうさ、ヘンリー。箔《はく》をつけたいんだよ」

「それはどうかな、ラルフ。きみの言う童謡に登場するのは、金持ち、貧乏人、物乞い、泥棒の順だ。物乞い、貧乏人、金持ち、その他の順じゃない」

ラルフは気勢をそがれた。「つぎの犠牲者は泥棒じゃないってことか?」

わたしは耳を貸さず、思考をめぐらした。「ラルフ、三件の殺人事件は酷似しているとわれわれは考えているが、見過ごしてはならない相違点もある」

「見過ごしてはならない相違点って?」

「事件AとBは公共の場と言えるところで起きている。つまり、路地の入り口とドア口だ。どちらも一発しか食らっていない。さらに、最初の被害者ふたりの死亡時刻は、ほぼ正確に割り出すことができた。しかし、被害者をCとする一件に同じことがあてはまるか？」

「偏見のない心で拝聴してるぞ、ヘンリー」

「被害者Cを殺害するために、犯人は神聖なる私有地に侵入しなければならなかった。人工的な明かりがぎらつくなかで、被害者を殺らなければならなかった。しかも殴った回数は一回じゃなくて、三回だ。となれば、血も涙もない殺しというより激情に駆られた殺しだと思わないか？」

ラルフはその可能性について思案した。「執事をのぞいて、今朝の朝刊を読んだ誰かが、いまならおじのコーネリアスを亡き者にして、その罪をABC連続殺人犯に着せられる、と思ったんじゃないか？」

「いや、ラルフ。コーネリアス・ヴァン・ルーゲンは発見されたとき、まぎれもなく死んでいた。となれば、朝刊が朝食のテーブルに置かれたとき、とっくに殺害されていたということになる。死亡時刻はまだ確定できないが。いまのところ、ルーゲンが死亡したのは十時から十一時のあいだだと、われわれは見ている」

「われわれは見ている？」

わたしは声をあげて笑った。「すべてを考えると、ポーの『盗まれた手紙』を思い出すな」

「すべてをね」

「殺人を隠蔽するのに、ほかの殺人事件とないまぜにする以上に適したやり方がどこにある？　要するにだな、殺人犯がもっともな動機を有していたのは、被害者のなかのひとりに対してだけだったとは考えられないか？　ほかのふたりは偽装工作のために巻き込まれただけだった」

ラルフは試しに言ってみた。「つまり、犯人はウィズニュースキーを手にかけたあと、ほかにふたりを殺害して偽装をはかったってことか？」

「そうじゃない、ラルフ。物乞いの殺害を隠すためだけに、これだけ手の込んだことを誰がする？　そう、われわれは確たる動機を探らなければならない。そういった動機はたいてい金じゃないか？　と考えると、目を向けるべきはヴァン・ルーゲンだ」

「被害者C？」

「ラルフ、何か思惑があって、殺害犯が被害者にA、B、Cと文字を入れたからといって、Aから順番に殺したとはかぎらない。ＢＡＣやＡＣＢの順だってありえるだろうが？　いや、可能性からするとＣＡＢか？」

ラルフはその説をじっくりと頭に染み込ませた。

「ラルフ、三人の被害者はいずれも、同じ夜に殺害された。どうしてこれほど不自然なまでに早急なのか？　事前に知恵をしぼって計画を立てたのではなく、猪突猛進で突っ走ったからじゃないか？　残酷にも、連続殺人を犯して本命の殺害を隠すことにしたのなら、犯行と犯行のあいだに時間を置いたんじゃないか？　少なくとも一週間とか二週間とか？　そうすれば、切り裂きジャックに倣った殺人者があたりをうろついていると、警察や世間が思いはじめるまで時間を稼げる。だが、三人の被害者は同日の夜に殺されてる」

「そこまではわかった、ヘンリー、それで何が見える？」

「つまり、最初に手をかけたのは被害者Cということだ。殺意の塊となってな。まちがいなく自分が第一容疑者になると承知していた殺人犯は、疑惑の目から逃れる唯一の道は、犯行が見境のない激情に駆られた狂人による、連続殺人事件のひとつのように見せかけることだと判断した。結局のところ、どうせやるのなら徹底的にやったほうがいいとなったのだろう。そこで犯人は被害者の額にCという文字を書き、この家を離れ、ＡとＢを殺害した」

わたしは警察関係者以外の者を部屋から追いだすと、指紋の専門家たちに、暖炉脇にある用具の指紋採取を命じた。なかでも火かき棒の指紋を。

わたしはラルフに講釈した。「もし最初にCがこの部屋で、しかも激昂のさなかに殺されたとしたら、犯人がいちばん扱いやすいものを凶器にしたんじゃないか？　金持ちの家の書斎にあるもので、火かき棒より扱いやすいものがあるか？　犠牲者たちに残っていた殴打の痕を思い出してみろ。三人とももしかしたら、いや十中八九、暖炉用の火かき棒で襲われたと見ていいだろう」

「ヘンリー、火かき棒から犯人の指紋が見つかると本気で思ってるのか？」

「まさか、ラルフ。それどころか、かけらも出てこないと思ってるさ。それこそ怪しくないか？」

作業を終えた指紋の専門家が、われわれのところに報告にやって来た。「火かき棒をはじめ、あらゆるものに指紋は残っていた、ヘンリー。でも、どれも被害者のものだ」

「そうか」わたしは平然と言った。「犯人はわれわれが思っているより頭がいい。警察が通常の手順として指紋を確認するのは先刻承知で、火かき棒に何ひとつ指紋がついていないとなれば、にわかに疑問や疑念が生じるとわかっていた。そこでAとBを殺害したあと舞い戻り、火かき棒についた血を拭きとったうえ、ずる賢くも、凶器となった火かき棒に被害者Cの指紋をつけてスタンドに戻した。とはいえ、ラルフ、われわれはまちがいなく凶器を目にしている」

わたしはつかの間、考えた。「ラルフ、殺人犯は必ずやもう一件、事件を起こす。それもおそらく今夜のうちに。犯人のつぎの狙いは泥棒と見てほぼまちがいない」

ラルフはしばし目を閉じた。「考えを変えたのはなぜだ？」

「じっくりと考えた結果たどり着いたんだが、犯人はきみが童謡に言及して、つぎの被害者を推測するのを聞いていたにちがいない。誘惑に抗しきれたとは思えない。つぎの狙いを泥棒にしない手はない、と絶対に思ったはずだ。それで何か不都合があるか？　で、医者、弁護士、インディアンの酋長とつづく。ただ問題なのは、どうやって本物《ボナ・ファイド》の泥棒を見つけるかだ。だいいち、泥棒は首から看板をさげてうろついてるわけじゃない。となれば、われわれが泥棒を進呈してやらなければなるまい」

「そんなこと、どうやってするんだ、ヘンリー？」

「今日の夕刊に、ケネルム・ディグビーという名前のひったくりで、けちなこそ泥に関する記事を掲載する。またも逮捕されたが、ひとまず保釈されたという内容で。住所も載せるが、わたしの住所にする」

ラルフはため息をついた。「ということは、殺人犯がそのディグビーに関する記事を見ると思ってるんだな？　ヘンリー、この街の新聞はやたらとでかいし、紙面だって何ページとある」

言うまでもなく、そのことは考慮ずみだった。「ラルフ、犯人は自分が犯した殺人事件の記事を読みたくてたまらないはずだ。だから、ディグビーのコラムがやつの記事と並ぶよう手配する。当然ながら、視線が少し脇へそれて、こう叫ぶはずだ。『わお、これはなんだ？　本物の泥棒か？』」

「で、殺人犯は今夜あんたのアパートメントに現われると踏んでるんだな？」

わたしはうなずいた。「ラルフ、ここまでは容疑者たちの聞こえないところで重要な推論をかわしてきたから、犯人は事件を連続殺人と見せることに成功していると依然思ってる。わたしがすでにからくりを見破っているとは気づいてない」

われわれは容疑者たちのそばに戻り、さらに事情聴取をおこなったが、これといった情報は得られなかった。前夜は三人とも家にいたので、書斎に忍び込んで、おじのコーネリアスを殺害できる機会は全員にあった。ヴァン・ルーゲン宅を辞すると、ラルフは仮眠をとるために自宅へ向かい、わたしは計画の準備にとりかかった。

午後四時半、われわれは通常勤務のために本部でふたたび落ちあった。

ラルフはいくつか質問を投げかけてきた。「もし殺人犯があんたのアパートメントに現われなかったらどうするんだ？　ただ街に出て、あんたの予想とはちがう人を殺害したとしたら？　たとえば、カイロプラクターとかディスコ・ダンサーとかを？」

「予防策はちゃんと講じてある、ラルフ。ヴァン・ルーゲン宅の私道の外に、ウィラードとドーフマンの両巡査部長を各自自分の車で張り込ませてる。双子の動きはこれで追える、ラルフ。たとえば、ロスコーが出かけはしたものの、犯罪とはまったく無縁の外出だとする。もし車を一台しか張り込ませてなければ、シグムンドを自由に動きまわらせて、凶行におよばせることになる。それは断じてならない、ラルフ。もし今夜、ふたりともが家を出て反対の方向に向かったとしても、どちらも追跡できる。どこに行こうがな」

ラルフはふっと笑った。「車は二台で足りるとまじで思ってるのか？　どうして三台じゃない？」

わたしは咳払いをした。「それについては客観的に検討したが、ラルフ、実際のところ三人目の容疑者は体格から考えて華奢すぎるという結論に達した」

「ヘンリー、近頃は小柄でか細い若い女が両手でラケットを振る。ラケットを振れるなら、火かき棒だって振れる」

「だが、ラルフ、彼女はどう考えても背丈が足りない。被害者は全員、頭頂部を殴打されてる。つまり、脳天に凶器をふるうには、犯人側に確実に優位になるだけの身長がなければならないということだ」

「ヘンリー、被害者は誰ひとりとして、殺害されたときに直立してはいなかったぞ」

わたしは瞬時に思い返した。ウィズニュースキーはドアロに坐っているところを襲われたと思われるし、ヴァン・ルーゲンはデスクについていたと見られる。

「ラルフ」わたしは言った。「よくよく考えてみると、どうやらレオナルディに関するわたしの推理は誤っていた可能性があるようだ。受け入れがたい偶然が多すぎる。レオナルディはたまさか路地の入り口のほうを向いていたときに、たまさかくしゃみが出そうになった。ハンカチと一緒にたまさか二十五セント硬貨も引っぱり出してしまい、たまさか硬貨を拾おうとしていたところに一撃をくらった」

「もういい、ヘンリー、たまさか説はもうけっこうだ。言っておくが、レオナルディは〈ケイシーズ・タヴァーン〉で飲んでいた。店内は暖かくて居心地がいい。そこでビールを飲んでたとなると、たいがい人は汗をかく。レオナルディは店を出たが、そのときにはまだ額に汗をかいていた。外の涼しい空気にあたって、額が肺炎になっては困ると思い、バンダナを取りだした」

「なるほどね」わたしは訝しげに言った。「それで、二十五セント硬貨もたまさかポケットからこぼれた落ちたのか？」

「そういうことだって考えられる、ヘンリー。ひとまず、あの暗い路地のどこかにわれらがけちな殺人者が待ち伏せをしていたとしよう。殺人者はレオナルディをかがませようと、暗がりから二十五セント硬貨を歩道へ放った」

わたしは高らかに笑った。「ラルフ、歩道を歩いているときに、そばの暗がりから二十五セント硬貨が急に飛んできて足もとでとまったら、普通は目が自然と硬貨の描いた弧のほうに行かないか？　どうしたって、出どころに注意を惹かれるだろう。何も考えず二十五セント硬貨に飛びつくより、警戒心をいだくほうが普通だ。防御体勢をとる人だっているはずだ」

「ヘンリー、もし殺人者が硬貨をレオナルディの背後に投げてたとしたら？　あんたの言う硬貨の描いた弧が見えないところにさ。となれば、レオナルディは硬貨が地面にあたる音を耳にして振り返り、二十五セント硬貨が目についた。バンダナを出すときにポケットから落ちたか、ポケットに穴があいていて落ちたと考えるはずだ。それで硬貨を拾おうとかがんだ」

「ラルフ、きみは誰よりもたくましい想像力の持ち主だな」

ラルフは顔を輝かせた。「その筋の大家からお褒めの言葉をいただくとはね」

ラルフがパーキントン署長のもとへ行き、なんら必要もないのに至急ヴァン・ルーゲン宅に車をもう一台やって張り込ませるよう要請していたせいで、われわれは本部を出るのが遅れた。


わたしのアパートメントに到着すると、テレビをつけてチャンネルを教育テレビにあわせた。ちょうどコーカサスの人びとの長生きの秘訣を放映していた。相好をくずした地元民が、自分はまぎれもなく百五十八歳であり、その決め手はヨーグルトと遺伝、穏やかな日常、そして実にあやしくおぼろげな記憶術だと語っていた。

「ところで」ラルフは言った。「あんたは双子の片割れが殺人を犯したと思ってるのか？」

わたしは微笑んだ。「なあ、きみはどっちだと思う、ラルフ？」

「当然、ロスコーだろう」

「どうして？」

「シグムンドには動機がない。相続権がないんだから」

「ラルフ、ラルフ、ラルフ」わたしはたしなめるように言った。「金以外にも動機となるものはいろいろある。しかしながら、仮に金を前提にすれば、動機がなさそうなのはシグムンドだけだ。まちがいなく、彼は遺言に異議を申し立てるんじゃないか？　それに、おじのコーネリアスが相続人であるべき者からその権利を奪うことを趣味にしていたという事実を聞けば、情け深い裁判官は、シグムンドは気の毒にも不運に見舞われただけで、実のところ、コーネリアスには相続権を永久に剝奪しておく気はさらさらなかったと判断するだろう。それどころか、本来の取り分である財産の三分の一を相続することだって認めるさ。きょうだいたちは、シグムンドの主張にまっこうから反駁しようなんて考えもしないだろうしね」

ラルフはしばらく考えた。「ひょっとしたら、三人が共謀してるんじゃないか？」

「それはない、ラルフ。もしそれが真実だとすれば、こんな手のこんだ手段に訴えず、おのおのが相手のアリバイになるよう仕組んでおくはずだ」

ラルフは肩をすくめた。「なあ、あの双子のどっちがどっちってどうやって見わけるんだ、ヘンリー？今夜、上着を着替えてたらなおさらだ。ずる賢く見わけづらくして、互いにかばいあい、見わけがつかないようにしてたら？　裁判所で門前払いをくらいかねないぞ」

わたしはくすっと笑った。「ラルフ、その点はちゃんと考えてある。数少ないわれわれ選ばれし者にとって、人は胸の前で腕を組むとき常に同じ組み方をするというのはわかりきったことだ。つまり、右腕を左腕の上にして組むか、左腕を右腕の上にして組むか。わたしは見ていたが、ロスコーは右を上にして組み、シグムンドはその反対だった」

その夜、八時半をまわったころ、アパートメントのブザーが鳴った。

わたしはドアを開けた。

アリアドニー・ヴァン・ルーゲンだった。

「ああ、やっぱり！」彼女は言った。「思ったとおりだわ。これは罠なのね！」

そう言いながらも、アリアドニーは室内にはいり、ドアを閉めた。「早すぎたかしら、それとも遅すぎた？」

「まあ、ほどほどだろうね」ラルフが言った。

「ミス・ヴァン・ルーゲン」わたしは穏やかに言った。「この特別な時間にここに現われたのには、嘘偽りのないまっとうな理由があるんだろうね？」

もちろんあった。「ええ、あなたがたが帰ったあと、ほんの思いつきであなたの住所を電話帳で調べたの。この都市部で、ターンバックルっていうのはあなただけだって知ってました？」

わたしの代わりにラルフが言った。「いやそれなら、シボイガン全体をぐるりと見てみろよ」

アリアドニーは先をつづけた。「それであなた、ヘンリー・S・ターンバックルはここ、クランベリー・ブロッサム通り七七七番地に住んでいる。まあそれはともかく、今夜新聞を見たら長々と三段落も費やして、スリのことが書いてある記事が目にとまったの。保釈中だとかで、なんと偶然にも、住所がクランベリー・ブロッサム通り七七七番地とあるじゃない。それでふと考えたの。クランベリー・ブロッサム通り七七七番地に住んでいる人に一日にふたりも出くわす確率ってどのくらいあるかって。となればここに来て、何が起きているのか突きとめなくちゃと思ったわけ。玄関の郵便受けのひとつに、どうも書かれたばかりらしきケネルム・ディグビーという名前はあったけど、ヘンリー・S・ターンバックルはない。それでもう絶対に突きとめずにはいられなくなったの」

アリアドニーはリヴィングルームを見まわした。「あそこの本は全部あなたの？」

わたしの代わりに、ラルフがうなずいた。「こいつは公共の図書館に行って、どこかおかしいんじゃないかと思うくらい出てこないこともある。かつて燃えさかる建物に、図書館のカードを取りに戻った刑事はこいつくらいだ」

何年も前の話だが、この一件を持ち出されると、わたしはいまだに赤面する。カードは簡単に再発行してもらえるとあのとき知っていたら、眉毛を犠牲にしなくてもすんだのだ。

玄関のブザーがまた鳴った。

わたしは勝ち誇ったように破顔した。「新来の客に腕を組ませたら、われらが殺人犯の正体が一発でわかる」

わたしはドアを開けた。

ウィンターセットだった。執事だ。

なんてこった。

ウィンターセットをドア口にとどめ、この登場の納得のいく理由をあげるまで、ラルフとふたりで彼を調べた。右袖の内側から火かき棒が、左側のポケットから口紅が見つかった。その状況と、おそらくはわたしのきっとした視線を受け、容疑者は自白をするにいたった。

ウィンターセットは十五年ほど前から、ヴァン・ルーゲンの家計用口座から金を着服しており、とうとう気づかれてしまったとのことだった。ヴァン・ルーゲンは彼を解雇しただけではなく、警察に通報すると言い出した。

この時点で、気が動転したウィンターセットは火かき棒をつかみ、雇い主を殺してしまった。

ウィンターセットがまず思いついたのは逃亡することだった。しかし文無しで出ていく気にはさらさられず、家にとどまった。実のところ、彼は不正に得た金を成長著しい不動産に投資しており、それを持ち運び可能な現金に換えるにはまだしばらく時間が必要だった。

当然コーネリアス・ヴァン・ルーゲンの相続人が容

疑者になると、ウィンターセットは考えていた。しかし、警察の捜査対象が彼らだけにとどまるだろうか？　それはまず考えられない。なにぶん、多くの金持ちが相続人に殺害されるのと同じくらい、使用人に殺害されているらしい。

となれば、今回の殺人事件は不法侵入者によるものと思わせる必要があった。まったく面識のない何者かの犯行に。だがそれでもまだ不安は残る。

連続殺人事件のひとつにするのはどうか？　その際、ヴァン・ルーゲン殺害は連続殺人の途中――いちばん重点が置かれにくい順番――にまぎれ込ませるのはどうか？

そこでウィンターセットは、アリアドニーがおじのデスクに置き忘れた口紅をポケットにしのばせ、死体が予定より早く発見されないように書斎の明かりを消すと、被害者AとBを物色しに出かけた。要するに、いったんはじめたら徹底的にするのが吉というわけだ。

まことわたしの読みどおり、被害者BのレオナルディＢは酒場をあとにすると、くしゃみがしたくなって、ポケットから慌ててハンカチを取り出したが、そのおりに二十五セント硬貨も一緒に引っぱり出してしまった。硬貨を拾おうとしたところを、ウィンターセットに襲われた。

AとBの殺害を果たして、ヴァン・ルーゲンの書斎に舞い戻ったウィンターセットは、死体がまだ発見されていないことを確認すると、ルーゲンの額にCと書いた。

再度部屋を出るさい、ウィンターセットはいつもの癖で明かりを消した。その点をラルフが指摘したとき、ウィンターセットは明かりのスウィッチに自分の指紋がついていることに気づき、その場しのぎの言い訳をでっちあげた。

ウィンターセットは少なくともあと三回は殺人を犯すつもりだった。そうすればヴァン・ルーゲンの一件がほかの事件にきっちりと挟まれることになるからだ。ラルフが金持ち、貧乏人、物乞いと童謡を持ち出し、つぎの被害者は泥棒だという推理を披露するのを聞き、ウィンターセットはその案を脳裏に刻んだ。そして夕刊で殺人事件に関する記事を読んでいたさい、当然のごとく、わたしが手配したケネルム・ディグビーの記事が目にはいり、思った。**なんとね、これを逃す手はあるまい？**

　われわれはウィンターセットを本部に連行し、逮捕手続きをとった。書類仕事を終えると、ずっとそばにいたアリアドニーはわたしの能率のよさに感嘆しきりだった。

　わたしはアリアドニーとラルフを連れて、近所に新しくできたバーに行くと、シェリーを一杯注文した。

　バーテンダーは頭をかいて背後のカウンターをひとわたり見ると、床の落とし戸を開け、地下貯蔵室と思しきところへ降りていった。

「アリアドニー」わたしは言った。「ひとつの事件で、双子と執事が登場するのはかんべんしてもらいたかったよ」

　バーテンダーがわたしの前のカウンターの水滴を拭きとった。

　わたしは彼を見つめた。「いましがた、地下の貯蔵室におりていかなかったか？」わたしは開いたままの落とし戸に目をやった。「その、いまも地下にいるものと思ってね」

　バーテンダーは微笑んだ。「あれは兄のアルバート《Albert》。ぼくはバーニー《Bernie》」

　わたしは思わず身構えた。「双子なのか？」

「三つ子です。あそこの流し場でグラスを洗ってるのが弟のチェスター《Chester》」

　アルバートがねじ蓋つきのボトルを持って地下からあがってくると、わたしはグラスになみなみとシェリーを注がせた。

もう一つのメッセージ

The Message in the Message

高橋知子 訳

女のすみれ色の目から、思案の色が消えなかった。

「以前、どこかでお会いしたことがありませんか?」

「ひょっとしたら」わたしは破顔した。「地元紙の北部版を購読されていれば、二年前に、わたしが写ってる写真を目にしてるかもしれませんよ。警察の新しい体育館の起工式のときの写真を。左から三番め、市長のトップコートを持っていたのがわたしです」

「いえ、それじゃないわ」と言うなり、女は思い出した。「十年くらい前に、大学のキャンパスでよ。あの長いオールを肩にかついで歩いてませんでした?」


ラルフが関心を示した。「オール?」

「その殺人事件が発生したのはいつですか?」わたしは話題を戻し、尋ねた。

強盗事件の容疑者をミルウォーキーで取り調べるため身柄を引き取りに、ラルフとともにスタージョン・ベイへ向かっていた道中でのことだ。湖畔の幹線道路に車を走らせていたが、ときおり湖の景色をもっと近くで味わおうと、並行してのびる田舎道に入っていた。車が故障したのは、そのときだった。

ボンネットを開け、わけのわからないまま悩める目つきでエンジンルームを見ていると、ラルフが祝福とは無縁の言葉を発した。

電話を求めて、ふたりそろって徒歩で北か南へ向かうか、二手にわかれて双方向を確認するか、それぞれの利点を話しあっているとメルセデスが通りかかり、脇で停まった。

乗っていた女――髪は濡れ羽色、年齢はおそらく二十代後半――が助手席側の窓をおろした。「お困りですか?」

「マダム」わたしは説教口調で言った。「ひとりで運転している女性が人里離れた道路で停まって、見ず知らずの者に声をかけるのは褒められたことじゃないですよ」

「やめろ、ヘンリー」ラルフが口をはさんだ。われわれは身分を名乗り、ラルフが目の前の苦境を説明した。ほどなく、われわれはメルセデスの後部座席におさまっていた。

車は並木道を半マイルほど走り、守衛詰所のところで道をそれた。濃さを増した木々にはさまれた砂利道を四分の一マイル進むと木立が切れ、楕円形の車まわしと、その向こうにノルマン様式の大建築物が見えた。あまりの大きさに、ラルフは吸いかけの葉巻を口からはなし、目を見開いた。

屋内に入ると、ラルフは最初にあった電話で、すでに地元の電話帳で番号を得ていたキウォーニーの自動車修理工場に連絡をとった。彼はわれわれの車のある正確な位置を伝えた。

ついでアンドレア・ホイットコム――彼女の美しさにふさわしい名前だ――が、われわれを車のところまで送りとどけ、修理工場の車が無事現われるまで待っていてくれた。

「刑事さんなんですか?」アンドレアが訊いた。

ラルフはうなずいた。「ヘンリーにいくつかの事実と、理論立てする余地を少々与えれば、嵐を起こしますよ」

わたしはつつましく顔を赤らめた。「努力してるんです」

二十分後、運転室に運転手と助手の乗ったレッカー車が到着した。彼らはわれわれの車のエンジンを眺め、あちらこちらをいじり、この場では何もできないと結論をくだした。車はキウォーニーまで牽引するしかなかった。

レッカー車の運転室にはゆとりがなく、ラルフとわたしは四十度傾いた自分たちの車におさまって、キウォーニーまで引かれていくしかなさそうだった。

「わたしの家にひと晩泊まったらどうですか？」アンドレアは申し出た。「修理が終わったら、キウォーニーまで送ってあげますよ」

わたしは辞退した。「いや、モテルを見つけます」

ラルフはわたしを脇へ引っぱった。「ヘンリー、こんな申し出を断ったなんてうちの女房に知られたら、おれは殺されちまう。あの家なら絶対にバスルームが十以上あるさ」

そんなわけで、結局われわれはアンドレアの家に戻って、軽めの夕食をごちそうになり、ついでテラスへ――ラルフは冷えた瓶ビールを、わたしはシェリーのグラスを、アンドレアは缶入りのダイエットソーダを手に――場所を移した。

陽は沈み、空には半月と満月の中間の月がのぼり、眼前には広大な淡水湖の絶景が広がっていた。ようやくアンドレアが、殺人事件について語りはじめた。

「事件が起きたのは四年前です」

「それで、犠牲者は？」

「わたしの父です。フィッシュナイフで刺されたんです。しばらく息があったようで、ボートハウスの床板に三インチ釘でアルファベット全二十六文字を刻んでました」

「ボートハウス？」

「ええ。そこで殺されたんです。ここからでは見えませんが、そこの切り立った崖の下にあります。床は軍艦グレーの塗料で防水加工がほどこされているので、文字はくっきり残ってました」

わたしは思案した。「アルファベット全部ですか？上段文字で？　それとも下段文字とか、両方混じっているとか？」

「すべて上段文字――大文字でした」

「ほかと較べて、大きさが目立って異なる文字はありましたか？」

「いいえ。どれもはっきりと彫られていました」

「欠けていた文字は？　または繰り返し刻まれていた文字は？」

「どの文字も一度きりで、順番もきっちりアルファベット順でした」

「文字と文字のあいだに句読点はありましたか？　コンマとかダッシュとかセミコロンは？」

「何も」と言ったあと、アンドレアは文字を思い返した。「そう言えば、Zのあとにピリオドが打たれてました」

「なるほど」わたしは意味ありげに言った。

「なるほどって何がだ？」ラルフが訊いた。

「まだわからない、ラルフ。だが、さまざまな断片があるべき場所におさまりだした」


わたしはアンドレアに向きなおった。「もしお父さんがすぐに息絶えなかったとしたら、どうして声をあげて助けを求めなかったんです？」

「求めたと思います。でも、ボートハウスはここからちょっと距離があるうえ、水際にあります。ここの湖の波は海の波と同じくらい大きな音を立てることがあるので、父が叫んだとしても声は届きません。それに、この家まで戻ってこられるだけの力は残っていなかったようです。できるのは殺人犯を特定するメッセージを残すことだけだと考えたのでしょうけど、そのメッセージが何をいわんとしているのか誰も解明できてないんです」

「警察はナイフから指紋を採取できなかったようですが？」

「ええ、ひとつも。指紋は遺体のそばで見つかった布切れで拭きとったんだろうって」

「お父さんはペンか鉛筆を身につけてましたか？」

「いいえ」

わたしは両手の指をあわせ、したり顔でその向こうを見つめた。「となれば、ひとつ謎が生まれます。もしお父さんが殺人犯の正体を知っていたのなら、どうして素直に犯人の名前を刻んで示さなかったのか？　正体を知らなかった――まったく面識のない相手だったとすれば、どうしてそうとわかるようなことを刻まなかったのか？　そのどちらもせず、どうして死の間際に、わざわざアルファベットを全部刻むことにしたのか？　警察は容疑者に目星をつけてるのですか？」

「あらゆる人に疑いの目を向けていると思います。不法侵入者――ボートハウスから何かを盗もうとしていたところを父に見つかった侵入者――それに使用人、事件発生前にこの家にいたわたしたち全員」

「全員とは誰のことです？」

「ヘルムス・マッカーシーとわたしの夫のシリルとわたしです」

「ヘルムス・マッカーシーというのは？」

「ヘルムスの両親が同じ通りに住んでます。隣りです。ヘルムスとわたしは一緒に育ったようなものです。彼はずっとわたしと結婚するつもりでしたが、あるときシリルが現われて先を越したんです」

「ヘルムスにお父さんの死を望む理由があったとか？」

「それは絶対にありません」

「では、ご主人のシリルにはどうです？」

「いいえ。説明しますと、父はお金も土地もかなり所有していました。でもだからといって、わたしがその資産の多くを自由に使えたわけではありませんし、それは夫も結婚してすぐに察しました。財布の紐は父が握っていて――シリルとわたしがお金に困ることはありませんでしたが――厳しく管理していました。シリルはまったく使い物にならないと父は見ていたので、管理はよりいっそう厳しいものに」

アンドレアはさらに説明をくわえた。「わたしたちが出会ったときシリルはテニスに夢中で、それは結婚後も変わりませんでした。ダンスもすごく上手で、水上スキーもできましたが、人の目をまっすぐ見るということができませんでした。結局のところ、父は最初からシリルを気に入ってなかったんです」

「いったいなぜシリルと結婚したんです？」

「いまとなっては、さっぱりわかりません。たぶん親からの締めつけに対する子どもじみた反抗心だったんでしょうね。年寄りに泡を吹かせてやれってね。当時は妙案のように思えたんですけど」

「つまり、ご主人がお父さんの資産を手にできるかどうかは、あなたが相続するか否かにかかってたんですね？」

「そういうことです」

わたしは薄い笑みを見せた。「となれば、基本的に同様の理由、つまりお父さんの金を自分のものにするために、あなたが殺人に手を染めた可能性もなくはないですね？」

ラルフは自分のグラスにビールを注ぎ足した。「ところで、あんたがオールを肩にかついでたって？」

わたしはラルフの横やりに目をしばたたかせた。

「三時間くらいだ、ラルフ。大学の警備員につかまるまでな」そう言って、わたしはアンドレアの問題に集中しなおした。父親が殺害されたが、息絶える前にアルファベット全文字——大文字——をボートハウスの床板に刻んだ。いったいそれにどんな意味があるのか？

「事の発端はなんだったんだ、ヘンリー？」ラルフが訊いた。

「発端ってなんの？」

「オールだよ、ヘンリー」

わたしはため息をついた。「ああ、それか。ええと、ある日、寮の部屋に坐ってパイプの吸い方を学んでたら、チャーリー・スウェンソンが入ってきたんだ。チャーリーってのはリーダー格の学生で、ホッケー・チームの備品マネジャーをしていた。すれ違えば会釈はしてたが、実際のところ、向こうから話しかけてきたのは、それが初めてだった。

　どうしてそんな話になったのかは憶えちゃいないが、チャーリーが、うちの大学はまちがいなくイカしているから、オールを肩にかついでキャンパスを歩きまわっても、なんでそんなことをしてるんだって気安く訊いてくるやつなんて絶対にいないって言い張った。まあ、当然、わたしはその主張に異議をとなえたがね。うちの大学は確かにイカしている――チアガールにはメンサ（高ＩＱ保持者交流団体）の会員が四人いた――が、オールかつぎは一歩先を行ってた。で、いつのまにか、わたしが一日じゅうオールをかついでいても、絶対に何も訊かれないほうに五ドル賭けるという話になった。当然、わたしはその賭けに乗ったのさ」

「当然、ね」

「よくある手こぎボートのオールか、せいぜいカヌーのパドルだと思ってたんだが、チャーリーがかつがせようとしてたのはスカルのオールだった。ほら、長さが十二フィートあるあいつだ」

「たまたま、そいつがそのオールを持ってたのか？」

「廊下に置いてあったんだ、ラルフ。そのときまで全然気がつかなかったんだが、チャーリーもどうしてオールがそこにあるのか知らないって言うんだ。でも、そこにあるんだから、拝借してもかまわないだろうって」

　話は殺人事件からすっかり脱線していた。わたしはアンドレアに向きなおった。「殺人が起きたのは何時でしたか？」

「検死官の話では、午後十一時から十二時のあいだだろうって」

「その夜、お父さんが殺害されるまで、家ではどんなことがありました？」

「たいしたことは何も。わたしたち四人——ヘルムスとシリルと父とわたしは十時までブリッジをしてました。そのあと、父はボートハウスにおりていきました。モーターの調子の悪いボートが一艘あって、もう一度見ておきたいからと。とにかく父はボートいじりが好きで、理由はなんでもよかったんです。ボートハウスに行けば、たいてい何時間もこもってました」

「では、あなたがたは全員、お父さんがボートハウスに行ったことも、しばらくはそこにいるだろうことも わかってたんですね？　お父さんが席を立ったあと、あなたがたは何をしてました？」

「ヘルムスは自宅に帰りました。夫はもう一杯お酒を飲んで、夕刊を読むことに。もちろんスポーツ欄を。で、わたしは二階にあがって、ベッドに入りました。横になるとすぐに寝てしまいました」

「そのヘルムス・マッカーシーですが」わたしは言った。「ここの敷地から離れたのは確かですか？　こそこそと隠れて動きまわってたということはありませんか？」

「ないと思います。それに、さっき言ったように、彼には父を殺す動機がいっさいありません」

わたしは険しい笑みを浮かべた。「われわれがここまで挙げたような動機はね。警察はなんらかの結論に達しました？」

「警察には、シリルもわたしもつらい思いをさせられましたが、どちらも犯行は否認しました。警察の記録では、未解決のままになってると思います」

わたしはやんわりと問いかけた。「あなたが休んでるのは、キングサイズかクイーンサイズのベッドですか？」

「ツインベッドの片方です」

「なるほど。で、横になるとすぐに眠りに落ちたんですね？　ご主人も二階にあがってベッドに入ったら、同じようにすぐに寝ついたんでしょうか？」

「眠っていたわたしに、どうしてわかるんです？」

もっともな指摘だった。が、わたしは引かなかった。

「ほんとうは、あなたがたのどちらかがタヌキ寝入りをしていたとも考えられます。相手が眠るのを待ってから、こっそりとボートハウスへおりていって、お父さんを殺害し、誰にも――お父さん以外には――知られることなくこっそりと寝室に戻ってきたということだってありえます」

アンドレアは弱々しく微笑んだ。「夫が殺人の片棒をかついだと思ってるのですか？」

わたしは首をふった。「いいえ。実際、あなたがたが共謀したのなら、互いに相手の確実なアリバイを用意するくらいの知恵はあったはずです。そうではない、殺人は単独犯によるものです。重要容疑者はあなた、ご主人、それから謎めいたヘルムス・マッカーシーです」

わたしは思案をめぐらした。一分が過ぎ、わたしは立ちあがった。「そうか、わかったぞ」

「わかったって何が？」アンドレアは訊いた。

「アルファベットそのものにメッセージは込められていなかったが、全体がおのずとメッセージになってたんです」

「それはどういうことなんです？」

「お父さんがアルファベットの全文字をひとわたり刻んだ目的は――最後にピリオドを打ったのは、必要なことはすべて伝えたということですが――犯人の名前を刻むだけの力は残っていたが、それは賢明なことではないと判断したのを示すことだった」

「それがいったいなぜ賢明じゃないと？」

わたしは引きしまった笑みを浮かべた。「つまり、お父さんは襲われている最中、明日の朝、殺人犯当人が表向きには死体の〝発見者〟になるだろうと察した。となれば、殺人犯が〝発見者〟を演じているときに、ボートハウスの床板に自分の名前がくっきりと告発するように刻まれているのを見つけたらどうするか？」

アンドレアは意を解した。「なんらかの方法で、刻まれた文字を読めなくする。自分の痕跡を消すために、ボートハウスを燃やしさえしたかもしれない」

「そのとおり。だが、犯人はボートハウスを燃やしも文字を読めなくすることもしなかった。それはなぜか？　なぜなら、アルファベットが脅威になると考えるにたる理由がまったく見あたらなかったからです。文字は、迫りくる死に対する理性を欠いた一種のヒステリー症状だとしか思わなかったかもしれない。しかし、お父さんが実際に伝えたかったのは、死体を〝発見した〟人物こそが殺人犯だということです」わたしは両手をこすりあわせた。「さて、死体を〝発見した〟のは誰です？」

「わたしです」アンドレアは言った。

ラルフがアンドレアに話を聞かれないところに、わたしを引っぱった。「ヘンリー、いったい何をやってるんだ？」

「そんなこと明々白々だと思うがね。殺人事件を解明してる」

ラルフは、空《くう》を見つめて考え込んでいるアンドレアのほうを見やった。「ヘンリー、ここではわれわれは客だ」

ちょっとばかり驚いた。「ラルフ、それと事件とどんな関係がある？」

ラルフは別の方向から攻めてきた。「あのな、実際どんな確たる証拠があって、彼女が父親を殺したと言うんだ？」

「証拠の出番はこれからだ、ラルフ。導き出されるのを待ってるんだ」

「いいか、ヘンリー、ここはおれたちの縄張りじゃない。ひと晩ぐっすり眠って、明日の朝はおいしい朝食にありついて、そのあとここを離れてから、保安官事務所に寄って、あんたの推論を一からとくと語ればいいじゃないか。ともかく、これが四年前の殺人事件なら、あとひと晩寝かせたところでどんなちがいがある？ のんびりしようぜ。楽しむんだよ」

ラルフにうながされて、もとの椅子へ戻った。

ラルフはわざとらしく含み笑いを洩らした。「ところで、あのオールを肩にかついだんだって？」

わたしは気力を振り絞った。「ああ。野外じゃたいして難儀しなかったさ、ラルフ。授業は皆勤だったんだが、オールをかついで歩きまわったからといって、それが阻害されることもなかった。とりわけ厄介だったのは、曲がりくねった階段をあがりおりすることだった。なかなか工夫を要したな」

「それで、どうしてそんな馬鹿っぽいオールをかついでるのか、誰からも訊かれなかったのか？ 教授からも？」

「ああ、ラルフ。誰にもね。いずれにしろ、午後二時半に大学の警備員につかまって幕切れだ」

「どうしてだ？ 秩序を乱すような行為だったからか？」

「いや。オールを盗んだからだ。男子学生部長のところに連れていかれたよ。学生部長はまこと上機嫌で、こう言うんだ。今回は、『わたしは二度とスカルのオールを盗みません』と五千回書いたら放免してやるってね。字を書くのが遅いもんだから、その週末は丸つぶれだった。おかげで、あの年シボイガンでおこなわれたクロスワードパズルの州大会を逃した」

わたしはアンドレアに鋭い視線をすえた。「ご主人はご在宅ですか？」

彼女はふとわれに返った。「いいえ」

「どこにいます？」

「死んで土のなかです」

わたしは待った。

「父が殺害されてから一カ月ほどしたある晩、シリルはあの絶壁から転落しました。警察は、月明かりのなかを散歩しているうちに、あやまって足をすべらせたのだろうと」

わたしは疑うように片眉を吊りあげた。「では、その事故が起きたとき、あなたはどこにいました？」

「家で、ヘルムス・マッカーシーとモノポリーをしてました」

「ええ、そうです。最初は三人ではじめたのですが、夫は何度か下手な投資をして破産したんです。彼が散歩に出てからも、ヘルムスとわたしは決着をつけようとゲームをつづけました。最後は、わたしが勝ちました。シリルが散歩から戻ってこないのに気づいたので、ヘルムスとふたりで探しにいき、崖下に倒れている夫を見つけたんです」

ここでも、わたしは険しい笑みを浮かべた。「つまり、モノポリーで熱戦を繰り広げているあいだ、あなたもヘルムスも、何か理由をつけてその場を離れたということはないのですね？　ヘルムス・マッカーシーからも話を聞きたいですね」

「それは無理です」

「どうしてです？」

「彼は亡くなりました」

わたしは目をしばたたかせた。「彼も？」

「ええ。飛行機事故で」アンドレアは頰笑み、話題を変えた。「ほんとうにすばらしい夜ですね。そのあたりをちょっと散歩しませんか？」

わたしは腰がひけた。「あのとんでもない崖の近くでなければ」

「階段で浜へおりましょう。泳ぎは大丈夫ですか？」

「カワウソなみに」

「例のアルファベットをお見せします。まだそのままですから」

わたしは誘惑に屈して、腰をあげた。「ラルフ、わたしがここを出たときは生きていたと証言してくれよ」
アンドレアと連れだって裏の芝地を二十ヤードほど進んだところで、わたしは言った。「ところで、もしわたしが殺人犯で、死体とアルファベットの〝発見者〟ならば、何かしらのメッセージを伝えようとしていると即座に見抜きましたね。たとえ解読できなくても、ほかの誰かが解読して、わたしを破滅の道へ追い込んだでしょう。わたしなら安全を期して、ボートハウスに火をつけてます。でも、あなたはそうしなかった。どうしてです？」

しばらく歩いたところで、アンドレアは口を開いた。

「何時に死体を発見したかを訊きませんでしたね」

「何時に死体を発見したんです？」

「午前三時半を少しまわったころです」

その答えに、わたしは首をひねった。「午前三時半？　死体を発見するには、えらく妙な時間に思えますが。どうしてそんな時間に起きてたんです？」

「目覚まし時計が鳴ったからです」

「午前三時半に？」

「ええ。夫と父は朝、湖に銀ザケ釣りに行く予定だったんです。ほんとうのところ、夫は釣りにはあまり興味がなかったんですが、父のご機嫌をとろうとして。ふたりはまだ暗いうちに起きて、ボートハウスで落ちあい、陽がのぼるころには恰好のポイントに着いておけるよう、父がボートを出すことになってました。

三時半に目覚まし時計が鳴ると、シリルはベッドから出てバスルームにシャワーを浴びにいきました。いつも起きるとまずは——それが何時であろうと——シャワーを浴びるんです。いっぽう、わたしは夜中に目がさめると、そのあとはいつもなかなか寝つけなくて。だからあのとき、シリルがバスルームにいるあいだに、わたしは起きて身仕度をしました。湖でシリルと父の顔を見るのも悪くない、一緒に釣りをしてもいいかなと思って。それでボートハウスにおりていくと明かりがついていて、死体を見つけたんです」

「ふむ」事の真相が見えた。「なるほど、それでわかりました。前の晩、あなたが二階にあがってベッドにはいったあと、ご主人は酒を飲んで、スポーツ欄を読み、そのあとお父さんとふたりきりで話をしようとボートハウスに行くことにした。お父さんを殺すつもりだったのか？　それはなかったでしょう。というのも、計画殺人ならもっと抜かりなく計画を練ったはずですから。そう、ご主人がボートハウスに行ったのは、話をするためです。借金の申し入れをするか、あなたの結婚生活への経済的援助について再交渉しようとしていたか。

お父さんは頑として受け入れず、おそらく辛辣な言葉も浴びせた。それで口論となり、ご主人は頭に血がのぼって、手近にあった凶器——たまたまフィッシュナイフでしたが——をつかみ、襲いかかった。殺人の罪を逃れるには家に戻ってごまかしとおすしかないと考えたご主人は、もう一度ベッドにもぐり、目覚まし時計を三時半に鳴るようにセットした。実際ひと眠りしたかもしれません。

目覚まし時計が鳴ると、ご主人は日課と思われていることをいつもどおりしようと、バスルームにシャワーを浴びにいった。予定としては、そのあとボートハウスに行き、何食わぬ顔で死体の発見者になるつもりだった。それで、ボートハウスの床に残されたメッセージに関する、わたしの説が立証されます——死体を〝発見した〟者が誰であれ、それが真の殺人犯だと。ご主人の計算になかったのは、その日の朝にかぎって、シャワーを浴びてるあいだに、あなたが起きてボートハウスに行こうとしたことです」

わたしは推測した。「これでお父さんの死については矛盾のない説明がつきますが、ご主人の死はどうなのか？　まだあれは事故だったと言い張るつもりですか？　それとも、アルファベットに込められたメッセージを読み解き、自分の手で裁きをくだすことにしたとか？　シリルが死んだ夜、頭痛がするから二階にアスピリンを取りにいくと断りを言って、モノポリーの席を離れたが、その実、家を抜け出して、ご主人を崖からまんまと突き落としたんじゃありませんか？」

「当たらずといえども遠からずね」アンドレアは言った。「そもそも、アルファベットが何を意味しているのか、数分前にあなたから言われるまで、かいもく見当がつきませんでした。夫が父を殺したなんて疑いもしませんでしたから。あの人が人を殺せるなんて思ってもいなかった。犯人は不法侵入者で、ボートハウスで盗みを働いていたところを見つかったんだとばかり。夫が死んだ夜について言えば、確かにわたしはモノポリーの途中で一度席を立ちました――頭痛のせいにはしませんでしたけど。いずれにしろ、わたしが二階のバスルームに行っているあいだ、ヘルムス・マッカーシーには家を出て、シリルを崖から突き落とすだけの時間がありました」

わたしは彼女を見つめた。「それが真相だと、どうしてわかったんです？」

「ヘルムスに聞いたからです」

「それはまたなんと。その話をどうして警察に言わなかったんです？」

「ヘルムスが話してくれたのは、彼が死ぬ直前でしたし、もうそのときには何かするには遅すぎました。それに警察に言ったところで、ヘルムスの評判と彼の両親を傷つけることにしかなりません」

アンドレアは説明をくわえた。「ヘルムスが乗った軽飛行機は、地元の空港を離陸したさいに墜落したんです。着陸しかけていたエグゼクティヴ・ジェットの腹に激突したんです。ジェット機は無事着陸しましたが、ヘルムスのほうはそうはいきませんでした。彼はまだ息があって、病院に救急搬送されましたが、助からないのは――ヘルムス本人にさえ――明らかでした。

だから彼はわたしを呼んで、自分のしたことを打ち明けたんです」

「どんな理由があって、ヘルムスはご主人を殺害したというんです？」

「もっとも古くからある理由のひとつです。シリルが死ねば、当然わたしは彼と再婚すると思ったんです」アンドレアはため息を洩らした。「もしどうしても彼の告白の証人をというのなら、彼の両親に話してみてください。ふたりともベッドの脇にいましたから。でも、いまさらすべてを公にしたって、何も意味がないと思いません？　事件に関わりのあった人はみんな亡くなってますし。この事件は記憶のファイルにそっとしまっておいてもらえませんか？」

愉快なことではないが、思えばわたしの記憶のファイルにはそういった事件があふれるほど詰まっている。でもまあ、もうひとつ押し込むくらいの余裕はあるだろう。

われわれは崖のたもとへつづく木の階段をおりた。

「ところで、例のオールをかついでいる理由を、誰からもいっさい尋ねられなかったんですか？」

「誰からもね」

「ということは、もう何年も経ってるのに、あなたはまだ知らないのね。キャンパスじゅうが――」言いかけて、アンドレアは口をつぐんだ。

「キャンパスじゅうがどうしたんです？」

「気にしないで。わたしにそのつづきを言う勇気はないわ」

わたしは大きく息を吐いた。「学生部長に罰として五千回書かされた文章を、どういうわけか、あのチャーリーのやつが全部手に入れて、寮の自分の部屋の壁二面にべったり貼ってたんです。で、あと五千回、『わたしは二度とスカルのオールを盗みません』と書いてくれないかと頼んできた。それがあれば残りの壁二面も覆えるからと」

アンドレアはまじまじとわたしを見た。「信じられない。まさか書かなかったわよね？」

「ええ。いまでもよくわからないんだが、何かがぷつんと切れて、わたしはチャーリーをぶん殴って歯を四本折ってやりました。以来、彼は二度と話しかけてこなかったし、部屋の模様替えまでしましたよ」

実に心地よい夜だった。われわれは桟橋の突端まで行き、星を眺めた。

アンドレアによると、地元にはほかにも迷宮入りの殺人事件が何十もあるとのことで、結局わたしは、ラルフが無理だとしても翌週戻ってくる約束をした。

家に戻ると、ラルフは部屋でテレビを観ていた。

彼はわたしを脇へ引っぱった。「バスルームが九室。使用人たちの部屋があるほうまで行かずにだ」

メイドがラルフへのビールのお代わりと、わたしへのシェリーを持って現われた。

学問の道

Living by Degrees

松下祥子 訳

「ひょっとして、クラーレ毒がどこで手に入るか、知らない?」ロニーは訊いた。

「知らないね」わたしはきっぱり答えた。

「すごく速く効くんだ。あなたを苦しませたくないからさ」

「恐れ入ります」

ロニーは最近、わたしを殺害したい旨を明らかにしていた。理由は、わたしも同姓のマクスターソンだからだ。

彼はため息をつき、チェス盤をしまった。


チェスでわたしは必ず彼を負かす。二人とも特にチェスに凝っているわけではないが——実際、わたしに言わせれば、チェスに入れこんでるのは計算が得意なだけで自分は頭がいいと勘違いしている輩だ——それでも、こっちが常に勝つのは事実で、そのたびに自尊心が活気を取り戻す。

ロニーは十三歳、わたしは五十七歳。大学当局の気まぐれで、ルームメートにさせられた。

「それ以外に方法がないんだよ」ロニーは言った。「どうしてもあなたを殺さなきゃならないんだ。お父さんが遺してくれた金はせいぜい大学一年分で、もうほとんど使い切っちゃったもの」

「殺人とはずいぶん過激な解決法だな」わたしは言った。「どこかから奨学金くらいもらえるだろう?」

彼は首を振った。「募集している奨学金はみんな、受給資格が十六歳以上なんだ」

「じゃ、しょうがないな。ウィッカー夫妻のところに戻って、機が熟すのを待つしかない」

ウィッカー夫妻は二年前に飛行機事故で両親を亡くしたロニーの保護者だった。

考えただけでロニーは気が滅入った。「すっごく寒い家でさ、ミスター・ウィッカーは縁なし眼鏡をかけてて、ぼくがいるとぴりぴりしてるんだ」

気の毒な子だと憐れんでやりたいところだが、五十万ドルが関わっているとなると、慈悲心の井戸はどうしても干上がってくる。

ロニーはぶすっとした。「ウィッカーさんちへ戻って、十六になるまでぶらぶらしてるわけにはいかないよ。ぼくは天才なんだ。いろんな雑誌に写真が載ったし、知能指数はすごいんだから」

わたしはパイプに煙草を詰めた。「わたしだって天才だ」

「うん、でも五十七歳だろ。それに、今までろくになんにもしてないじゃないか」

「天才はなにかをする必要はない」わたしはむっとして言った。「なにかしなければという欲求に駆られるのは、自信のない天才だけだ」

百年近く前にヘンリー・マクスターソンが死んだとき、遺言によって、マクスターソンの名前を持つ者——一時に一人だけ——を大学に行かせるための信託基金が設立された。その学生がフルタイムで一課程を履修し、合格点を維持している限り、別のマクスターソンに地位を奪われることはない。

卒業について、あるいは大学にいつまで居続けられるかについて、規定はなかった。

「ここの学生になって何年なの?」ロニーは訊いた。

「およそ三十五年だ」

「なら、そろそろ別のマクスターソンが信託を利用できるように道を譲ってやるべきだと思わない?」

「これはもう大学へ行く行かないだけの問題じゃない。きみだってよくわかっているだろう」

マクスターソン基金はきっかり百年間運用されるように設定され——ヘンリー・マクスターソンの子孫に対する興味はせいぜい百年どまりだったのだろう——解消されたその日に大学在籍中のマクスターソンは元本全額を受け取る。もちろん、その時点で金が残っていればだが。

マクスターソン基金の管財人は賢く投資し、というか、少なくとも運に恵まれて、信託基金は今では五十万ドルを超える。そして、期限切れはおよそ一年後だった。

むろん、わたしとて最初から大学に三十五年居続けようと意図していたわけではない。

一九三一年に文学士号を授与されたのだが、その年、世界はすさんでいたから、マクスターソン基金に経済的に守られて、修士号と博士号を取ることに決めた。

後者を取得したとき、ホワイトハウスにはまだ民主党の大統領がいて、状況が改善するまであと一、二年じっと待つのがよさそうに思えた。それに、ふいに植物学への興味が芽生えていたのだ。

一九二八年からこのかた、わたしが大学を離れていたのは四年と少しのあいだだ。一九四一年十二月八日、三十一歳のわたしは開いたばかりの新兵徴募所の前に並んでいた。

歴史学と植物学の博士号があり、法律学の学位も取っていたから、当然のように、陸軍はわたしを工兵隊に送り込んだ。

戦争が終わり、合衆国に戻ってみると、留守中、誰もマクスターソン基金の支給を受けていなかったことがわかった。

わたしはすぐさま工学部に入った。そして、その後何年ものあいだに、さまざまな分野で数多くの学位を取得してきたのである。

時計を見た。一時半の授業が始まる。栄養図表と、もっとも一般的なチェダー・チーズ十種の蛋白質含有量を分析した小論文を荷物にまとめた。

外に出ると、寮の階段のところに男子部学生部長のスティーヴンソン教授がいて、目立って長身の学生と話をしていた。あれはバスケットボール選手のロング・トム・マギルだと、わたしでさえわかった。

マギルは勤労運動選手奨学金で大学に来ているが、その勤労とやらは、月に二回、事務棟に入り、屑籠の中身を焼却炉にあけるだけだという噂を耳にした。

スティーヴンソン教授は大学行政に熱心な男で、いつも蝶ネクタイを締めている。わたしを呼び止めた。

「ピーター、インターン勤務はいつ始めるんだね？」

「始めません」わたしはきっぱり答えた。

「でも、医学部は去年修了したろう。それも、最高の成績でね」

わたしは断固として言った。「それでも、インターン勤務をするつもりはまったくありません」

もしインターンになれば、もちろんマクスターソン奨学金にあきができ、ロニーが飛び込んでくる。五十万ドルが目前に迫っている今、そんなことを許すつもりはなかった。

スティーヴンソンはため息をついた。「ロニーに対して意地悪だとは思わないのかね？　あの子だって教育を受けたいんだよ」

すると、あいつは教授と話をしていたのか？　だが、五十万ドルが水平線の彼方に見え隠れしているとは、口にしたはずがない。

スティーヴンソンは咳払いした。「ビーニー（頭にぴったりした丸い小型の帽子）はどうした」

「ビーニー？　なんのことです？」

「学生自身が定めた規則によれば、本学の一年生は全員ビーニーをかぶらなければならない」

わたしはこわばった笑みを見せた。「わたしは一年生じゃない。学士号ならこの大学が学問を誇りにしていたころに取りましたから」

ロング・トム・マギルは感心した。「そんな昔に？」

スティーヴンソン学生部長は引かなかった。「ピーター、きみは今、家政科に在籍中だったね？」

そうだと認めた。「おたくの大学で学べる科目が尽きてきましてね」

「で、〈食事計画一〇六〉を取っているかね？　〈オーヴンの基礎技法一三七〉も？　それに〈アメリカ人の食生活（一六二〇～一八六〇年）〉も？　すべて一年生の科目だが？」

明らかに、わたしのことを調べていたのだ。

彼は勝ち誇ったようににっこりした。「じゃあ、しょうがないな。学科のほうからすれば、きみは今現在、確かに一年生だ」

「それでも、ビーニーはかぶりません」

笑顔がやや曇った。「ピーター、ビーニーをかぶらないのなら、申し訳ないが、停学処分にせざるをえない。規則は規則だよ。学生たちは規則破りを嫌う。ことに自分たちが作った規則だとね」

見え透いたやり方だった。ビーニーなどかぶらない一年生だって何百人といるに決まっている。だが、わたしが規則を守っていないとロニーが男子部学生部長に訴えたのだ。二人は協力してわたしに恥をかかせ──初歩的な脅迫だ──大学から追い払おうとしている。

怒りが湧いた。最高裁まででももちこんで……だが、理性が勝った。二ドル払うほうが賢い。わたしは購買部に行き、ビーニーを買った。

部屋に戻ると、ロニーがチョコレートの箱をあけて差し出した。「渦巻き模様のやつを試してごらんよ」

考えもせず、従った。

「もう一つ」

ロニーはわたしが二個食べるのを、物思うような目つきでじっと見ていた。「ちょっと筋肉がこわばってきたかい？　麻痺は？」

わたしはいぶかしく思って彼を見つめた。「いや。どうして？」

彼はがっかりした様子だった。「効かなかったみたいだ」

「なにが？」

「クラーレ。二十秒で麻痺して、それからすぐ死ぬはずなのにな」

愕然とした。冗談だろう。「チョコレートにクラーレを入れたのか？」

彼はにっこりした。

一瞬、パニックに襲われたが、それから気を引き締めた。わたしはまだ生きているし、麻痺も来ていないではないか。毒はクラーレだと彼は確かに言った。もし実際に毒物をチョコレートに仕込んでいたとしても、

わたしはこわばった微笑を見せた。「天才といっても、知識に欠けたところがあるな。クラーレは血流に入ったときだけ毒性がある。経口摂取しても害はない」

「知ってるよ」彼は認めた。「でも、もしかしたら胃に潰瘍があるかもって、期待してたんだ」

わたしは彼の手から箱を取り上げた。「これは大学当局に提出する。警察沙汰になるかもしれないぞ」

彼は落ち着き払っていた。「クラーレを注入したのは、さっきの二個だけだ。それにどっちみち、ぼくはすべて否定するから、そっちこそ人から……」彼は言葉を切った。その目に無邪気そうな膜がかかった。

彼をじっくり観察した。頭がおかしくなってきたと人に思われる？　そういう意味か？　そして、いったんわたしの知的能力に疑いが出れば、マクスターソン奨学金から合法的にわたしを引き離すまで、ほんの一、二歩か？

わたしは無理に笑顔を作り、チョコレートをもう一個試した。「きみも食べてみろよ、ロニー。すごくうまいぜ」

その夜は寝つけず、目が冴えていたので、ロニーが起き上がったときのベッドのきしみが聞こえた。

彼は忍び足でわたしのベッドの横を通り過ぎ、洗面台のある小部屋に入ると、ドアを閉めた。

わたしはあくびをした。彼は水を飲もうとしているのだろう。

だが、水の流れる音は聞こえず、十分後にまたドアがあいた。ロニーはわたしのベッドの脇を通り、自分のベッドに戻った。

わたしはロニーが眠りに就くのを待ってから、立ち上がり、小部屋に行った。ドアを閉め、明かりをつけた。

ロニーは何をしていたのだろう？

薬戸棚の鏡張りの扉をあけた。中に入っているのはありきたりの薬類だ――アスピリン、咳止め、そのほか、使用期限のとうに切れたあれこれの錠剤。

このどれかに細工をしたのだろうか？

下を見ると、洗面台にわずかに白い粉が落ちていた。指先につけ、恐る恐る舐めてみた。

苦い。

冷水の蛇口からほんの少し覗いている白いものに目が釘付けになった。

策に富んだ小悪魔め。

どんな毒だか知らないが、それをペーストにして、蛇口の内側に詰めたのだ。朝になり、わたしが水を飲もうと蛇口をひねれば、毒がコップに流れ込む。

蛇口から粉がすっかりなくなるまで、水を流した。

朝、目覚ましが鳴ると、ロニーは半身を起こし、わざとらしくあくびをした。

やっぱりだ。うずうずして待っている。

わたしは洗面台に近づき、コップにたっぷり水を汲むと、持ってきた。「水を飲むかい？」

ロニーは断わった。「ううん、いらない」

わたしは水をすっかり飲み干し、服を着始めた。

しばらくして、ロニーは言った。「もしかして毒に耐性があるのかなあ、あなたは」

わたしは肩をすくめた。「そうだとしても驚かないね」

ロニーはため息をついた。「じゃあ、なにか違うことを考えなくちゃな」彼は靴を履いた。「今日の午後、アーチェリーの練習場に行かないか？」

弓矢を手にしたロニーを五百ヤード以内に近づけるつもりは毛頭なかった。「行かないね」わたしはきっぱり答えた。

その晩、ロニーは教科書を前に置いたまま、何も読んでいないのが見て取れた。じっと考え込んでいるらしく、目がどんよりしている。

かなり不安にさせられた。

九時になると、わたしは自分の本を閉じ、いつものように夜の散歩に出ようとした。

ロニーは机のスタンドを消し、上着をはおった。

わたしがキャンパス内をぶらぶらするのについてくるときは、いつだってひっきりなしにおしゃべりを続けるくせに、今夜は黙って歩いていた。

細い月が空にかかり、キャンパスにはほとんど人気《ひとけ》がなかった。屋内競技場でバスケットボールの試合が行なわれているせいかもしれない。

カヌー・クラブの小屋のところで桟橋に出て、暗い水を眺めた。

わたしは杭の一本にしっかり手をかけた。「水に突き落とそうと思ってるなら、無駄だよ。水泳は得意でね」

ややあって、ロニーは口を開いた。「結局、あなたを殺す必要なんかないってわかったんだ」

わたしは懐疑的に片方の眉を上げた。「ずいぶんいろいろやってみたようだがね」

「そうでもない。チョコレートにはクラーレなんか入ってなかった」

「じゃあ、青酸――だかなんだか知らないが――水道の蛇口に詰まっていたのは？」

「アスピリンをすりつぶしてペーストにした。それに、必ず目につくように、粉もぱらぱら撒いておいた。あなたが目を覚ましているのはわかってたから、できるだけ怪しげな様子で動いたんだ」

ほっとした。「すると、事態を受け容れて、学校はやめると決めたのかい？」

彼は首を振った。「ううん。マクスターソン基金で大学を続ける」

わたしは眉をひそめた。

彼は小さな湖の向こうにきらめく明かりを見つめていた。「マクスターソンて苗字の人間は世界中に一握りしかいないって、いつかお父さんから聞いたのを思い出したんだ。それで今日の午後、あなたがシャワーを浴びているあいだに紙入れを調べさせてもらったら、出生証明書が見つかった。そのあと、証明書を発行したはずのボストンに長距離電話をかけたんだけど、市役所の登記課から、ピーター・クレイボーン・マクスターソンという名前で一九一二年二月二十六日にボストンで生まれた人物はいないと言われた」

空気が冷たく感じられた。ひどく冷たい。

ロニーは続けた。「それから思い出した。あなたはほとんど誰にも手紙を書かないけど、クリスマス・カードとかちょっとしたプレゼントを、ウィスコンシン州スピル・フォールズのミセス・レティシア・ランダルって人にいつも送っている」

叔母のレティシアだ。今では八十二歳。わたしにとっては生まれたその日から、母親と呼べるのはこの人しかいなかった。彼女はわたしがマクスターソンと名乗っているのを知っていて、わかってくれている。

「それで、スピル・フォールズに電話して」ロニーは言った。「役場の人と話した。どこかで読んだんだけど、人が出生証明書を偽造するときは、たいてい自分の本当の誕生日を使うし、本名の一部すら使うこともあるんだって。調べてもらったらわかったんだ。ピーター・クレイボーン・ランダルが、この町で一九一二年二月二十六日に生まれていた」

　昔はランダルという名前だったことなど、ほとんど忘れていた。

　ロニーはこちらを向いた。「あなたは一九二八年に大学に入ったときからずっと、マクスターソンのふりをしてきたんだ」

　ランダル家の人間はみな貧しいが、頭はある。わたしが大学に行くためには、マクスターソン基金が唯一の方法だったのだ。

「悪いけど」ロニーは言った。「ぼくは本物のマクスターソンだから、マクスターソン基金で大学に行くよ」

　気がつくと汗が噴き出ていた。だめだ！　ここまで何十年もがんばってきたのに。許すわけにはいかない！

　両手が自動的に動き、ぐいと押した。

　ロニーはびっくりして悲鳴を上げ、暗い水に頭から落ちた。

　ふいに風が強まったようだった。

暗い水の中からロニーはまた声を上げた。わたしを呼んでいた。

震えながら立ち尽くした。ピーター・クレイボーン・ランダル、五十七歳、文学士、科学士、文学修士、科学修士……

そのわたしが十三歳の少年を溺れさせようとしている。

　くそ。あわてて上着を脱ぎ、靴を脱ぎすて、水に飛び込んだ。

　ロニーは桟橋からほんの数フィートのところにいた。わたしはなんとか片腕をその胸にまわし、横泳ぎで桟橋に戻った。

水から上がると、ロニーはごほごほと咳き込み、気分がよくなるまで、わたしはその背中を叩いてやるしかなかった。

ようやく口がきけるようになると、彼は言った。「まあとにかく、あなたはぼくを助けてくれた。それは無視できない」彼は額から濡れた髪をかき上げた。「でも、ぼくを殺そうとしたのは、五十万ドルのためだけじゃないと思うね」

「そうかい？」わたしはむっとして言った。「それよりがっちりした理由はほかに思い浮かばないがね」

彼は首を振った。「金のためじゃない。それほどはね。そうじゃなくて、ぼくのせいで大学に行けなくなるからさ。この世でいちばんやりたいことといったら、それでしょ？　ここに居すわって、死ぬまで勉強を続ける、そうじゃない？」

わたしは目をぱちくりさせた。

そう、もちろんだ。それだとも。大金などどうでもいい。ずっとここにいられるだけの金さえあればいいのだ。

新しい課程を始める、勉強の新しい道に乗り出すのはわくわくする。この世界には知的人間がいて、その何人かは本を書いたのだと、改めて発見するたびに安心する。

だが、それもこれまでだった。

わたしは振り返って学生寮に目をやり、三階の隅の窓を見た。今は暗いが、明かりがついているとき、あそこはわたしの家だ。成人して以来ずっとそうだった。

わたしはため息をついた。過剰に教育を受けた五十七歳の男に、どんな仕事ができるだろう？

教える？

知識欲があるなら教えようという情熱もあるだろうと、人は思い込む。

率直に言って、わたしは教えるのは大嫌いだ。

ロング・トム・マギルは屑籠を取り上げた。

「ちょっと待ってくれ」わたしは言った。「緑の屑籠がきみの、赤いのはわたしのだ」

わたしたちは屑籠を交換し、焼却炉に続くダストシュートのほうへ歩いた。

彼は屑籠の中身を空けた。「どのスポーツをやるつもりなんだ？」

「グレコ・ローマン・レスリング」わたしは言った。

「うちにチームがあるとは知らなかったな」

「チームを結成しようとしているところだ」わたしは言った。「だが、何十年もかかるかもしれない。こういうことはあせっては失敗する」

外に出ると、きりっとした学問の空気を吸い込んだ。教職に就いた一年はみじめだったが、また学生に戻ってうれしかった。だが、食うためには働かなければならない——少なくとも、シニア・スポーツマンのためのロナルド・マクスターソン基金が誕生するまでは。

部屋に上がると、ロニーがチェス盤を前に待ち構えていた。

ロニーのがんばりには頭が下がるが、大金持ちの天才であろうとなかろうと、あの子のチェスの腕前は救いようがない。

マッコイ一等兵の南北戦争

McCoy's Private Feud

松下祥子 訳

土曜日の営舎点検は何事もなく進んでいたが、それもマッコイ一等兵の寝台に来るまでだった。

ターナー大尉の目が不穏に細くなった。「一等兵、後ろの壁に貼ってあるのはなんだね?」

マッコイは気をつけの姿勢でこわばっていた。「ガールフレンドの写真であります」

「そっちじゃない」大尉はぴしりと言った。「南軍の旗のほうだ」

「はい」マッコイ一等兵は言った。「南軍の旗であります」

わたしはクリップボードを腕に置き、マッコイの名前を書きつけた。南軍の旗は、以前は炊事場使役二日の罰だったが、大尉はこれを四日に増やしていた。間違いなくインフレが起きている。

大尉はわたしのほうに向き直った。「曹長、この男は中隊に入ってどのくらいになる?」

「二日です、大尉。ベニングで基礎訓練を終えたばかりです」しかし、これで大尉が斟酌《しんしゃく》を加えるはずもないとわたしは知っていた。マッコイの名前のあとに4と書き込んだ。

大尉はマッコイの私物入れ《フットロッカー》の蓋を持ち上げた。ぎろりと目を光らせ、指さした。「これはなんだ?」

マッコイは空つばを呑んだ。「下着だと思います、大尉」

大尉の顔が赤黒く変わった。「下着のことじゃない。その南軍の帽子のことだ」

「はい」マッコイは認めた。「南軍の帽子であります」

わたしは4を消し、5と書き直した。

大尉はそれぞれ寝台の脇に気をつけの姿勢で立っている兵士たちをねめつけた。ややあって言った。「ランダル曹長、十分後に中隊を集合させろ」

「はい、大尉」

彼はふんぞり返ってドアのほうへ歩いた。「それから、あの旗をはずせ」

大尉がドアをばたんと閉めて出ていくまで待ってから、わたしは小隊軍曹のほうを向いた。「ウィルソン、どうしてへまをやったんだ？　この小隊に送られてくる新兵には必ず、大尉の頑固頭のことを警告するよう言ってあったろう」

ウィルソンは肩をすくめた。「あんなもの、見ませんでした。あいつ、きっとぎりぎりになって旗を貼りつけたんだ」

マッコイは不思議そうな顔をしていた。「大尉は何が気に障ってそんなにかっかしているんですか？」

「灰色（南軍の色）だ」わたしは言った。「赤白青の反対だから、見ると猛烈に腹を立てる」

中隊事務室で書記のアダムズ伍長にクリップボードを渡した。「掲示板に貼り出すリストを作ってくれ」

ターナー大尉が新しい葉巻を手に、自室から出てきた。「戦争に勝ったのはどっちか、いまだに頭に入っていないやつがいる」

「はい、大尉」わたしは言った。

大尉は背の低い、がっちりした体格の男で、朝鮮戦争で勲章を二つ授与されていた。その後、世界各地で服務したが、それでもメイン州人らしさは抜けず、鼻にかかった訛りもそのままだった。もし誰かがロブスター・アイスクリームを発明したら、真っ先に試してみるだろう。

彼は葉巻に火をつけ、すぱすぱ吸った。「わたしの曽祖父四人は軍服を着た」

わたしはデスクの書類に目をやった。「どちら側でしたか？」

顔を上げると、大尉は怪しむような目つきでこちらを見ていた。「曹長、きみはどこの出身だね？」

「ミズーリです。両方の側に祖先がいます」

アダムズ伍長はタイプする手を止めた。「マッコイに五日ですか？」

わたしはうなずいた。書類に目を戻した。「大尉、ニューイングランド各州は一時、北部連邦脱退を考慮していたというのをご存じでしたか？」

アダムズ伍長は興味を持った。「実現したんですか？」

大尉はこわい顔をした。「アダムズ、きみの名前もリストに入れろ。炊事場使役二日だ」

アダムズはぎょっとなった。「でも、大尉、午前報告書の書き方がわかるのはわたしだけです」

わたしは腕時計に目をやった。「中隊集合の時刻のようです、大尉」

外に出てホイッスルを鳴らすと、隊員は駆け足で営舎から出てきた。出頭報告を聞いてから回れ右をして、大尉に敬礼した。「全員集合しました」

大尉は攻撃的な様子で、整列した中隊を見渡した。

「マッコイ一等兵、正面中央へ」

マッコイは直角に曲がって列を離れた。

ターナーは微笑したが、それはサメの微笑だった。

「一等兵、〝忠誠の誓い〟（合衆国に対する忠誠を表明する言葉）を知っているだろうな？」

マッコイは目をぱちくりさせた。「もちろんであります」

大尉は揉み手した。「よし。では、聞かせてもらおう」

マッコイ一等兵は誓いを暗唱した。

「完璧だ」ターナーは愛想よく言った。「実に完璧だった。では、中隊のほうを向いて、さらに百九十九回やりたまえ」

マッコイの口がへの字になった。「でも、一度で充分ではないでしょうか、大尉？」

「きみの場合は違う」大尉は怒鳴った。「アポマトックス（ヴァージニア州の町。一八六五年四月、ここで南軍が北軍に降伏して南北戦争が終わった）の名を聞いたことがないようだな」

「いえ、あります」マッコイは言った。「父がときどき口にしました、まわりに女たちがいないときだけでしたが」

大尉の指が痙攣するように動いた。「回れ右、暗唱を始めろ、命令だ」

「はい」マッコイはみじめな顔で言った。

終わるまでに約十七分かかった。

わたしが中隊を解散させたあと、大尉は片手を背中にあて、満面に笑みを浮かべた。「これでわたしの言わんとするところはわかったろう」

「はい」わたしは言った。

大尉が角を曲がるまで待ってから、わたしは第四小隊営舎に行った。

マッコイは寝台にすわり、まだむかついて顔を真っ赤にしていた。「あんなことをするなんて、大尉はひどすぎる」

わたしは舌を鳴らした。「自尊心が傷ついたかな？」

彼は興奮してつばを飛ばした。「このことは絶対忘れやしませんからね。おれはマッコイだ。ケンタッキーでハットフィールド家のやつらがうちの祖先と対決したとき（十九世紀後半、ケンタッキー州のマッコイ家とウェスト・ヴァージニア州のハットフィールド家は反目し、二十五年にわたって殺し合いが続いた）、あっちがどうなったかはご存じでしょう」

「記憶に間違いがなければ、あの争いではハットフィールド家のほうが優勢だったと思うがね」わたしは彼をしげしげと眺めた。「くよくよするな。どうしようもないんだ。おまえは下っ端の一等兵にすぎないが、大尉の後ろには全陸軍が控えている」だが、そのときふいに彼の頭になにかひらめいたらしく、目が輝くのが見えた。マッコイはひとりでにんまりした。

「作業服に着替えて」わたしはぴしっと言った。「食事担当軍曹のもとに出頭しろ」

事務室で残った用事をかたづけると、駐屯地内バスに乗り、曹長宿舎に帰った。

「営舎点検はどうでした？」妻のアイリーンが訊いた。

「まあふつうだった」

十歳の息子グラント・ジャクソン・ランダル（南北戦争中、グラントは北軍、ジャクソンは南軍の将軍）は庭で自転車を修理していたが、手を止め、家に入ってきた。

わたしは彼が着けている〝南部同盟〟のベルト・バックルをじっと見た。「坊主、おとうさんのためを思って、あと二日くらい、ほかのベルトをしてくれないか？」

月曜日、中隊が閲兵場で擬似手榴弾を使った演習を行なっていたあいだに、わたしはシュミット一等兵の緊急賜暇願いが通ったかどうか確かめようと、事務室へ戻った。

作業服姿のマッコイが、わたしのデスクの前にある木製の柵にもたれていた。「曹長、おれ、〝忠誠の誓い〟を暗唱するのはかまわない。忠実なるアメリカ国民ですからね。でも、あの誓いを懲罰に使うのはどうかと思うな。まったく冒瀆行為ですよ」

「まっすぐ立て」わたしは言った。

彼は背筋を伸ばした。「それに、もう一つ。陸軍規定によれば、炊事場使役も懲罰に使うべきものじゃない。あれは一種の名誉ってことになってるんですよ」

「じゃ、喜べ。きみは名誉ある仕事に携わっている」

彼はため息をついた。「あの、ここに来たほんとの理由は、駐屯地図書館に行く許可をいただきたかったからなんです。リストを作らなきゃならないんで」

わたしは壁の時計に目をやった。炊事場使役では、ふつう午後一時間休憩をもらえる。「食事担当軍曹が許すなら、わたしはかまわない」

彼はうなずき、伸びをした。「あーあ、くたびれた」

わたしは顔を上げた。「だからどうした？　ジェフ・デイヴィス（南北戦争当時の南部同盟大統領）の誕生日を祝うために三日の外出許可証が欲しいのか？」

彼の顔が明るくなった。「そういえば、曹長、誕生日はもうじきですよね――」

わたしは立ち上がり、彼はそそくさと部屋を出た。

火曜日、アダムズ伍長は炊事場使役を終え、事務室に戻っていた。中隊郵便箱の中身を空け終わったところに、ターナー大尉が入ってきた。

大尉はテーブルの上にうずたかく積まれた手紙の山に目をやった。「おや、兵隊たちはずいぶんせっせと手紙を書いたようだな」

「はい」アダムズは言った。「ことにマッコイ一等兵が」

自室へ向かっていた大尉は途中で足を止めた。「ほう？　親類が大勢いるのかな？」

アダムズ伍長は無表情だった。「もしそうでしたら、全員が上院議員です」

ターナーはテーブルに戻ってきた。「上院議員？」

「はい。南部の上院議員です」

ターナーは封筒の一つをつまみ上げた。「フロリダ州、スマザーズ上院議員」不安げに咳払いした。「まさか、マッコイはあのことで苦情を――」

アダムズはかすかに眉根を寄せた。「大尉、郵便物を検閲することは許されていません。戦争中は例外ですが、それでも合衆国大陸内ではだめです」

ターナー大尉は色をなした。「マッコイ一等兵の郵便物を検閲するつもりなどない」ややためらってから、別の封筒を取り上げた。「アラバマ州、スパークマン」

アダムズは郵便物を郵便袋に詰める仕事を続けた。封筒の一つをしげしげ見た。「サウス・カロライナ州のサーモンド宛て。封がちょっとはがれかけているみたいだ」

「いや」大尉はきっぱり言った。「わたしはウェストポイント士官学校出身の将校だ。伍長、すぐにセロテープで封をしたまえ」ターナーはふんぞり返って自室へ行った。

「アダムズ、その郵便物を郵便局へ届けろ」わたしは命じた。

ドアの前でアダムズは振り返った。「曹長、炊事場使役って、ほんとに嫌なもんですよ」

わたしは彼の微笑にじっと目をやった。「おまえの故郷はどこの州だ？」

「ルイジアナです」彼は〝ディキシー〟を口笛で吹きながら出ていった。

夕食時に家に帰ると、妻が口を一文字に結んで待ち構えていた。

彼女は息子の目のまわりに新たにできた青あざを指さした。

「またゲティスバーグの戦いをやったんだ」息子は誇らしげに言った。「でも、今度はぼくらが勝ったんだよ」

アイリーンは腕組みした。「あのマッコイ一等兵の責任だと思うのよ。駐屯地の人たちがみんな、南北に分かれてるんだもの」

わたしは息子の目のまわりをよく調べた。「坊主」わたしは厳しい口調で言った。「けんかはだめだぞ」

「どうしていつもこの子を〝坊主〟って呼ぶの？」妻は訊いた。「グラントって名前なのよ。グラントじゃまずいの？」

「このごろ、学校のみんなはぼくをジャクソンて呼ぶよ」息子は言った。「気に入ってるんだ。響きがいいもの」

ターナー大尉は水曜日の朝、事務室に入ってくると、アダムズ伍長がテーブルの上に積み上げた郵便物の山を目にして、心なしか青ざめた。

アダムズは天使のごとき無邪気な表情をつくっていた。「マッコイは今度は下院に手紙を書き始めました。アルファベット順でGまでいったようです」

十時に大尉の電話が鳴った。受話器を取り、相手の話を聞くあいだに、大尉の背筋がやや伸びた。「はい」と言ったあと、〝マッコイ一等兵事件〟について、自分の立場を説明した。

電話を切ると、物思わしげにため息をついた。「陸軍駐屯地というのは田舎町と同じだな。今のはスティーヴンズ少佐だった」

「はい」

「スティーヴンズ少佐は、万一このせいでなにか起きても、わたしを支持するとおっしゃった。わたしが取った措置は、規律を維持するのに必要なものだったろうと言われた」ターナーは眉をひそめた。「それでもなんだか、諸手を挙げて賛成という感じではなかったような――」彼は肩をすくめた。「どうしてスティーヴンズ少佐はいつも〝きりつ〟というんだ？〝きりつ〟だろう、〝きりつ〟ではなくて」

「少佐はヴァージニア州出身ですから」

大尉は立ち上がり、暗い表情で窓から外を見た。「わたしの祖父は将軍だった。父は今、将軍だ」

こちらに向き直った。「陸軍は公平に昇級を決める。わたしはいずれ大佐になる」

「はい」

「だが、そのあとは、すべての昇級は議会審議にかけられる」彼は行きつ戻りつした。「もし上院議員の一人が――もし上院議員の一派が誤解して――」

また電話が鳴り、大尉は取った。話を聞くうち、気をつけの姿勢になった。「かしこまりました。すぐまいります」

受話器を置いた。「メイソン大佐がわれわれに会いたいそうだ」

メイソン大佐は貴族的な風貌で、こめかみに少し白髪が見えた。「話の全体を聞かせてもらいたい、大尉。最初からな」

ターナー大尉の話がすむと、大佐はわたしを見た。「きみは大尉の行為をよしとするかね?」

「大佐、わたしならこのすべてを忘れて、なかったことにしますが」

彼はため息をついた。「同感だ。だが、マッコイ一等兵は手紙を書いているそうじゃないか。それも、影響力のある人たちに」きりっとした態度になった。「ターナー大尉、きみの部隊指揮官として、わたしはどこまでもきみを支持する。たとえ誰が首を切られようとな」

ターナーはほっとした顔になった。「ありがとうございます。そろそろああいうジョニー・レブ（南軍兵士のこと）のやつらに、勝ったのはどっちかわからせてやっても――」ふいに口をつぐんだ。目が大佐の背後の壁に掛かったロバート・E・リー（南軍の総指揮官）の肖像をとらえていた。

メイソン大佐はぼんやりとヴ《V》ァージニア軍《M》事学院《I》卒業生指輪をいじっていた。「わたしの父は将軍だった。その父も将軍だった。そのまた父も将軍だった」

「はい」ターナーは言った。「すると、内戦中ですね」

大佐は冷たい目で見上げた。「州間戦争（南北戦争を南部史の立場から呼ぶ言葉）だ」

「はい、大佐」ターナーはあわてて言った。

大佐は悲しげに首を振った。「わたしの名前は今度の昇進リストに挙がっている。今、議会審議にかけられているところだ」

「残念なことでした」ターナーは言った。顔が赤くなった。「いやその、おめでとうございます」

メイソン大佐はため息をついた。「だが、もう将軍になるのは無理だな。こんなことのあとでは」

外に出ると、ターナー大尉はうんざりした様子でジープに乗り込んだ。「まわりじゅう、南部のやつらばかりだ。どこを向いても一人いる」L通りとボーラガード通り（南軍の将軍の名前）の角で、彼はわたしの腕に触れた。

「マッコイは今、どこにいる？」

「食堂にいるはずですが」

行ってみると、マッコイは両手両足をついて食堂の床を洗っているところだった。立ち上がり、気をつけの姿勢になった。

「休め」大尉はぴしりと言った。厳しい表情になった。

「きみは陸軍に対してなにか苦情があるか？」

マッコイは首を振った。「いいえ、ありません」

大尉は顔をマッコイの顔にぐっと近づけた。「たとえば、先週土曜日にあったことについてとか？」

マッコイは考えてみた。「いいえ、ありません」

ターナーはマッコイのまわりを歩いた。「陸軍が好きかね？」

「わたしは徴募兵であります」

大尉は顔をしかめた。「陸軍には陸軍のやり方がある。苦情があるなら、それなりのルートを通す」

「はい」

「まず、きみは伍長に話をする。伍長は小隊軍曹に、小隊軍曹は曹長に、そして曹長がわたしに話を持ってくる」

「はい。わかっております」

大尉の顔が赤黒く変わった。

「では、いったいなんだってあんな手紙を――」息が詰まって続けられなくなったようだ。

わたしは煙草の包みを取り出し、マッコイにすすめた。

彼は不審そうにそれをじっと見た。

わたしは一本に火をつけ、彼に渡した。「きみのファースト・ネームは？」

「バーナードです」

わたしは微笑した。「バーニー、陸軍を好きな人間もいれば、好きでない人間もいる」

彼はうなずいた。「それは気がつきました、曹長」

「バーニー」わたしはまた言った。「陸軍にはきりつが、いや、きりつが必要だ。もし気に入らないことがあっても、すぐに——その、自分の選挙区の議員に手紙を書いたりしないものだ」

マッコイは自分で吐き出した煙の輪をぼうっと見つめていた。

こいつの首を絞めてやりたいという衝動をなんとか抑えた。「バーニー、軍隊だけじゃない、どんなことでも、規則には従わなくてはならない」彼の肩を軽く叩いた。「たとえばだ、そう、きみは将来どうするつもりだ？」

彼の目が輝いた。「政界に入ります」

なるほど、やっぱりな。

たっぷり一分、誰もなにも言わなかった。マッコイは完全に状況を掌中に収めている、とわたしは感じた。するとふいに、彼はわたしたちのなにかの罪を赦してくれている、とも感じた。

彼は煙の輪をもう一つ吐き出した。「はい。政界です。それで、必要な情報を直接、現役の人たちからもらうことに決めたんです。選挙運動をどうすすめれば当選するかとか、そういったことです。で、上院と下院の議員全員に手紙を出しました」言い直しがあった。「南部の上院議員と南部の下院議員です。南部の政治は、それだけで一つの世界なんですよ」

大尉はなにやら唸り声を発したが、ようやく言葉を見つけた。「すると、議員への手紙に書いていたのは、それでぜんぶだったのか？」

マッコイは子供のように純粋に驚いた顔になった。

「それでぜんぶ、ですか？　ええ、もちろんです」

大尉は深く息を吸った。「マッコイ、きみにあと五日、炊事場使役をやらせるか、それとも上等兵に昇級させるか、迷っているところだ」

マッコイはにっこりした。「上等兵になったら、家族や親類が大喜びします」

食堂の外で、大尉はまた深呼吸して、空を見上げた。

「マッコイ一等兵は炊事場使役を何日やっている？」

「今日で五日目です」

彼はうなずいた。「今日はもう休んでいいと言ってやれ。教訓は身についたと思う」考えるように言った。

「曹長、思うんだが、あの旗について、わたしはちょっと厳しすぎたかもしれんな」

わたしはなにも言わなかった。

「しかしな、曹長、わたしはこの中隊の指揮官だ。南軍の旗はいっさい見たくない」彼は咳払いした。「少なくとも、今しばらくは」

「はい」

大尉はジープに乗り込んだ。「なあ、曹長、わたしの名前が昇級リストに挙がるころ、あいつは上院議員になっているかもしれんな」

わたしは食堂のドアを閉める直前に見た、マッコイ一等兵のにやにや顔を思い出した。

「はい、大尉、そうなっても驚きません」

リヒテンシュタインの盗塁王

The Liechtenstein Flash

小鷹信光 訳

「ぼく、盗塁は得意だよ」とラドウィックが言った。

毎年、わがロバート・ルイス・スティーヴンスン高校が生徒を一名、リヒテンシュタインに送り、リヒテンシュタイン側が代表一名をこっちに送ってくる交換留学生制度がある。

今年はラドウィック・モルデナウアーが送られてきた。身長は五フィート二インチ、体重は多めにみても百十ポンド（五十キロ弱）。

リヒテンシュタインはヨーロッパのスイスとオーストリアの間にある、ほとんど山ばかりの六十二平方マイルしかない小さな国だ。人口は約三万。ぼくの百科事典には、国の収入の大半は観光業、観光切手の売り上げ、および〝本拠地を同国に置く国際的企業〟から得られるそうだ。どれも収入《みい》りはよさそうだが、最後の一つはとりわけうるおっているようだ。

ラドウィックはぼくの家に寄宿している。わが家にやって来たのは去年の九月。いつも期限までにきちんと宿題もやりながら――成績はオールAだ――野球放送があるときは――大リーグのレギュラー・シーズンが終わり、ワールド・シリーズが始まる頃――いつも必ずテレビの前に陣どっていた。彼は野球のことで聞きたいことが山ほどあり、野球はぼくの十八番だったので喜んで質問にこたえた。

そのくせ彼は、頭の中でずっと考えていたことを、冬が終わり、スティーヴンスン高校での春の練習シーズン開幕が近づくまで隠していた。その時期になって、やっと彼は、ぜひ野球をやりたい、自分の特技は盗塁だとぼくに打ち明けたのだ。

ラドウィックはこう説明してくれた。「競争のきびしい試験と少しばかりの駆け引きをくぐりぬけているあいだに、交換学生に選ばれると思ったんだ。そして、きみたちの学校にこれまでやってきた先輩たちが築いた伝統を受け継ぐために、ぼくも何かのスポーツにかかわって優秀な結果を残さねばならないと気づいたんだよ。

見てのとおりの理由から、フットボールはまっ先に除外した。プレースしたボールを蹴る役目だけでも失敗するだろうから、リヒテンシュタインではサッカーもやらなかったんだ。

だけど、自分の能力と適性を分析して、それがきみたちの国の偉大な国技である野球に向いていることがわかり、ぼくの出番もありそうだと気がついたのさ。盗塁にかけては飛びぬけた成績をあげられると思う。ぼくは機敏でカンがいいし、静止状態からたったの二歩で全速力にまで加速できるんだ」

というわけで、春の練習初日にぼくは彼を連れていった。今年はぼくがチームに入って三年目——ショートを守る正選手なのさ——正直いってラドウィックを連れてゆくのは少しばかり気が重かったんだが、どうしても断わりきれなかったのだ。

とにかくぼくは彼にユニフォームを用意してやった。去年の新人のバットボーイのものだ。そして練習のグラウンドに連れていって、ジョンスン監督にひき合わせた。

監督はラドウィックの話を聞き、彼の体を観察した。監督も明らかに首をひねっている。でもとにかく彼をダイヤモンドへ連れてゆき、練習を中断させ、盗塁の設定をつくって、ラドウィックのお手並みを拝見することになった。

マウンドにはフレッド・トレイシーが立った。彼は一塁ベースで踊るようにリードをとるラドウィックをじっと見つめ、こんな坊やに塁を盗まれるものかとたかをくくった。でもおざなりにひょいと二度ほど牽制球を投げた。ラドウィックはすんなりと戻った。

ようやくトレイシーはすばやいワインドアップからキャッチャーのポーターめがけてボールを投じた。と同時にラドウィックがスタートし、二歩で全力疾走にうつっていた。ポーターは捕球後二塁に向かって完璧なボールを投げたが、時すでに遅し。ラドウィックは楽々と塁を盗んでしまった。

監督は大いに感心し、舌を巻いた。ぼくも同じだった。

たんなるまぐれの成功ではないことを確かめようと、ジョンスン監督はラドウィックを一塁に戻し、もう一度走らせた。ラドウィックは二度目も難なく成功させた。

たいていの場合、盗塁を成功させるには、キャッチャーではなくピッチャーからタイミングを盗まねばならない。どうやらラドウィックには、ピッチャーがバッターに向かって投げる最初の一瞬を本能的に読みとる能力が備わっているらしい。

ラドウィックはそのあと四回盗塁をきめた。

ジョンスン監督はいいものが手に入ったと考えはじめていた。すくなくともピンチランナーにはうってつけだ。

だが監督はそれ以上の注文をつけた。「ラドウィック、盗塁をたくさんきめるには、まず出塁しなければならない。打つほうはどうなんだ?」

「自分でもまだわかりません」ラドウィックは認めた。「でもぼくには鷲の目と素早い反射神経があります。打つほうもかなりいけると思います」

監督はラドウィックをバッターボックスに立たせ、またトレイシーに投球を命じた。

ことごとく盗塁をきめられてまだ頭に血がのぼっていたトレイシーは本気になって熱球を投げこんだ。

鷲の目と反射神経については本人がいったとおりだった。ラドウィックは二塁の左側に打ち返した。実践であれば内野安打になる当りだった。

トレイシーは力いっぱい投げつづけたが、相手を空振りさせることはできなかった。監督がやめろと声をかけるまで、ラドウィックは内野のあらゆる方向にボールを打ち返した。

つまりぼくらは、ラドウィック・モルデナウアーという秘密兵器を手に入れたということだ。とはいえ、彼が打ち返したボールのうち内野の外まで飛んだのは一発だけで、それもたいした飛距離ではなかった。

いいかえれば、長距離ヒッターでは絶対にないということである。だがそれでも、おそらく三振をせず、競走犬のように走れ、打率が二割五分かそれ以下でも、ぼくらのチームの正選手になる資格は充分だった。

ラドウィックが必死に身につけねばならなかったのはグローブの扱い方だった。だがこれも短期間にしっかりとおぼえ、ゴールデン・グラブ賞にはほど遠いが、スローイングもほどほどうまくこなせるようになった。春のシーズンが開幕したとき、ジョンスン監督はラドウィックをセカンドの守備につかせた。

開幕試合の対戦相手はホーソーン高校。ラドウィックは一番バッターとして五度打席に立ち、二度はヒット——もちろん内野安打だが——一度は四球で出塁し、盗塁を三つ記録した。そのうち一つは三盗だった。ぼくらは四対三で勝った。幸先きのよいすべりだしだった。

ことはその勢いで進んでいった。じつのところぼくらのチームは、ラドウィックという特別な切り札をのぞけば月並みなチームだった。ところがラドウィックの走りっぷりのよさと、たぶんツキにも恵まれて、ぼくらは開幕から八連勝をやってのけた。この十年来初めてのことだが、フォックス・リヴァー・ヴァレー・リーグでの優勝さえ手が届きそうになってきた。

ラドウィックの走りっぷりはリーグ中に鳴り響いていた。ぼくらが九つ目の試合を三対二で勝ったとき(ラドウィックの本盗が決勝点になった)、ぜんぶで十二試合おこなうシーズンを通しての過去の最多記録をすでに超える数の盗塁数を記録していた。

ラドウィックはホームスチールをとりわけ誇りにしていた。「二塁を盗むのはお手のものさ。キャッチャーから一番遠い塁だからってばかりじゃないけどね。三塁をとるのもぼくは得意にしている。だけど、ホームスチールだけはまったくの別物だ。本盗をきめるには、ピッチャーの不意をつき、キャッチャーをうまくだまし、あるいはその二人ともをびっくりさせるようなやり方でだしぬかなきゃならない。ホームスチールを狙ってるなんてことを露ほども疑わせないようにもっていくのが肝心なんだ」

さて、リーグに所属するほかのチームの連中だが、彼らはラドウィックについてほかのあることに気づきだした――彼の打撃ぶりのことだ。彼が打ったボールはどうやっても遠くには飛ばないことが明白になってきた。

そんなわけで、第十試合目の宿敵エドガー・アラン・ポー高校との対戦で、ラドウィックがバッターボックスに立ち、ゲームが開始されたとき、相手の野手全員が内野の芝生の近くに位置しているのが明らかになった。ピッチャーをふくめると内野手が八人ということだ。ラドウィックが打つボールが頭上を越えることを誰一人心配していなかったわけだ。

すべての穴をふさがれて、ラドウィックは打ち返す場所がなくなった。内野ゴロでつづけて四回アウトになり、そのうちの一回は一塁のすぐ近くで守っていたライト前のゴロでのアウトだった。

だがこの戦略の影響は、その試合の敗北だけではすまなかった。ぼくらは十一対〇でぶちのめされ、今シーズン初の一敗を喫したのだが、さらに悪いことには、ラドウィックの打撃面での弱点がリーグ全体に知れ渡ってしまった。

　ホイットマン高校との第十一試合目、ラドウィックはふたたび内野手八人シフトに直面し、四球さえ得られなかった。

　ところがツキがぼくらに味方し、ラドウィックが金縛りにあいながらも、なんとか四対二で勝利をおさめた。これで、十勝一敗の成績をひっさげて最終戦にのぞむことになった。

　ホイットマンとの試合のあと、ラドウィックはため息をもらした。「ぼくが役に立っていた時期は去ってしまったね。いまはチームのお荷物になっている。チーム全体のために、ぼくが先発からはずれるのが最善の道だと思うんだ。ピンチランナーとしてならまだ働けるよ」

　しかしジョンスン監督は、今シーズンはずっとラドウィックをレギュラーとしてつから腹だったたし、いまは選手の入れ替えの時ではない、きっと何かが起こるだろう、と考えていたようだ。

　最終戦の相手はこれも宿敵のロングフェロー高校だったが、敵はここまで三勝八敗の成績でいわばやけくそになっていた。相手がどんな状態だろうと、ぼくらはぼくらでこの最終戦をぜがひでも勝たねばならなかった。さもないと、昨日の最終戦を終えて今シーズン十勝二敗としたエドガー・ライス・バロウズ高校とペナントを分け合うことになってしまうからだ。

　ロングフェローも案の定ラドウィック・シフトを敷いた。ラドウィックは初めの三回の打席ですべて内野ゴロ、しかもまたしてもそのうちの一回は外野手の一塁への返球で刺されたものだった。

　ロングフェローは大物食いの役割にご満悦の様子で、シーズンを通して一番みごとなゲーム運びを披露した。九回裏にぼくらの最後の攻撃がやってきたとき、スコアは一対一の同点だった。

その回の先頭バッターはラドウィックだった。ずっと投げつづけてきたロングフェローのピッチャーはいくぶんへばり気味で、ラドウィックを歩かせてしまった。

次がぼくの打順だった。監督は、ラドウィックが二盗をきめるチャンスをつかむまで打つなとぼくに指示した。そのあとぼくがバントでラドウィックを三塁にすすめ、大きな外野フライでホームを狙う作戦だ。

ロングフェローのピッチャーは、ぼくに第一球を投げるまで、四度も牽制球を投じてラドウィックをベースに戻らせた。やっとぼくに投球すると同時に、ラドウィックは走って二塁をおとしいれた。キャッチャーの投球が悪かったのは確かだが、どっちみちラドウィックは進塁を果たしていたはずだ。

ピッチャーはやっとぼくに集中した。ボールがくると、ぼくは一塁線にうまくバントをころがした。ボールをとりにきたピッチャーがファンブルし、ぼくはタッチをまぬかれて一塁に達した。

無死のまま、決勝点となるランナーが三塁にいる。ロングフェローの監督はピッチャーを交替させた。ダニー・オーグルソープを投入したのだ。

オーグルソープの持ち球はひとつだけ——まっすぐの豪速球だ。バッターボックスに近づく頃には時速百マイルのスピードになっている球で、九球で三振を三つとってピンチを切りぬけることで有名だった。

身長は六フィート八インチ、両手を左右にのばした幅は六フィート二インチ。つまり、てこの力はめいっぱいつかえるが、欠点はスタミナ切れが早くくることだ。どっちが先になるにせよ、二十五球か二イニングが限界なのでリリーフにしか起用できないピッチャーだった。

ぼくの次のバッターはハリスン。無死、ランナー一、三塁で同点という状況では、ハリスンを敬遠して満塁策をとるのが監督が選ぶ常道だ。だがロングフェローの監督がオーグルソープに全幅の信頼を置いているのか、オーグルソープ自身が自信満々なのか、彼は誰一人一塁には歩かせない意気ごみでマウンドに立った。結果、ハリスンは三球三振。つづく四番のネルスンも同じく三球三振。

そして、センターを守るアダムズの出番になった。ぼくは三塁にいるラドウィックに目をやった。彼はホームスチールを成功させられるだろうか？　チャンスはなさそうだ。相手のすきをつく道は断たれている。敵は、やるならやってみろと手ぐすね引いて待ちかまえていた。ラドウィックはまったく動けない。

ぼくは二塁に目を向けた。ぼくは上級生になり、三年目でレギュラーのポジションをつかんだが、これまで全試合を通じて、盗塁をしたことは一度もない。試みたことさえなかった。

盗塁をするならいましかない。きょうがぼくの高校生最後の試合なのだ。

ぼくがこの場面で盗塁するなんて考えるものはただの一人もいなかった。足が遅いほうだと知れ渡っていることもあるが、同点の九回裏、二死という局面で、一塁ランナーのぼくが二盗を試みることにはいかなる意味もない。ぼくの前には、決勝点となるべきウィニング・ランナーが三塁にいるのだ。

しかしラドウィックは三塁で動きがとれず、バッターのアダムズの三振は刻一刻と迫っていた――たぶんそうなりそうな雲行きだ――いまここでぼくが二塁に盗塁してみんなをびっくりさせたからといって、失うものがあるだろうか？

アダムズがバッターボックスに立ったとき、ぼくはじりじりとリードをとった。そして、少しばかりリードをとりすぎてしまった。やりすぎだ。オーグルソープがちらっとぼくを見た。すばやい牽制球を投げて、あっさり三アウトにしてしまおうという気持ちをおさえきれなかったらしい。彼は一塁手に矢のような牽制球を投げた。

　あわてて戻ろうとしていたら、ぼくはその場でタッチアウトになっていただろう。ぼくは帰塁を諦め、二塁に向かうしかなかった。

　一塁手がボールを二塁手に投げた。そのまま二塁につっこんでいたら、ぼくはあっさりと刺されていたにちがいない。で、一塁と二塁の中間で足をとめ、どうすべきかと立ちどまった。

　ぼくが近づいてこないのを見て、二塁手は目をぱちくりさせている。そして、ボールを握ったままこっちに二、三歩迫ってきた。

　そのとき、いきなりホームプレート上に立ちはだかったキャッチャーが、早くボールを投げろとわめき立てた。

　ぼくが走りだし、途中で立ちどまっていたあいだに、ラドウィックがホームめがけて突進していたのだ。やっと気づいた二塁手がボールをキャッチャーに返球したが時すでに遅し。ラドウィックはボールがキャッチャーのミットに達するより前にホームベースにすべりこんでいた。

　つまりこんな次第で、最終戦もペナントも、その他もろもろのうれしいご褒美もぼくらのものになり、シーズン通算打率が一割六分七厘を切ってしまったにもかかわらず、ぼくらはラドウィックをMVPに選んだ。

　試合後監督は最後にぼくに言った。「まあ、結果は万事うまくいったが、あの場面で二塁に走りだしたきみの走塁はどじの一言につきる……」

　そこまで言ったとき、ラドウィックがすっと口をはさんだ。「あれは、きみのすばらしい頭脳プレイだったよね――二塁に走るふりをしたきみの動きで相手の注意力がほんの一瞬ぼくから離れたチャンスを生かしてホームをおとしいれることができたんだ」

　ぼくは空咳をした。「ああ、まあ、ほんとうは……」

ラドウィックがぼくの肘をつかみ、それ以上ぼくがしゃべる前に、その場から引きはなしてくれた。

歩いて家に帰る道すがら、ぼくは自分が犯したどじなプレイについてくよくよ考えていた。

ラドウィックははげまそうとしてくれた。「本気で二塁に盗塁しようとしていたにせよ、意識下ではチャンスの芽をつくろうと狙っていたんだよ」

うまい説明だ。ありがとう。

アイスクリーム屋に寄り道をして、ぼくはラドウィックに店で一番大きな盛りつけのホット・サンデー・ファッジをおごってあげた。

迷之巻

まよう

下ですか?

Going Down?

小鷹信光 訳

消防夫たちが眼下で救助ネットを吊るしはじめている。モーガン部長刑事は、私が立っている窓の外の狭い縁《へり》にそっと体をのせて立ちあがった。「下まで降りるのはちょっとした道のりだよ。着地と同時におまえさんの体はあたり一面に飛び散ることになるね」

「私の死体のみためがどうなるかなんて、いまは考慮外だ」私はひややかに告げた。

私にしゃべらせつづけるのも、明らかにこの刑事の仕事なのだ。「飛び降りることで解決しようとしている悩みってなんだ？」

「悩みなどとりたててない」私はこたえた。「存在することと全部がただたんに耐えがたくなったというだけのことだ。私は凡人であり、凡人というのは落伍者なのさ」

刑事はひしゃげた葉巻の吸いさしを手にとった。

「いいか、凡人がどうのこうのといった御託に耳を貸す気はない。カミさんのことで悩んでるのか？　おまえさんがこんなことをしてるのを知ったらカミさんはどう思う？」

「あと一歩か二歩前へ出たらどうなの、とはげましてくれるだろうよ」

窓から顔をだしてうしろから話しかけてきたものの言葉に数秒間耳を傾けていたモーガンがまた私に声をかけた。「このホテルに、エイモス・ドースンの名で滞在してるんだな」

「そのとおり。でも、本名を訊いてもムダだよ」

刑事は葉巻の吸いさしを振った。「子供がいるだろう。こんなところに立っているおまえさんを見てどう思うだろうな」

「息子が一人いる。期待はずれの子だった。薬剤師になってしまったんだ」

「悪いことの中にもいい面があることを学ぶべきだ」モーガンは言った。「おれは息子に警官になってほしかったんだが、望みは叶わなかった」

「あんたの父親は警官だったんだろうな」私は辛辣な口調で言った。「そして父親の父親も――」

「いいや。ちがう」部長刑事はこたえた。「伝統は誰かがまず築かねばならない。なのにランスは、レンの自動車工場のキャブレター担当の職工なんだ？」

「槍《ランス》だって？」

モーガンは肩をすくめた。「その件について、おれは何ひとつかかわっていない。その名前を思いついたのは女房なんだ」刑事はポケットの中をもぞもぞやりはじめた。「ひょっとしてタム（胃薬名）を持ってないか？」

「持ってない」

刑事はため息をついた。「おれの考えじゃ、おまえさんの悩みはほとんどがカミさんのことだろう。うまくいってないのか。だが思いだしてみろ。結婚したときは、愛していた女の子だったんだぞ」

「そうだったかな」

「もちろんだ」モーガンは言った。「そうじゃなければなぜ結婚したんだ」

「近くに住んでたのが運のつきだったのさ」

「おれの場合はこうだ」モーガンが言った。「女房はすぐ隣の家の娘で、あの頃でも百二十ポンド（約五十四キロ）あった」ひと思案してつけたした。「いまはらくにその二倍だ」

風を避けられる側面を選んでいたので、声を張りあげる必要はなかった。「凡人は生まれついての落伍者なんだ」私は言った。「それを認識し、運命とこの宇宙を肯定・否定論をもとに定義づけすれば、よりよく……」

「つまり、うまくことが運ばなかったってことか」モーガンが言った。「だが、この人生にはまだ生きてゆくだけの価値がある」

「どうしてそう言える？」

「それは……」刑事は顎をこすった。「もしそうでなければ、人間はなぜ生きつづけるんだ？」

「マヌケか、死を怖れる臆病者か、そのどっちかだからさ」

刑事は私をとっくりと眺めた。「おまえさんは、自分をマヌケ組には入れないんだろう？」

「もちろんそんなことはしない」私はひややかに言った。

刑事はうなずいた。「つまり、これまでずっと臆病者だから生き長らえてこられたってことだ。そのことにすっかり馴れてしまったんじゃないのかね」

刑事の顔色が青ざめているような気がする。「高いところにいるのがいやなのかい？」いくぶん意地悪げな口ぶりでたずねた。

相手は頭を横に振った。「いや、気にはならないさ。それより胃の具合だ。有害ガスにやられてる」

「何のガスだって？」

「車の排気ガスだ。おれは三番街とウィスコンシン通りの交差点で十七年間交通整理をやってきたんだが、本署の医者が転属すべきだと決めてくれた。それでいまは詐欺課にいる」

「ほんとか。それで、私を説得するためにここに派遣されたのか？」

「職務できたんじゃない」モーガンは言った。「悩みごとをかかえこんで地下鉄の駅に向かっていたときたまたま上を見て、おまえさんの姿を目撃してしまったのさ。いまは、中にいる連中は誰もおれに替わる気はないらしい。川のまんなかで馬車の馬をとり替えようとは誰も思わないもんさ。だが本心は、自分が話しかけてるあいだにおまえさんに飛び降りられるのが怖いだけの話だ。新聞にも書き立てられるだろうし」

刑事は渋滞している車の列をちらっと見おろした。「あそこの大型車を見てみろ。どうやらおまえさんはテレビに映ってるようだ」くたびれたように息を吐いた。「そこがおれのいるべき場所だった。家でテレビの画面を見物してるはずだったんだ」物思わしげな顔つきになった。「昔は、ビールを一ケース横に置いてテレビの前に坐りこみ、午後ずっと野球の中継を眺めていたもんだ。いまは一瓶やるだけで、犬みたいに気分が悪くなっちまう。排気ガスのせいだ、わかるだろう」

最初に駆けつけたのがこの男ではない誰かだったらよかった、と心底思った。「たいへんけっこうな話だ。あんたはビールさえ満足に飲めないってことか。となると、何かちがうことでひまつぶしをやってきたんだろう」

モーガンは首を横に振った「楽しみはそれだけだった。おまけにテレビの中身も変わってしまったしな」

私はじっと宙を見つめた。「凡人が、この宇宙の無意味な小さなシミと大差ない存在だとしたら、その男は……」

「だがおれにはこれっぽっちも不満のないものが一つだけある」刑事は言った。「それはおれの耳だ」

「わめき声をあげたおぼえはないんだがね」

「おまえさんのことじゃない。女房だ。この耳を使ってね、家では、耳の具合が少し悪いふりをするのさ。ほんとうは正常そのものなのにな」

「女ってのは大声をあげないでいると満たされないらしい」私は言った。「つまり、人に認められたいという願望のかたまりなんだ。そのうえ人に……」

疑念がわきあがった。モーガンは私自身の悩みごとを小さく見せようと、彼のみじめさがさも重大なものであるかのようにみせようとくわだてているのだろうか？　私はきりっとした笑みを浮かべた。「私の息子の話をしよう。私の家は数代にわたって文系だった。理系の人間とは口さえきかなかった。息子が薬剤師の免状をとったと楽しげに告げたとき、私は……」

「おれの倅は高校さえ卒業できなかった」モーガンが言った。「保護観察官が用意してくれたのが、レンの自動車工場の仕事だった」

私は笑みを浮かべつづけた。「じつをいうと、私の妻は芯から私を憎んでいる」

刑事は軽くうけながした。「憎むだって？　おれの女房は一日中憎しみをためつづけ、夕飯のときに一気にぶつけてくるんだ。倅は役立たずだと教えてやった日以来ずっとそれがつづいている。十年前からってことだ」

私も子孫を一人つくりだした。「私の孫娘は書きとりのテストでDをとった」

相手も切り札をつかった。「おれの孫娘は小学校の一年生のときに進級しそこなった。八歳になるというのに、また一からやり直しをさせられている」

私は腕を組んだ。「私の家の屋根は雨漏りする」

相手も負けていない。「おれは三部屋のアパート暮らしだ。しかも大家は女房のおふくろときてる」

これが決定打だった。「わかった」私は言った。「この世におさらばする凡人の動機をあんたが徹底的に打ち砕き、家庭内の悩みごとに話を見事にすり変えたのはこれでまちがいなくなった。それはそれでよしとしよう。だが一つ言っておく。あんたが悩みごとをでっちあげることで、私の悩みごとの矮小化をはかったのはお見通しだ」

モーガンは青い目を見開いた。「何だって？」

「いいか、あんた」私は言った。「いまの話がすべて本当なら——排気ガスに苦しめられ、うまいビールが永久に飲めないとか、超デブで、ガミガミ屋で、ヒステリックであんたを憎みつづけてるカミさんがいて、息子が非行に走り、頭のよくない孫娘がいて、義理の母親が家主のアパートに住んでいるのだとしたら、この世で一番みじめな人間はあんただと認めるのにやぶさかではない。そしてもしそういうことなら、そんなところに立って、なぜいつまでもバアさまみたいにくっちゃべっているんだ。この狭い縁から、あんたこそが一歩踏み出さずにいるわけはどこにもないと思うんだがね。どうしてひと思いに飛んでしまわないいんだ？」

モーガンはじっと私を見た。

「もう一つある」私は言った。「あんたの知性について云々するなら、私が思うに……」私は口を止め、おちつかない気分で相手を見た。

モーガンは青白い顔をして下を凝視している。体がぐらついた。

私は目を見開いて、「おい、ちょっと……」

だがモーガン部長刑事は狭い縁から宙に向かって一歩踏み出してしまった。

精神科医と私は、警部がやってくるまで、楽しいおしゃべりを交わした。

警部は事実を一列に並べ立てた。「あなたのことを調べました。同じことをシカゴとセントルイスでやって、きょうはここというわけですね。どうなってるんです？　目立ちたがり屋の露出症か何かなのですか？」

「私は露出症ではありません。そのたんびにまったく真剣な気持ちで窓の外の狭い縁に立ってきました。ところが飛び降りる最後の瞬間にその気が萎えてしまったのです」

医者はよく理解していた。「しかし、この先は絶対に二度と自殺をはかったりしないと決めたんですね」

「絶対にしません」きっぱりこたえた。「モーガン部長刑事が縁から一歩……足をすべらせる瞬間を目にして、きゅうに、息を吸ってただ吐くだけのことにも何らかの価値があるということに気がつきました」私は息を吸い、息を吐いてため息をついた。「ところで、モーガン部長刑事は？」

「救助ロープであちこちにこすり傷がついた」警部はこたえた。「だがほかに異常はない。ショックはあったろうがね。生きてるのはこんなにすばらしいことなのか、なんてべらべらしゃべっていたよ」

私も同意見だった。「生きるのがどんなにつらくても、やはり生きることには価値がありますね」そういって、あることを思いだした。財布から三十セントとりだして、警部に手渡した。「こんど部長刑事に会ったら、タムを一包みさしあげてください。私からの心ばかりのお礼です」

隠しカメラは知っていた

The Quiet Eye

高橋知子 訳

わたしが現場に到着すると、ミス・ダンカンは開口一番こう言った。「警部補さん、強盗に襲われてるときの映像があります」

州警察の警官のひとりが、ミス・ダンカンの手首を冷水器につないでいる鎖を弓のこで切りにかかっているかたわらで、わたしは彼女からふたりの男の風体を聞きとった。得た情報を車から無線で本部に伝えたが、さして有力な手がかりにはならなかった。男はどちらも顔をマスクでおおっていた。

銀行に戻ると、ミス・ダンカンはすでに鎖から解かれ、手首をさすっていた。彼女は窓口係のカウンターの下を指さした。「床についてる手前のボタン。マスクをした男たちが目にはいって、片方の男から銃を向けられた瞬間に踏みました」ついで、奥の壁の天井近くにある長方形の開口部を示した。「ボタンを踏むと、あそこに設置されているカメラが自動的に作動して、ここで起きてる一部始終を撮影します」

わたしはカウンターの下にボタンがふたつあるのに気づいた。「もういっぽうのボタンは？」

「警報装置です」

「どうしてそっちも踏まなかったんです？」

ミス・ダンカンは二十代後半だった。彼女は少し顔を赤くした。「だって、ものすごい音がするんですもの。ベルが鳴り響くんですよ。だから——その、強盗が不安に駆られるか気を昂らせるかして、わたしを撃つんじゃないかと思ったんです」

百人を超えそうな地元民が、何が起きているのかと表に群がっていた。早朝には雪が降ったが気温があがり、車道も歩道も泥でぬかるんでいた。

ウォリスフィールドにある銀行の支店は小さな一階建ての建物で、玄関ホールはなかった。入り口のドアを入るとかなり広い店内となり、何カ所かに格子のついたカウンターで横長に二分されている。カウンターの向こう側、奥のほうに支店長のガラス張りのオフィスがあった。

「早くブラマーさんに連絡をしなくては」ミス・ダンカンは言った。

「ブラマーさん？」

「支店長です。農村電化局《REA》の役員会議に出席してるんです。この町の発電所が改善資金貸付を取りつけようとしてるんですが、その資金を委員会がどう運用するつもりなのか、ブラマーさんは正確に把握しておきたいと考えていて」

わたしは電話を許可した。ミス・ダンカンが電話を終えると、わたしは言った。「強盗に押し入られたとき、ここにいた行員はあなただけだったのですか？」

ミス・ダンカンは微笑んだ。「ブラマーさんのほかに、行員はわたしだけです。窓口業務、事務仕事、タイプ打ちなど、どれもわたしがやってます。ここは支店で小さいですから——本店はニューフォードにあります——ふたりいれば充分なんです」

「店内に客はいましたか？」

「いいえ。わたしひとりだけでした、警部補さん。営業は九時からで、ほぼ毎日十時までは忙しくしてます。でもそれを過ぎると、だいたい十一時ごろまで客はほとんどいません。ひとりも来ない日もあるくらいで」

わたしは紙コップにはいった水を渡し、最初から状況を話させた。

「十時半ごろ、男の人がふたり入ってきました。ひとりは表の窓のところで通りを眺めてましたが、もうひとりがポケットから銃を取り出して近づいてきました。

それで、」わたしはボタンを踏んだんです」ミス・ダンカンは水をひと口飲んだ。「その人がカウンターの揚げ板を開けて、ずかずかとなかにはいって来ました。それから、わたしに金庫室を開けろと」

「金庫室に鍵は？」

「いいえ。ドアを閉めていただけです。九時に鍵を開けたら、三時に営業を終えるまでそのままです」

「で、あなたは金庫室のドアを開けたんですね？」

「はい。把手をまわせばいいだけですから。ほかにどうしようもなかったでしょう？」

「ええ。あなたのしたことは正しかった」

「銃を持った男はジッパーつきのバッグを持ってて、金庫室にあった紙幣を一枚残らずバッグに入れました。それがすむと、ポケットからあの鎖と南京錠をとり出しました。わたしは手首を冷水器につながれて、目隠しをされました。冷水器はボルトで床に固定されているので、男たちが出ていってからも、電話に手が届かなくて。誰かが来るのを待つしかありませんでした」

「外に知らせようと何かしましたか？　悲鳴をあげるとか？」

「音を立てたり、目隠しをはずそうとしたりするなと言われて。そんなことをしたら戻ってきて、撃つぞと。だから何もできなくて、五分くらいじっと立ってました。それからなんとか勇気を奮いおこして、目隠しをほんの少しずらしてみたんです。男たちがほんとうにいなくなってるとわかったので、声をあげようとしました。でもちょうどそのとき、マーティン・ソウヤーさんが小切手を換金しにやって来て。この通りの先のスーパーマーケットを経営してる人です」

わたしはふたり組の男の風体を再度尋ねた。

「どちらも身長は五フィート十インチくらいだと思います。でも、わたし、人の身長を言いあてるのがうまくなくて。ふたりとも茶色の帽子に、茶色のトップコート、それから手袋をしてました。それにお決まりのように、ハロウィーンのマスクも。両方とも同じで、悪魔のマスクでした」

わたしはミス・ダンカンを冷水器につないでいた短い鎖に目をやった。「男たちのどちらか、あるいは両方が、カチャカチャという音をさせてましたか？」ミス・ダンカンは目をぱちくりさせた。「カチャカチャ？」

わたしは笑顔を向けた。「ええと、男たちのポケットにまだほかに鎖があるような音がしてませんでしたか？」

彼女が怪訝な顔をしたので、わたしは説明をくわえた。「強盗たちが押し入ったとき、ここにあなただけじゃなくて、ブラマー氏もいたかもしれないでしょう。それに客だって何人か。その全員に、男たちは鎖をかけるつもりだったのでしょうか？　それはちょっと考えにくい。確かなことは言えませんが。でももし鎖を一本と南京錠を一個しか持っていなかったとすれば、銀行にいるのは十中八九あなただけだと踏んでいたことになります。ブラマー氏がいないということさえ知っていたかもしれない」

「どういうことなのか、わたしにはまだよく……」

「つまり、わたしの読みが正しければ、犯人たちはまったくのよそ者ではないし、ここに押し入ったときたまたま運に恵まれたわけでもないということになります」

ミス・ダンカンは首をふった。「ごめんなさい、警部補さん、怖くてびくびくしてたから、何も目にはいらなくて」

「金はいくら盗られました？」

ミス・ダンカンは思案した。「ええと、今日は金曜日でしょう。毎週木曜日の午後には本店から多めの現金が届きます。このあたりの人が週末用に小切手を換金しに来るので、そのためのものです。それから、いつも置いてある予備の現金があって」彼女は頭のなかで数字をはじいた。「正確な金額はわかりませんが、警部補さん、だいたい二万五千ドルくらいです」

「男たちが車に乗り込んだかどうかわかりますか?」

「いいえ。しばらくのあいだ、怖くて目隠しにされなかったので」

表にいた警官がひとりの男を入り口のドアへ通すのが見えた。

「ブラマーさんです」ミス・ダンカンは言った。

ブラマーは四十代半ば、こめかみに白髪が目立ちはじめていた。彼はマットで靴をぬぐってから店内にはいったが、わざわざそうする必要はなかった。黒い大理石の床はすでに濡れて泥だらけになっていた。

ブラマーはわたしに会釈をし、ミス・ダンカンに視線を向けた。「カメラを作動させたというのは確かなんだね、エレン?」

「ええ、ブラマーさん。真っ先にそうしました」

わたしはカメラのレンズが設置されている開口部に目をくれた。「フィルムを取りにいきましょう」

ブラマーとわたしは建物の奥にある小部屋へ向かった。ブラマーは木製の台に据えてあるカメラに歩み寄り、フィルムをはずした。「広角で、十分間録画します」

「こちらくらいの規模の銀行が、この手のカメラを据えるのはよくあることなんですか?」

「珍しくはありません。小さいからかえって大きな銀行よりも狙われやすいんです。実際、三年半前に今回と同じような押し込みにあいました。それがあって、ここにカメラを設置したほうがいいと本店が判断したんです」

「あなたとミス・ダンカンのほかに、ここにカメラがあると知っている人は何人います?」

「そうですね……ニューフォードの本店の人たちと……」ブラマーは口ごもった。

わたしはほんの少し笑みを見せた。「それと奥さん？　それから奥さんの親しい友人？　それにカメラを設置した人？」

ブラマーはおずおずと言った。「ええ」

「つまり、この町のほぼ全員が知ってるということですね？」

彼はきまり悪そうな笑みを浮かべた。「そうなりますね。小さな町で何かを隠し通すのは困難ですし、カメラは三年以上も前からあります」彼はどうしようもないとでも言いたげに肩をすくめた。「カメラのことは町じゅうが知ってます。申し訳ないことですが」

「謝る必要はないですよ。実際、捜査の助けになりそうですし」

ブラマーにはその意味がわからなかった。

「地元住民はおおむね容疑者からはずせます。カメラの存在を知ってる人が銀行を襲って、その現場を撮影されるようなまねをするとは思えません。たとえマスクをかぶっていても」


わたしは部下たちに、近隣の家をまわって有力な目撃者や情報を探るよう命じた。ついで、警官にフィルムを州警察の鑑識に届けさせようかと考えたが、結局、自分で行くことにした。現像ができしだい見たかった。

三マイルほど走ったところで、青いセダンが轟音を立てて追い越していった。わたしが法定最高速度で走行していることからして、セダンは少なくとも時速八十マイルは出ていると思われた。

もう交通課に席を置いていないし、ほかに検討すべきことがあったが、わたしは警官であり、スピード違反を見過ごすわけにはいかなかった。サイレンを鳴らし、セダンのあとを追った。

一マイルさきで、セダンはようやく減速した。路肩に寄って停まるだろうと思ったが、そのような気配を見せず脇道にはいった。ふたたび速度を少しあげたが、最前ほどではなかった。路面は泥でぬかるみ、車の運転には慎重を要する状態になっていた。セダンとの間隔が徐々につまった。低地の茂みにさしかかったところで、セダンは速度を落とし、こんどは停止した。わたしはセダンの後ろに車をつけたが、すぐには動かなかった。

何かがおかしかった。わたしは州警察の車――はっきりと表示のあるパトロールカーを追い抜くことなどしない。確実に違反切符を切られるとわかっているからだ。

ほかにも不可解な点があった。スピード違反者が車を停止させ、後ろに車をつけられると、ふつうは振り返ってこちらを見る。どれだけ体格のいい相手か確認したいからだ。しかし、セダンの運転者は振り返らなかった。正面を向いたままバックミラーを凝視していた。その様子に、わたしは緊張をおぼえた。

わたしは車をおり、セダンの左後方、運転者から死角になる位置まで行くと、ホルスターから三八口径の拳銃を抜き、安全装置をはずした。

わたしは運転者の左肩のすぐ後ろで足をとめた。男はわたしがそれ以上一歩も出ないとわかるや、行動に移った。オートマティック拳銃を握った右手がすばやく動いたが、発砲するには体をひねらなければならず、ほんのわずか、わたしに優位な瞬間が生まれた。わたしの弾丸が男を助手席側へ飛ばし、彼の弾丸が、わたしの目の前の三角窓に蜘蛛の巣状のひびをつくった。わたしは二発めを撃とうと指に力を入れかけたが、その必要はなかった。男の手に銃はすでになく、顔には死の瞬間の驚愕の表情が貼りついていた。

死者の顔をとくと眺めたが、見おぼえはなかった。わたしはパトロールカーに戻り、無線で州警察本部に連絡をいれた。

最初に到着したパトロールカーの一台に乗っていたスペンサー巡査部長が、男の正体を知っていた。「名前はジム・トレイシー。ウォリスフィールドに住んでました。一年ほど前、ガソリンスタンドへの強盗容疑で押さえたんですが、確たる証拠を得ることができなくて」

スペンサーは目の細い男で、決して笑顔を見せないと言われていた。彼はかごに死体が入れられるのを見つめていた。「スピード違反の切符を逃れたいがためにこんなことをするなんて、酔っていたか気がふれていたかですよ」

わたしは首をふった。「おそらく、事はそんなに単純じゃない。やつはわざと、わたしをここまで連れてきた。その目的はただひとつ、わたしを殺すことだろう」

「どうしてそんなことを？」

「ウォリスフィールドの強盗事件に関わりがあるからだ。襲われた銀行は奥にカメラが設置されていて、犯行の一部始終が撮られていた。そのフィルムを現像してもらうために、州の鑑識に向かう途中だったんだ。やつの狙いはフィルムだったような気がする」

「フィルムがあるって、どうして知ったんです？」

「カメラのことは、町じゅうの者が知ってる。トレイシーも例外じゃなかったんだろう」

スペンサーはそれについて、しばし考えた。「つまり、トレイシーは強盗犯のひとりだったと？」

「そうじゃないかと思いはじめてる。これで事件解決への道が開けるかもしれないな」

「でも、それは変ですよ。もしトレイシーがカメラのことを知っていたとすれば、どうして自分の姿を撮られたりするんです？　フィルムを役立たずにしてから、銀行を出ていけばいいでしょう」

「まあ、そうだろうな。だがこうも考えられる。もし自分の姿をカメラにさらしておけば、強盗はウォリスフィールドの外からやって来た者、つまりカメラの存在を知らない者による犯行だと、われわれ警察は判断する。おそらく連中はそう思わせたかったんだ」

「でも、こんなことになってしまった。トレイシーは殺人を犯してでもフィルムを手に入れたかったということですか？　どうしてです？」

「さあな。だが思うに、自分を窮地に追い込みかねない何かがフィルムに映ってるのに、はたと気づいたんだろう」

スペンサーはわたしの車まで、あとをついてきた。

「鑑識へ一緒に行かせてください、警部補。わたしもそのフィルムを見ておきたいんです」

わたしは農場の私道で車を方向転換させ、もと来た道をハイウェイへ向かった。

スペンサーは煙草に火をつけた。「無線で流れていた男たちの風体によると、ふたりともハロウィーンのマスクをかぶっていたとか。どうしてフィルムが捜査の役に立つのか、わたしには見当がつきません」

ハイウェイにはいったとき、スペンサーはほかのことを思いついて言った。「ひとまず、トレイシーがフィルムの存在を知っていたとします。でもどうして、警部補がそのフィルムを持ってるとわかったんです？」

「銀行の外には百人ほどの人がいた。やつもそこにいて、わたしがフィルム缶を持って銀行を出るのを見てたんだろう。で、あとをつけた」

「連中はいくら奪ったんですか？」

「およそ二万五千ドル」

十五分後、州の鑑識に到着すると大至急でフィルムを現像してもらい、映写機にかけた。

映像は、マスクをした男のひとりがカウンターに近づき、カウンターの揚げ板を開けるところから唐突にはじまっていた。

相棒は表の窓のそばに陣どり、ときおり振り返っては犯行の進捗ぐあいを確認していた。

エレン・ダンカンがあとずさり、強盗から何か言われていた。男は銃を少しふって、金庫室のドアを示した。

彼女は一瞬ためらってから、ドアへ向かった。把手をさげるとドアが開き、棚の並んだ奥行きわずか二、三フィートの小部屋が現われた。

男は急いで現金を自分のバッグに詰めるとエレン・ダンカンに向きなおり、冷水器のところへ行くよう身ぶりで指示した。彼女はしぶしぶ冷水器へ向かった。男はポケットから鎖と南京錠を取り出した。鎖を彼女の手首に何度か巻きつけ、ついで冷水器の脚に巻いた。両端の輪に南京錠を通してつなぎ、折りたたんだハンカチで目隠しをした。

手抜かりがないことを確認するかのように周りに視線をめぐらせると、バッグをつかんだ。エレン・ダンカンに二言三言、言いわたし——大声をあげたら、撃つと脅しているのだろう——正面のドアに向かった。相棒もそれにつづき、ふたりは銀行を出て姿を消した。

しごく単純で、五分とかかっていなかった。

映像はつづいたが、これと言ったものはもうなかった。冷水器につながれたエレン・ダンカンはじっと立ったままだった。そしてフィルムは終わった。

わたしは明かりをつけた。「手がかりになりそうなものはあったか?」

スペンサーはため息をついた。「いいえ。おおまかにしかわからない体の特徴が、だぶだぶのトップコートとマスクのせいで、なおさら判別できなくなってます」彼は憤慨して眉根を寄せた。「いったいどうしてトレイシーは、このフィルムのために警部補を殺そうとしたんです?」

わたしはフィルムを巻き戻した。「もう一度見てみよう」

カメラの真下を除いて店内はあますところなくカメラにおさまっていた。不鮮明ではあるが、表の通りさえ見てとれた。強盗に襲われたのは十時三十一分であることが、壁時計から判明した。左側の壁に、客用の狭いカウンターがふたつ据えられており、その上にはペンと灰皿、きちんと端がそろえられた預金伝票と払出伝票の束が置かれていた。

さらに三回フィルムをまわしたが、新たな発見はなく、わたしはまた明かりをつけた。「ブラマーとエレン・ダンカンにも見てもらおう。あのふたりなら、われわれが見逃したものに気がつくかもしれない」

わたしは電話をかけた。スペンサーとともに、フィルムを持って州警察本部に行くと、ブラマーとエレン・ダンカンがわれわれを待っていた。

わたしはふたりを狭い映写室に案内し、フィルムをまわした。

フィルムが終わると、わたしはエレン・ダンカンに向きなおった。「何か少しでもわれわれの役に立ちそうなものがありましたか？」

ミス・ダンカンはゆっくりと首をふった。「いいえ、警部補さん。何も」

「あなたに指示を出した男の声に聞きおぼえはありましたか？」

「いいえ。なんて言うんでしょう……ええと……これと言って特徴のある声ではなくて。これまでに聞いたことはないように思います」

「ブラマーさんは？」わたしは言った。「男たちに見おぼえは？　歩き方とか？」

「ありません、警部補さん。何ひとつ」

ドアが開き、警察の書記がわたしに電話がかかっていると知らせてきた。

わたしは部屋を離れ、電話を受けにいった。戻ってくると、スペンサーがもう一度フィルムをまわしていた。

わたしはそれが終わるまで待った。「われらがささやかなフィルムは有名になりそうだ」わたしは言った。「今晩のテレビに流すのはどうだ？　十時のニュースが取りあげたがってる」

スペンサーはほかのことに頭がいっているようだっ

たが、話は耳にはいっていた。「テレビですか？」彼はまだ思案げだった。「悪くない考えですね。二百万の人が映像を見れば、きっと何か目にとまるものがありますよ」

わたしはうなずいた。「わたしの狙いもそこだ。テレビ局の者が八時にフィルムを取りに来る」

スペンサーがブラマーとエレン・ダンカンを銀行に送っていったが、わたしは階下でしなければならない仕事があった。

警察はトレイシーの親しい友人ふたりを連行し、強盗について尋問していた。四時半になり、わたしは彼らを放免しても問題ないと判断し、拘束を解いた。事件にはいっさい関わっていないと思われたが、いつでも連絡がつくようにしておくようにと言いふくめた。

オフィスに戻ると、規定の調査結果に目を通した。州の会計監査官によると、銀行の帳簿——今回のような事件で最初に調べるもののひとつだ——には一点の曇りもなく、ブラマー自身の経済状況にも不審な点は見られなかった。それに彼は言葉どおり、農村電化局の役員会議に出席していた。その会議に同席していた六人が、ブラマーは九時四十分ごろから、銀行が強盗に襲われたと連絡を受けるまで一緒にいたと明言した。

ブラマーは妻に先立たれており、成人した子どもがふたりいるが、いずれも州の南部に住んでいた。エレン・ダンカンは銀行に勤めはじめてからまだ三年で、両親のもとで暮らしていた。

ブラマーとエレン・ダンカンが単に支店長と従業員の関係にとどまらないのではないかという噂が町民のあいだにはあったが、真偽のほどは別にして、そういった類の噂話がささやかれるのは世の常だ。

五時になり、わたしは仕事を切りあげることにした。

自分の車に乗り込んだとき、吸い殻でいっぱいになっている灰皿に目がとまった。わたしは灰皿をはずし、ゴミ容器のところへ持っていった。

車に戻ると、空になった灰皿を三十秒ほど見つめた。ついで目をつむり、記憶をさぐった。

そうだ。それだ。

わたしは署内に引き返し、フィルムをまわした。見終えると、ウォリスフィールドへ車を走らせた。

ブラマーの家に直行するつもりだったが、銀行の前にさしかかったとき、店内に明かりがついていて、ブラマーとエレン・ダンカンが仕事をしているのが見えた。清掃員の年配の女性が床にモップをかけていた。

わたしは車を駐めて、入り口に向かった。鍵がかかっていたので、ガラスのドアをノックした。

ブラマーがやって来た。疲れた様子で、つくり笑いをのぞかせていた。「銀行は四時に閉めるんです、警部補さん。たいてい五時にはすべての業務が終わります。でも今日は特別な一日でした。報告書をいくつも書かなくちゃならないし、確認や再確認が必要なこともあれこれ。何かご用ですか?」

「終わるまで待ってます」

ブラマーたちは仕事に戻り、わたしは腰をおろして、今回の事件を一から見直した。

六時、清掃員が掃除を終え、銀行をあとにした。三十分後、ブラマーが最後の帳簿を金庫室におさめ、ドアを閉じた。彼は煙草に火をつけた。「さてそれで、警部補さん?」

わたしは立ちあがった。「今日、ジム・トレイシーという男がわたしを殺そうとしたのはご存じですか?」

エレン・ダンカンがうなずいた。「ええ。町じゅうの人が知ってます。それもスピード違反の切符を逃れるためだけだったということも」

「いや。そうじゃなかったんです。狙いは強盗事件の映ってるフィルムです」

エレン・ダンカンの目が見開かれた。「そんな、どうして？」

「トレイシーは銀行を襲った犯人のひとりです」

ブラマーは顎をなでさすった。「フィルムをほしがる理由がわからないのですが。あのフィルムには犯人を特定するものは何も映ってなかったじゃありませんか」

「ええ。その点については安心していられるでしょう。しかし、人に見られたくないものが映っていた。それにはたと気づいたんですよ」わたしはひと呼吸おいた。「あるいは、それよりも考えられるのは、いち早く仲間のひとりにフィルムのことを指摘されたかです」

ブラマーたちの目が泳いだが、ふたりとも何も言わなかった。

わたしは微笑んだ。「わたしはあのフィルムを十回以上見ましたが、何も気づかなかった——ただしそれも、映ってる人に焦点をあわせるんじゃなくて、店内自体に目を配るまでのことですがね。事件が発生したのは十時半、営業開始から一時間半経ってます。なのにカウンターの預金伝票や払出伝票はきっちりと端がそろったままです。三十人とか四十人の人がさわったとは思えません。それに灰皿に空っぽで汚れてもいない」

エレン・ダンカンの目に警戒心が見てとれたが、彼女はぎこちない笑みを浮かべた。「お客さんがほとんどなくて、警部補さん。だからカウンターの上を整理して、灰皿を拭いたんです」

「そうだったのかもしれません。ですが、店内のカメラには表の通りも映っていて、それを見ると、車も人もいっさい通りかかっていません」

「ここは小さな町で、ハイウェイからも離れてます」

ブラマーが言った。「車や人が通りかからなくてもおかしいとは思いませんが」

「あなたは思わないかもしれないが、わたしはそうではない。この町は小さいし、ハイウェイから距離があるかもしれないが、あなたは表の通りにいた。それにもうひとつ。銀行を開けてから強盗に押し入られるまで一時間半、あなたがたはいつもと変わらぬ量の業務をこなした。早い時間に雪が降って、通りは溶けた雪でぬかるんでいた。三、四十人の人が店内を歩いている。なのにフィルムに映っていた床は汚れていなかった――汚れていないだけじゃなくて、まったく濡れてもいない」

わたしはゆっくりと首をふった。「今朝ここで強盗事件は起きていない。すべてはあなたが企て、べつの日に撮影をおこなった。日曜日の朝だと、わたしは見てるんですがね。日曜のその時間帯、表通りは閑散として車も人もほとんど通らない。住民は教会にいるか、自宅で新聞の日曜版を読んでいるかです。あなたがた三人がちょっとした芝居を仕込んでるとき、表を見張ってたのがおそらくトレイシーだった。通りに人影が見えたら、芝居を中断して隠れる。そして、ブラマー、あなたとトレイシーが銀行を出たあと、危険をはらんだ時間があった。フィルムにはあと五分映像をおさめられる。あなたはカメラに映らない場所で待った。誰かが現われて、冷水器につながれているミス・ダンカンの姿を見られそうになったら、窓を叩き、彼女は表から見えないところにかがむ。撮影時間がつきたところで、あなたは店内に戻り、ミス・ダンカンの鎖をはずした。通行人にじゃまされることなく撮影を完了するのに、どれくらい時間がかかって、何本フィルムを使いましたか?」

「なんのことを言ってるのか、わたしにはさっぱり」ブラマーは落ち着きはらって、楽しんでいるとも思える口調で言った。

わたしはつづけた。「すべてを終えると、あなたがたはフィルムをカメラに入れたままにしておき、午前十時三十一分から十時四十一分のあいだに客がひとりもない金曜日を待った。撮影をしたのがその時間でしたからね。最初の金曜日に幸運が訪れたんでしょう？　そうでなければ、フィルムとちがわない日が来るのを、二週間でも三週間でも待たなければならなかった」

わたしはそこで言葉を切ったが、ブラマーたちは押し黙っていた。

「おそらく、誰かが不審をいだいた場合にそなえて、あなたは毎週金曜日の午前中に外出する予定を立て、確実なアリバイをつくる工作をした。金庫室の金はすべて、あるいはほぼすべてをバッグに詰めて持ち出した。強盗に襲われ、それをカメラにおさめているはずの肝心の十分間に来店する客がいたら、ミス・ダンカンが電話をかけ、あなたは金をもとに戻してつぎの金曜日を待つ。

今日の午前十時三十一分から四十一分、誰も来なかったものだから、ミス・ダンカンは急いで自分を給水器につないだ。そうやって、あなたがたの〝強盗事件〟は発生した」

ブラマーはふっと笑った。「もしも、わたしたちが金を盗んでいるとしたらどうします？　五千ドル渡すと言ったら？　巡査部長ならたいした収入は得ていないでしょう？」

「時間の無駄だ。それにわたしは警部補だ。巡査部長じゃない」

「これは失礼」ブラマーは顔色ひとつ変えず、ため息をついた。「警部補の読みはまちがってるが、エレン、どうやらわたしたちは警部補と一緒に行くしかなさそうだ」

わたしはふたりを本部に連行した。署内に入ると、煙のにおいが鼻をついた。

ボードを見ていた無線担当官が振り返った。「騒ぎに巻き込まれずにすみましたね、警部補。小火《ぼや》があったんですよ。おおごとにはなりませんでしたけど。署にあった消火器で消しました。でも、プロジェクターがやられてしまって」

わたしは階段を一段飛ばしであがった。清掃員があとしまつをしており、それをバロウズ巡査部長が漫然と眺めていた。

「原因はなんだったんだ？」わたしは訊いた。

バロウズは肩をすくめた。「機械のショートだと思います。わたしはそのとき居あわせなかったのですが。スペンサーがフィルムをまわしていたら、突然、フィルムから火が出たんです。スペンサーは消火器のことがとっさに頭に浮かばず、手で火を消そうとして火傷を負いました」

わたしは部屋を出ると、階段のいちばん上のところで立ちどまった。ちょうど、救急用品を保管している部屋からスペンサーが現われたのだ。右手に包帯を巻いていた。

スペンサーは部屋の向こう側にいるブラマーとミス・ダンカンに目をくれた。一度も笑顔を見せたことのないこの男が白い歯までのぞかせ、かすかにうなずいた。

わたしはスペンサーを見つめ、ブラマーの言葉を思い出した――巡査部長ならたいした収入は得ていないでしょう？

スペンサーはいくらで取引をしたのだろうか、とわたしは思った。五千ドル？　一万ドル？　スペンサーのほうから話を持ちかけたのか？　それとも、ブラマーたちが？　そもそも彼らはいつ取引をかわしたのか？　わたしが電話を受けるために、三人を残して映写室を離れたときか？　それともそのあと、スペンサーがふたりを車で送りとどけたときなのか？

賄賂に応じる警官は悪い警官だ。

フィルムのような一級の証拠品を、万一にそなえてコピーもとらず、わたしが今夜テレビ局に渡すとスペンサーは思ったのか？

午後のうちに、段取りは整えていた。

わたしは階段をおりた。こんどは、わたしが笑った。

味を隠せ

Kill the Taste

高橋知子 訳

ノラ・メリックは暗褐色の液体をティースプーンに三杯、水のはいったグラスに入れてかき混ぜた。冷ややかな緑色の目で混ざりぐあいを確認すると、ティースプーン一杯の濃縮レモン果汁をくわえた。

ノラはグラスをかきまわしながら、寝室に向かった。夫がふたつの枕に体をあずけて、横になっていた。

「それはなんだ？」

「あなたの薬よ、ハロルド」

ハロルドは雑誌を脇へ置いた。「医者から薬は出されていなかったがな。二、三日、おとなしくして休んでいればいいと」

ノラは夫のそばにあるテーブルにグラスを置いた。

「これを飲んだって毒にはならないわ」

ハロルドは訝しげにグラスを凝視した。「毒にはならないだろうが、効き目があるとどうして言える？」

「絶対に効くわ」正直なところ、男というのは赤子のようなものだと、ノラは見なしていた。男は薬という薬を疑ってかかる。ジェロームがそうだった。それにビルも。

ハロルドはグラスを手にとった。「何がはいってるんだ？」

「レモン果汁よ」

「そのほかにだ」

「ただの薬よ」

ハロルドは顔をしかめた。「きみの自家製治療薬の一種か？」

ノラはナイトテーブルの汚れを拭きはじめた。「ねえあなた、灰皿をちゃんと使ってもらえない？　その一滴まで」

ハロルドは妻をしげしげと見つめた。「顔がちょっと赤いみたいだな。きみもインフルエンザにかかったんじゃないか」

ノラは片方の手の甲を額にあてた。確かに少々熱っぽい気がした。

ハロルドは薄笑いを浮かべた。「さあ。これを飲みなさい。薬が必要なのは、ぼくよりもきみだ。飲めばすっかりよくなるだろう」

「だめよ」ノラはつっけんどんに言った。「自分のぶんはあとでつくるわ」

ハロルドはグラスを見やり、ナイトテーブルに戻した。「少しあとで飲むよ」

ノラはきつく言ってやりたい衝動に駆られたが、自制心を働かせた。「わかったわ。でも十五分したらまた来ますからね。全部飲んでおいてちょうだい。最後の一滴まで」

ノラはキッチンへ行き、皿洗いにとりかかった。

ペイリー部長刑事はデスクの一番上の抽斗をかきまわして、煙草の包みを探した。「住所はどこだって？」

ブランチャード巡査部長はじれったそうに身じろぎした。「イースト・アトキンス、七一四です」

ペイリーは煙草を一本取り出し、火をつけた。「きみはセントルイス警察から来たんだったな、巡査部長？」

ブランチャードはうなずいた。「彼らを追ってシンシナティに行き、それからこっちに来ました。当然ながら、逮捕するにあたって、こちらの許可と協力が必要です」

ペイリーは椅子の背に体を戻し、見るともなしに窓外に目をくれた。「今日は雨になりそうだ」

ブランチャードは咳払いをした。「逮捕に向かったほうがいいとは思わないのですか？」

ペイリーはのんびりと紫煙を吐いた。「署長に会ってからでないと無理だ」

ブランチャードの物言いたげな目が、ペイリーの背後のドアに向けられた。「あそこが署長のオフィスじゃないんですか？」

ペイリーはにんまりとした。「落ち着け。そう焦るな。あと十分しないと、署長は帰ってこない。われわれが相手の手からグラスをはたき落とせる時間を目指して、イースト・アトキンス、七一四へ行くとでも思ってたのか？」ペイリーはデスクの上のノートを指した。「きみがくれた情報によると、彼らは五週間前に結婚したばかりらしいな。ようやくひと息ついて、保険に加入するのがせいぜいだろう。まだしばらく、何かが起きるとは思わんね」

ノラは最後の皿をしまうと、再度寝室に行った。ナイトテーブルに置かれたグラスは干されていなかった。ハロルドは雑誌のページをめくった。「今朝の郵便物に何かあったか？」

「広告が何通か。それと保険会社の人から手紙が一通」

「何が入り用だって？」

「何も。契約が成立して、わが社へようこそって知らせてきただけ。型にはまったお決まりの手紙よ」

ハロルドは微笑んだ。「これで、わたしが死んだら二万ドルおりるわけだ」

「そんなこと言わないで」ノラは機械的に言った。

ハロルドは両手を頭のうしろにあてた。「二万ドル。これできみは安心を得られただろ」

そう、安心を、とノラは思った。結局のところ、確実に安心をもたらしてくれるのは金だけだ。ジェロームは一万五千ドル、ビルは一万七千ドル遺した。ノラの視線がグラスに注がれた。「薬。あなたが飲むまで、ここに立ってなくちゃだめかしら？」

「わかったよ」ハロルドは言った。「一分以内に飲む」

ノラは踵《きびす》を返し、キッチンに向かった。「グラスを空けるのに十分あげるわ。それ以上はだめよ」

鍋で火にかけておいた塩水が沸騰していた。セロファンの袋からスパゲティを取り出すと、しばし思案げに見つめ、半分を袋に戻した。どのみち、ベッドに臥せっているハロルドはお腹が空いていないだろう。

ノラは寝室にちらりと目をくれた。ドアが少し開いていて、ハロルドが見えた。ベッドから出て、彼女のほうに背を向けていた。

様子をうかがっていると、ハロルドはグラスを持って窓台に置かれたベゴニアのところに行き、グラスの中身を鉢にあけてベッドに戻った。彼はほくそ笑み、雑誌を手にとった。

ノラの唇が引き結ばれた。彼女は洗ってあるグラスと茶色の瓶と、冷蔵庫から濃縮レモン果汁を取り出した。

ペイリーとブランチャードは警察署の地下修理場に預けている車へ向かった。

開いたボンネットの陰にいた修理工が体を起こした。「まだ終わってません。あと十分かかります。ほかの車にしますか？」

「いや」ペイリーが言った。「年季のはいったその車がお気に入りでね。待つよ」

彼はブランチャードとともに狭いオフィスに入り、修理場の騒音を遮るようにドアを閉めた。回転椅子に腰をおろし、椅子の背にもたれた。

ブランチャードがしびれを切らした。「どうしてほかの車じゃだめなのか、わたしにはわかりませんね」

ペイリーは穏やかな声で言った。「そのうちきみは潰瘍持ちになるな。毎秒毎分に身をゆだねろ」

ブランチャードは腕時計をいちべつすると、右へ左へと行き来しはじめた。

十二分後、機械工がドアを開けた。「準備ができました」

セダンに乗り込むと、ペイリーはイグニション・キーをまわし、車をゆっくりと出口へと進めた。「コーヒーとサンドウィッチでもどうだ？」

「いりません」ブランチャードは尖った声で言った。「けっこうです」

ノラは中身のたっぷりはいったグラスを手に、ふたたび寝室に行った。

ハロルドが顔をあげた。「また薬か？」

「またじゃないわ」ノラは怒りをこめて言った。「とにかく薬よ。あなたが薬をどうしたかは見てたわ。ベゴニアは枯れちゃうでしょうね」

ハロルドはばつが悪そうに顔を赤らめた。「植物が枯れるようじゃ、ぼくにどれほどの効果があるのかわかったもんじゃないね」

「植物と人間が同じものを必要としてるとはかぎらないわ」ノラはにべもなく言った。「これを飲んでちょうだい」

ハロルドは素直にグラスを受けとった。

玄関の呼び鈴が鳴った。

ノラは動かなかった。いささか語気を強めて言った。「ハロルド、薬を飲んで。さあ」

「一気に飲める人もいるだろうが、ぼくはだめなんだ」ハロルドは訴えた。「気分が悪くなるんだよ。玄関を見てきたらどうだい」

ノラはつかの間ためらって、ハロルドの手からグラスを取った。「また、わたしのいないあいだに、中身を捨てさせられないわ」

五分ほどして、ノラは戻ってきた。

「誰だった?」ハロルドは訊いた。

「セールスマンよ」ノラは言った。「追い返したわ」

ハロルドは差し出されたノラの手から、しぶしぶグラスを受けとった。なかの液体をひと口含むと、顔をしかめた。「にがい」

ノラは腕を組んで、待った。

ハロルドは観念して、ゆっくりと飲んだ。空になったグラスをノラに返した。「ほら。これで満足しただろ」

「ええ」ノラは言った。「満足よ」彼女は微笑んだ。

「さあ、少し休んだほうがいいわ」

二時半、ふたたび訪問者があった。

玄関ポーチに現われたふたりの男は観察するようにしばしノラを見つめ、片方の男が言った。「メリック夫人ですか?」

ノラはうなずいた。

男たちはバッジを示した。「お話があるのですが」

ノラは落ち着かない様子でちらっと背後に目をやると、ドアをもう少し開けた。「できるだけ小さな声でお願いします。夫が寝ていますから。風邪をひいて、ゆうべはよく眠れなかったみたいで」

ノラは額に手をあてた。そう、これはインフルエンザだ。褐色の液体のはいったグラスをかき混ぜ、飲んだ。確かに少しにがかった。このつぎは砂糖を少々くわえたほうがよさそうだ。

ノラは窓外に目をやり、雨を眺めた。

まずジェロームが肺炎で、ついでビルが自動車事故で死亡した。そしていま、警察はハロルドがどのように次々と妻たちを毒殺してきたかについてのとんでもない話を告げ、彼を連行していった。

ノラはため息を洩らした。どうやら、最悪の災難に見舞われたようね。

ジェミニ74号でのチェス・ゲーム

Gemini74

小鷹信光 訳

「われわれ両名は人工衛星の軌道上において競われる初めてのチェス・ゲームをいま開始しようとしています」と、オルロフ宇宙飛行士が宣言した。

それは二十二周目のことで、これまでのところわたしたちが実際にやらねばならない大仕事は何もなかった。

「チェスのことはよく知らない」わたしは言った。

オルロフは二人の中間にあるパネルに携帯用の小型チェス盤をしっかりと固定した。「しかしすくなくとも貴殿は、駒の動かし方ぐらいには通じておられるのではありませんか。貴殿に白をもっていただきますので、初手をどうぞ」

わたしはあくびを噛み殺し、キング・ポーンを四列へ進めた。それに応じてオルロフはキング・ポーンを五列へ進めた。「今回の飛行は通常の共同運航ですね。そうではありませんか？」

わたしはうなずいた。「前にも同じことをやったね」

確かにそうも言える。わたしは、個人的にはむしろオルロフが好きだが、どちらの国も、技術面にせよ戦略にせよ、自国の新しい持ち札をさらけだすほど相手を信じていない、という明白な事実は否定できない。だが、今回のような共同運航計画は、紙面にはよく映えるし、国際情勢について多くの人々を幸せにさせるものだった。

オルロフは笑みを見せた。「しかし、どちらかといえばおきまりの今回の飛行を活気づけるために、われわれは新しい局面を迎えたことになります。人工衛星の軌道上でのチェス・ゲームに最初の勝利を得るのは誰か？　アメリカ人なのか、ロシア人なのか？」

わたしは肩をすくめた。「大げさだね」

オルロフはやんわりと異を唱えた。「ロシア人にとってチェスはたんなるゲームではありません。生き方そのものなのです」

「それでもしあなたが勝てば勲章をもらえるとか？」

わたしはため息をつき、チェス盤に目をやった。そして、キング・ナイトをビショップの筋の三列に跳ねだした。

オルロフはクイーン・ナイトをビショップの筋へ跳ねだした。

わたしはキング・ビショップをクイーン・ナイトの筋の五列に飛ばした。

「貴殿はいま指された手をご存じですか？」オルロフが訊いた。

「いいや。何だい？」

「いまの手は〝ルイ・ロペス〟。一七世紀にまでさかのぼる序盤の定跡です」

「そうかい」わたしは言った。「誰でもまぐれでやりそうな手だがね」

「わかっています」オルロフはこたえた。「しかし、チェス・プレイヤーはいろいろな手に名前をつけるのを好むのです」オルロフは指令時計に目をやり、データ表に手をのばした。「飛行記録を報告するのを忘れていました。かわりに指してください、Nf6です」

わたしは黒のキング・ナイトをビショップの筋の三列に移した。

きゅうに何かに気づいたのか、オルロフの目の色が変わった。「Nf6が何のことか、なぜわかったのですか？」

わたしは耳を掻いた。「どこかで読んだのかな」

英語圏では駒の動きは記述式でおこなうが、ほかの国では代数式が用いられている。チェス盤のタテの筋《ファイル》は白の側から見て左から右へ、a、b、c、d、e、f、g、hと名づけられヨコの列《ランク》は白陣から黒陣に向かって1から8までの数字が当てられている。だからオルロフのNf6はキング・ナイトをキング・ビショップの筋の六列へということになるのだ。

オルロフの目が細くなった。「船内に、アメリカ人がよく言う〝替え玉《リンガー》〟のチェス名人がいるような気がします。貴殿はいわれましたね――そっくり引用すれば、〝チェスのことはよく知らない〟と」

わたしはのどにしめりをくれた。「そのとおり。程度の問題だがね。わたしはフィッシャーでもないし……イフコフでもないし……スミスロフでもない」

オルロフの笑みはこわばっていた。「しかし、彼らがサッカー選手でないことぐらいは知っているでしょう」オルロフはチェス盤をにらんだ。「メトチニコフがかわりにいてくれたらよかったと思っています。宇宙飛行士の中では彼がナンバー1《ワン》のチェス・プレイヤーです。ところが、われわれのグループの中でナンバー1の飛行士はわたしなのです。それが今回の人選のきめ手になりました」

わたしはキングに指をのばし、〝入城《キャスリング》〟させた。

オルロフは眉を寄せて考えこんだ。

十五分後、「そっちの番だよ」とわたしは言った。

「それは承知しています」オルロフがピシリと返した。「せかさないでください」

六分後、スケジュールどおり、ケープ・ケネディ管制センターからジェミニ74号への伝達が届いた。マイクを持っているのはメトチニコフだった。「そこで何がはじまっているんだ?」彼は訊いた。

「チェスをやっています」オルロフがこたえた。「人工衛星の軌道上での初のチェス・ゲームです」

「なるほど」と、メトチニコフ。「優勢なのかね?」

「わかりません」オルロフは口ごもった。「たぶんわたしは、相手をみくびっていたようです」

「うーむ……」いったん言葉がとぎれ、メトチニコフはまたしゃべりだした。「これまでの展開を地上にすべて報告してくれないか。世界中がなりゆきを知りたがっている」

「わかっています」オルロフは同意し、ここまでの指し手を報告した。

「うーむ」メトチニコフがまたうなり声をあげた。「まあいい、幸運を祈る」そして、ふと何かを思いだしたようにつけたした。「ああ、そういえば、オルロフ、きみが部屋のタンスに入れ忘れていたディミトリ叔父さんあての手紙だがね、心配はない、けさの六時に投函しておいたよ」

ディミトリ？ そして、六時。つまりd6だ。

まさに図星だった。

オルロフはポーンをd6へ進め、わたしの顔を見て顔を赤らめた。

わたしは哀れむように頭を振った。「チェス・ゲームでさえ、そちらさんは勝つことがなによりも重大だと考えて……」

地上の管制センターから、明瞭な大声が鳴り響いた。まぎれもなく基地のチェス・トーナメントで昨年優勝したドクター・ウィッカースンの声だった。「おい、ジェリー」彼はわたしに話しかけてきた。「おまえの妹からの伝言だが、彼女のダリアが枯れてるそうだ。水をやるのを忘れた《フォアゲット》のか？」

ダリア？ そして、フォアゲット。つまりd4か。

まさしくその位置にポーンを進めかけたとき、メトチニコフの声がまた割りこんだ。

「オルロフ！」彼はわめき立てた。「ビーチでのピクニックが楽しくなかったのか？ あのときは……その……すごくよかった《ディヴァイン》な、たくさん食べ《エイト》られたし」

ビショップをd8へ？

オルロフの顔は湯気が立つほど赤くなった。

わたしは地上からの通信スイッチをパチッと消した。

「地上からの下手なお節介は無視して、こっちは宇宙で二人っきりのゲームをやろう、オルロフ」

七ゲーム目で初めて勝ち、わたしは人工衛星の軌道上でのチェス・ゲームで勝利をおさめた人類最初の男となった。

ステファニー・オルロフのほうは言うまでもなく、人工衛星上のチェス・ゲームで勝った最初の女性だ。

戯之巻

た　わ　む　れ

金の卵

The Golden Goose

高橋知子 訳

依頼人とは電話でしか話をしていなかった。

「法人のブラッドリー探偵社?」男は〝法人〟を強調して尋ねた。

「ええ、そうです」

「サンフランシスコからかけてるんだが」

わたしの事務所からサンフランシスコまでは、直線距離でも二千マイルほどある。

男は名前を名乗った。「わたしはジェイムスン。ジェイムズ・ジェイムスン。ウィラード・マグレガー氏の弁護士をしている——マグレガー運送のね」

「ああ、はい」マグレガー運送の名前は知っていて当然と言わんばかりの口調に、わたしは調子よく応じた。

相手はいきなり用件を切り出した。「エリザベス・スターリング夫人と、その息子のハロルドを捜してほしい。わかっているかぎり、ふたりが最後に住んでいたのがおたくの街でね。そちらの電話帳を手に入れ、イエローページにざっと目を通して、おたくにお願いすることにしたんだ。探偵社のことは、まったく不案内なんだが。

マグレガー氏もずいぶん歳を重ねて、過去のことは水に流したいという心境にいたってね。それで、スターリング夫人と彼女の息子を見つけたがってる。何年も経ってるから、子どもが増えているかもしれないが、その場合はその子どももふくめて」

「水に流したいって何をです?」

「彼女がフランクリン・スターリングと結婚したことを。エリザベス・スターリング——旧姓マグレガー——

―はマグレガー氏の姪にあたる。氏はエリザベスが階級のかなり劣る男と結婚したと考えていた。スターリングはしがない帳簿係で、マグレガー氏の会社では低い地位の職だからね。立場から考えて、そのような男とエリザベスがどこで知りあったのかは謎だ。だが、二人は出会った――エリザベスが結婚したとき、マグレガー氏は自身の生活から彼女を閉め出した――くわえて遺言からも。しかし人生も老境にはいり、そのことを悔いておられる。エリザベス親子は、マグレガー氏が把握しているかぎり唯一の血縁者でね。氏が死んだら、資産はエリザベス親子に遺すか、慈善団体に寄付するかしかない。それで氏はエリザベス親子に遺したいと考えている」

ジェイムスンは嘆息した。「この一件――縁を切り、遺言からも名前を削除したのは三十五年前。正確に言うと一九四七年のことだ。エリザベスは結婚後、夫とともに荷物をまとめてサンフランシスコを離れた。マグレガー氏には、ハロルドが誕生したときに、そのことを知らせる便りがあった。消印はミルウォーキーだったが、差出人の住所は書かれていなかった。当時は、マグレガー氏も彼女たちの住所を知りたいと思っていなかった。以来、エリザベスからはなんの連絡もない。ところで――調査費は?」

交渉の余地を残しておくために、具体的な額は示さなかった。「調査状況によります。要した労力やかかった手間によって異なります」わたしはいったん間を置いた。「それから調査のために使うことになる調査員の数によっても」

「では、必要なだけの調査員を。調査開始にあたって、まずは二千ドルを渡しておこう。それで足りるかね?」

どうやら金鉱を掘りあてたようだ。思わず、足りない、と言いそうになった。だが欲をかいて、金の卵を産むガチョウを死なせてはならない。そこでわたしは言った。「これからすぐ、調査員に仕事にとりかからせます」

実のところ、調査員などひとりもかかえていない。秘書でさえ。そんなものを雇う余裕などない。ブラッドリー探偵社（法人）にいるのはわたしだけだ。

「見つかったらすぐに、連絡をもらいたい」ジェイムスンは言った。「進捗ぐあいを確認するために、一日おきくらいに電話を入れる。諸経費の項目別の明細を送ってくれたまえ」

ジェイムスンは電話番号と事務所の住所を言うと、電話を切った。

わたしは椅子に背をあずけ、じっくりと考えた。いやはや、時間がたっぷりかかる調査になりそうだ。三十五年前だって？　三十五年もあれば、多くのことが起こりうる。

どこから手をつけるか？　それは言うまでもなく、一九四七年だ。

わたしは中央電話局まで車を走らせると、許可を得て、過去の電話帳をおさめてある保管室へ入った。

一九四七年の電話帳に、フランクリンとエリザベスのスターリング夫妻は載っていなかった。この街に移ってきたのは、この版が作製されたあとだったのだろう。

わたしは一九四八年版をめくった。

あたり！　いた。フランクリン・スターリング。わたしは電話番号と住所をひかえた。

よく知られていることだが、アメリカ人は引っ越し好きだ。平均して、四年に一度は引っ越しをしている。では、スターリング一家はいかほど引っ越し好きだったか？　わたしは数年飛ばして、五年あとの版を手にとった。

フランクリン・スターリングはまだ電話帳に名前があった。同じ電話番号と同じ住所で。

一九六〇年版を探った。ああ、フランクリン・スターリングは依然、同じ住所に載っている。

わたしはまた数年飛ばして、一九六五年版をめくった。フランクリン・スターリングはいなかった。が、いまや見慣れた住所と電話番号に目がとまった。この版では、エリザベス・スターリングの名前で掲載されていた。

何があったのだろうか？　離婚して、エリザベスが家と電話番号の保有権を得たのか？　それとも、フランクリンが死んだ？

一九七〇年版を調べた。エリザベスはまだいた。一九七五年版では名前が消えていた。しかしまたもや、馴染みの住所と電話番号を見つけた。こんどは名前がハロルド・スターリングになっていた。

エリザベスはどうなったのか？　死んだか、単にハロルドがそろそろ自分の名前で番号を載せるのがいいと思っただけなのか？

わたしはさらにその先の版に目を通した。

一九七九年版に、ハロルドの名前はなかった。わたしはスターリングという名前の人で見知った住所と電話番号がないか再度確かめた。かけらもなかった。

わたしは思案した。一九七九年には、ハロルドは三十二歳か三歳になっている。単純に引っ越したと考えるのが妥当だ。

となれば、そこ――判明している最後の住所――がとっかかりにすべき場所だ。わたしは電話局をあとにし、街の東側、複式アパートと一戸建て住宅が立ち並ぶ、緑の多い古くからある地域へ向かった。

複式アパートの一棟の前に車を駐めると、ポーチへつづく階段をあがり、アパートの一階玄関のブザーを押した。

痩せた白髪まじりの女が現われた。「はい？」

「エリザベス・スターリング夫人という人を探しています。いっときここに住んでいたとか。二階にいたのですか？」

女はうなずいた。「でも、もういませんよ。七年前に亡くなったの。どうして彼女を探してるんです？」

理由を隠しても意味がなかった。「スターリング夫人のおじが、どうしても彼女を見つけたがってて。わたしは私立探偵で、その調査を依頼されたんです」

わたしは身分証明書を提示した。私立探偵と聞いただけで一目置く人がいる。たいていの場合、そうはならないが。女は関心を示しはした。「エリザベスに親戚がいるなんて知らなかったわ。そんな話、ひと言も聞いてなかったもの」

「エリザベスには息子がいましたよね？　ハロルドでしたっけ？」

「ええ。ハロルドよ。あの子はここで育ったの。おとなしい子で、問題を起こしたことは一度もなかった。ひとり息子でね。スターリング親子は一九四七年にここに移ってきたの。三十年以上もここの二階に住んでたのは、あとにも先にもあの親子だけ。エリザベスとはとても親しくなったわ。ご主人のフランクリンは、一九六三年だったか四年だったかに亡くなったの。信号を無視して道路を渡ってるときに、車に轢かれて」

女はしばらく物思いにふけっていたが、ややあってまた口を開いた。「エリザベスが亡くなったのはちょうど七年前。ハロルドはどこかに引っ越すだろうと思ったわ。ひとりきりになったし、二階は広い部屋が六室あるから。でも、自分が育った場所にいたいと思ったみたい。父親と同じで、彼も会計士だった。おまけに同じ会社に勤めてた。わたし、あの子のことは自分の子どもみたいに思ってた。いえ、甥ってところかしら」

「いま、ハロルドはどこに？　まだ二階にいるのですか？」

女の目に涙がにじんだ。「いいえ。あの子も亡くなったわ。三年前に。ハロルドはいつも歩いて通勤してた。車は一度も持ったことがなかったのよ。勤めていた会社はすぐそこ、四ブロック先よ。ある朝、出ていく姿も見かけなければ、音も聞こえなかったの。階段をおりてくる音のことよ。なぜか彼が出かけるのに気がつかない朝もあったから、そのときもそうだろうと思って、何も気にしなかったの。でも五時をまわったころ、ハロルドの同僚のひとりが、どうかしたのかと様子を見にきて。朝からずっと電話をしてるのに、全然つながらないからって。

それでわたしたち夫婦も何かあったんだと気づいたわ。夫が二階の合い鍵を出してきて――緊急時にそなえて持ってるので――二階にあがった。そうしたらハロルドがいた。ベッドのなかに。夜のうちに亡くなったらしいわ。

まだ死ぬような年齢じゃないからって、検死解剖がおこなわれてね。三十一歳という年齢なら、殺害されたか自殺かと思うでしょ。自殺をほのめかしていたことは一度もなかったけれど。解剖の結果、母親と同じで心臓が弱って死んだとわかったの」

彼女はため息をついた。「遺言をあずかっていた弁護士が、ハロルドの資産から葬儀代を支払ったり、あれやこれやを処理してたわ。ハロルドは遺言に、わたしに一万ドルを遺すと書いてた。いつもわたしのことを第二の母だと思ってくれてたわ。というより、おばかしらね。残る資産は慈善団体に寄付された。二階にある家具はすべてわたしにって。ハロルドの衣類はうちの夫には合わなかったから、ガレージセールで売って、売上金はわたしが通ってる教会に寄付したわ。でも、ごく個人的なものは箱に詰めて、屋根裏に置いてあるの。蝶のコレクションだとか切手のコレクションだとか、そういうものを。ひとつの箱におさめてあるわ。もしなんだったら、持っていってもらってもかまわない。その血のつながったおじさんが見たがるかもしれないでしょう」

わたしは事務所に戻ると、段ボール箱をファイリング・キャビネットの上に置き、デスクの椅子に腰をおろした。なんと、これで終了。調査には二時間もかからなかった。調査費二千ドルにしては悪くない。しかし、ここで終止符を打っていいのか？

そんな気はさらさらなかった。

わたしは何も書かれていない紙に手をのばした。ジェイムスンが項目別の経費明細を求めたら、これを渡せばいい。今回の仕事に使った調査員は二名。ひとまずスミスとジョーンズとしておこう。ふたりはエリザベス・スターリングの一九四七年当時のミルウォーキーでの住まいを突きとめたのはもとより、一九五五年に州外に移ったこともつかんだ。さて、どこへ？シカゴはどうだろうか？魅力のある大都会で、人目につかずにいられる。スミスとジョーンズはシカゴじゅうをめぐり、一週間かかってエリザベスの住所を調べあげる。ところが見つけはしたものの、またしても引っ越したあとだった――こんどはセントルイスに。

わたしはスミスとジョーンズが負担した経費リストの作成にかかった。ホテル代。それも高級ホテルだ。ガソリン食いの車の総走行距離。食事代。ふたりとも高級志向の大食漢だ。週末にはリストを完成させてタイプで清書し、ジェイムスン宛てに投函することにしよう。

翌火曜日、ジェイムスンから調査状況確認の電話がかかってくるかと思っていたが、電話は鳴らなかった。

水曜日は郵便物をなかば期待して待った。調査費二千ドルが送られてくるはずだった。しかし郵便物は届きはしたが、小切手のはいったものはなかった。ジェイムスンからの電話もなかった。

木曜日が過ぎた。小切手は届かず、電話もなし。

金曜日の郵便物まで待ったが、この日も小切手は届かなかったので、わたしは電話に手をのばし、サンフランシスコにいるジェイムスンの番号をまわした。

女が出た。

「ジェイムスン氏をお願いします」わたしは言った。

電話の向こうで間があった。「ジェイムズ・ジェイムスンさんですか？」

「ええ、そうです」

また間があった。「あの、お聞きになってないのですね？」

「聞くって何を？」

「ジェイムスンさんは亡くなりました。今朝、埋葬されたところです」

わたしは目をぱちくりさせた。「亡くなったっていつ？」

「月曜日に。確か正午ごろでした。書状にサインをしてもらおうとジェイムスンさんのオフィスに入ったら、デスクに突っ伏してらして。まだ六十三歳だったんですよ」

「あなたはどなたです？」

「秘書です。いくつか仕事を片づけていたところなんですが、これが終わったら、どなたかほかの人につくよう事務所から言われると思います」

「わたしはブラッドリーといいます。ブラッドリー探偵社の。ジェイムスン氏から聞いてませんか？」

秘書はしばらく考えてから言った。「いいえ」

わたしは電話を切った。

ジェイムスンは月曜日、サンフランシスコ時間の正午ごろに死亡していた。彼からの電話を受けたのは向こうの時間で十一時だ。ということは、わたしに仕事を依頼して一時間するかしないかのうちに死んだことになる。小切手を発送することはおろか、切ることもしていなかったにちがいない。

さてどうする？　この状況から何を手にできる？

マグレガーに直接連絡をとったほうがいいだろう。エリザベス・スターリングとその息子の居場所を探す調査費として、ジェイムスンから二千ドル受けとることになっており、鋭意取り組んでいるところだと伝える。

それだけで事足りるだろうか？

ジェイムスンがわたしを雇ったことを示す証拠は何ひとつない。マグレガーはわたしの話を信じるだろうか？　それとも、ジェイムスンの死につけ込んだ一種の信用詐欺だと見るだろうか？　安全を期するために、みずから別の私立探偵を雇って姪を探そうと考えるだろうか？　大いにありうる話だ。

わたしは大きく息をついた。だめだ、一刻も早く依頼された仕事を完遂すべく、エリザベス・スターリングと息子のハロルドの行方を突きとめたと伝えなければならない。マグレガーには、ジェイムスンが確約した調査費二千ドルを受けとりしだい、情報を提供すると言おう。

もしマグレガーが二の足を踏み、この仕事をほかの探偵社に依頼したらどうする？　結局のところ、わたしにエリザベス親子の行方をつかめたのだから、ほかの探偵社にもできると思うにいたるだろう。しかも、もっと低額で。

いやはや困った。

わたしは自分の小さなオフィスを見まわした。近いうちに、また埃を払わなければならない。それに窓の拭き掃除も。

十二年近く前にこの事務所を開いたとき、わたしは何を求めていたのか？　冒険？　興奮？　これまでわたしは何をした？　離婚訴訟——この分野とて、わが州が無過失離婚を認めているいまでは、件数がゼロに近づきつつある。親権争いがらみの調査——これも、不道徳行為の定義がきわめてあいまいなため、ごくわずかしかない。行方不明者の調査——まあこれはまだ、そこそこ件数がある。それから、プライヴェートな会合の警備員に雇われることがたまにある。

殺人事件の解明を依頼されたことは、探偵稼業についてこのかた一度もない。

これらがわたしに何をもたらした？　とにかくオーヴァーホールが必要な十年来の車。崩れそうな建物にある味も素っ気もないアパートメント。退屈に対処する能力。

いまから十年後はどうなってる？　きっといまと同じだ。相変わらず、いたるところの埃を払う必要に迫られ、窓も埃まみれのままだろう。

わたしは暗い思いを振り払い、仕事に戻った。エリザベスとハロルドのスターリング親子の死亡証明書の写しを入手しなければならない。ほかにどんな証拠がいる？

この世に遺された、ハロルドの世界の詰まった箱に目を向けた。なかにはきっと利用できるものがはいっているはずだ。わたしは箱をデスクに置き、蓋を開けた。

蝶のコレクションがあった。数はさほど多くはない。

ピンでとめられた蝶の下に記された日付からすると、ハロルドは十代で蒐集をやめていたようだ。切手のコレクションも同じく。

何年かぶんの写真が出てきた。夫と息子と一緒のエリザベス・スターリングがいた。

ハロルドの財布もあった。金ははいっていなかった。運転免許証もなかったが、ハロルドは車を持っていなかった。おまけにクレジットカードも信用していなかったと思われる。かたや、社会保障カードと図書館のカードは持っていた。それから財布サイズの両親の写真も。

さらに箱の中身を探ると、支払い済み小切手数束と、古い所得税申告書数枚が見つかった。それから高校の卒業証書に出生証明書。

ハロルドがいま生きていたら、わたしの二歳下だ。

わたしはデスクに出生証明書と社会保障カード、図書館のカード、卒業証書を一列に並べた。もう一度オフィスを眺めた。うなじに手をやった。

仮に、まったく仮にの話だが、ブラッドリー探偵社が生きてぴんぴんしているハロルドを実際に見つけていたら？ 仮にブラッドリー探偵社が即刻ハロルドに荷物をまとめてサンフランシスコに向かわせ、大おじに会わせたらどうなるか——それも、本人である証拠をたずさえて。出生証明書、社会保障カード、厳選した数枚の写真。ただし、そう、五歳以降の写真は一枚もなし。それから、彼が長年行方知れずだったハロルド・スターリングであることを保証する、ブラッドリー探偵社からの信頼に足る書状。

それで信用されるだろうか？

わたしは電話をとり、サンフランシスコまでの片道切符を購入した。

これが半年前のことだ。

いま、大おじのマグレガーとわたしは最良の友となり、常に行動をともにしている。わたしはマグレガーに優しく接し、彼もわたしを手放しでかわいがってくれる。

マグレガーがこの先長生きすることを、わたしは真に願っている。ひとつわたしに欠けているものがあるとすれば、それは貪欲さだ。

子供のお手柄

By Child Undone

松下祥子 訳

ヘンリー・ウィルソンが夜の部の映画を観てから帰宅したのは、深夜十二時をだいぶまわったころだった。アパートのドアに鍵を差し込んだとき、背後から一発撃たれ、ほぼ即座に死亡した。

ジョージ・クリントンは翌日の夜、同じように直撃されて死亡。

わが警察署は、毎日多数の手紙を受け取る――情報を提供するもの、求めるもの、猥褻なもの、脅迫するもの、わけのわからない非難、などなど。正直に言って、そのうちの大部分は屑籠行きだ。郵便で届くものすべてをきちんと調べるほどの人員も予算もない。だが、たまには目につくメッセージもある。

これはそんな手紙だった。封筒と便箋は何百という文房具店で買えるありきたりの品だ。文面はタイプされ、書き出しの挨拶はなく、末尾の署名もなかった。今朝、本部長室が受け取り、対処するようにとわたしの部署に回されてきたのだ。こうあった。

『おたくのような大組織ではうっかり見落とすこともあるだろうから、念のため勧告する。ヘンリー・ウィルソンとジョージ・クリントンを殺すのに使われた弾丸を比較してみろ。

どちらも同じ銃から発射されたものとわかるはずだ』

わたしは顔を上げ、ハリソン部長刑事を見た。「それで？」

彼はうなずいた。「確かめました。同じ銃です」

「この手紙の指紋をラボに調べさせたんだろうな？」

「ええ、でもなにも見つからなかった。ミリーの指紋だけです。本部長はさわっていません」

ミリー・タイラーは本部長秘書だ。本部長のもとに届く公的郵便物をあけ、事前に目を通すから、必要が生じて本部長室から指紋部へ手紙が回されると、その紙には必ずミリーの指紋がついている。ラボの技術者たちは、彼女の指紋なら一目見ただけでわかると豪語し、われわれもそのとおりだろうと認めている。

わたしは苛立ち、デスクの上を指先でコツコツ叩いた。「この手紙を書いた人物が、弾丸は同じ銃から出たものだと知っていたのなら、疑問点は明らかだ。なぜか？」

「察しはつきます」

「わたしもだ。ことに、そいつは自分の指紋を送らないよう気をつけたんだからな。クリントンとウィルソンは知り合いだったのか？」

「調べがついた限りでは、おたがいに顔を見たこともなかった。共通点は一つだけ。二人とも米国在郷軍人会の会員だった」

わたしは窓から外を見た。

ハリソンは咳払いした。「あの、必ずもっとなにか見つけます」

ことのついでに訊いた。「二人は同じ支部に属していたのか？」

「いいえ。市の反対の端に住んでいましたから」

「だが少なくとも、同じ戦争に行った？」

「いいえ。クリントンは第二次世界大戦、ウィルソンは朝鮮戦争の退役軍人です」

わたしは最初の被害者、ヘンリー・ウィルソンに関する報告書を取り上げた。

ヘンリー・ウィルソンは独身、三十八歳、建設会社の経理、まじめな社員だった。特に外向的でおしゃべりなほうではないが、週一回集まるボーリング・クラブ四つに属していた。貯金はしていたが、守銭奴だったわけではない。貯蓄預金口座に約六千ドル。生命保険が二万ドル、うち一万は政府支給の兵隊《GI》保険で、あとの一万は民間会社のものだ。保険金受取人は六つの慈善団体だった。

「この男は慈善活動に凝っていたのか？」

「いいえ」ハリソンは言った。「知り合いだった人たちの話では、ウィルソンはかなり若いころに保険に入った。お買い得だったからです、レートが低くて。将来結婚することがあれば、受取人はいつでも変えられると考えていた」

「ところが、そうはならなかった。結婚の予定とか、振られたとかいうことは？」

「これまでにわかったところでは、ありません。結婚よりボーリングだったんじゃないですか」

わたしはジョージ・クリントンのファイルに目を移した。

年齢、四十六歳、第二次世界大戦退役軍人、マディソン・アヴェニューにある広告代理店副社長。一九六三年に離婚、妻は十代の娘二人を連れ、彼女の両親が今も住むワシントン州にすぐ戻った。

クリントンは大酒飲みだが、仕事中は控えていたらしい。すぐかっとなる気性だった。ある同僚の話では、クリントンは撃たれる三日前、ダウンタウンのバーで客の一人と殴り合いのけんかになった。

一人暮らしで、遺体はアパートの中、ドア付近で見つかった。隣人の話では、午前一時に銃声らしき音がしたが、確信がなかったので警察には連絡しなかった。

「この、殴り合いのけんかというのは？」わたしは訊いた。

「相手を探しているところです。バーテンは、ときどき寄る客だと言っていますが、名前やなにかはなにも知らない。ダウンタウンの混雑したバーですからね。

顔は見慣れてきても、好みの飲み物が何かというほかは、覚える価値はない」

わたしはクリントンのファイルを処理済書類トレイに入れた。「すると、残されたのはごくごく小さな類似点ふたつだ。被害者は二人とも在郷軍人会に属し、二人とも一人暮らしだった」

「それに、二人とも男です」

「ありがとう」わたしは言った。

「それだって、大事かもしれませんよ」

その日の午後遅く、ハリソン部長刑事はまたわたしの部屋に来た。「バーテンから電話がありました。クリントンとけんかした客が今、店に来ていて、ウィスキー・サワーを飲んでいるそうです」

「そいつを連行しようとは思わなかったのか？」

「もう人をやりました」ハリソンは言った。「まもなく連れてきます」

わたしは秘書のスー・アダムズに行き先を教え、ハリソンといっしょにエレベーターで事情聴取室まで降りた。

十五分後、刑事二人が三十代前半の男を連れてきた。きちんとした服装だが、汗をかいており、湿った髪が乱れていた。彼はポルク・アンド・ポルク公認会計士事務所の下級社員だと言った。

「ほんとですよ」彼は言った。「クリントンは、あれより前には顔を見たこともなかった」

「じゃ、口論の種は何だったんだ？」わたしは訊いた。

「口論なんてしてません。それどころか、なんの話もなかった。もうしこたま飲んでいたんでしょう、煙草の販売機へ行く途中かなにかで、わたしにぶつかったんです。〝気をつけろよ〟と言ったら、次の瞬間、殴りかかってきて、それであんなことになったんです」

「彼が誰かは知らなかった？」

「ぜんぜんまったく。この刑事さんに教えられて初めて知った」

「火曜日の深夜一時にはどこにいましたか?」

「うちで寝てました。家内が請け合ってくれますよ。眠りが浅いほうで、しかもすごく嫉妬深い。彼女に知られずにどこかへ行くなんて、やろうたってできません」

木曜日の昼食後、オフィスに戻ると、本部長がまた手紙を受け取った、今、デスクに置いてある、とスー・アダムズに知らされた。

わたしは慎重に便箋を開き、ものさしを文鎮がわりにのせて読んだ。

『新聞を読んだところ、クリントンとウィルソンを殺すのに使われたのは同じ銃だと確定したそうだな。

よくやった。

そのリヴォルヴァーはわたしのもので、また使う予定だ』

ハリソン部長刑事を呼んだ。彼はメッセージを読み、口をすぼめた。「署名がない」

わたしは彼を見つめた。

彼は顔を赤らめた。「彼が本名をサインするとまで期待しちゃいませんでしたが、〝復讐者〟とかなんとか、書きそうなものじゃないですか」

「どうして〝彼〟だとわかる?」

「わかりません」ハリソンは認めた。「でも、こういう手紙を女が書いているっていうのは、どうも想像がつかない。どうしようもなくロマンチックな性分なんでしょうかね」

「この手紙をラボに持っていって、ミリーのやつのほかに指紋がないか調べさせろ」

指紋はなかった。

三人目の死者は音楽家・音楽教師のウィリアム・A・ウィーラーだった。

朝の三時に本部からの電話で叩き起こされた。ハリソンも同様だった。三十分後には、二人そろってウィリアム・A・ウィーラーのパジャマ姿の遺体を見下ろしていた。

「調べがついた限りで再構成すると」ハリソンは言った。「午前二時にブザーが鳴って起こされた。ウィーラーはチェーンをかけたままドアをあけたが、用心は役に立たなかった。ほんの数インチあいたところです ぐ、犯人は発砲した」

カメラマンが撮影を終え、救急車の係員が二人でウィーラーの遺体を担架に載せ、布で覆った。

ハリソンは話を続けた。「すぐ隣のアパートに住んでいる男が、眠れなくて熱いミルクを飲みながらぼんやりしていたところ、銃声が聞こえた。すぐには立ち上がらず、しばらく考えてみて、やはり銃声だったかもしれないと思った。ただ、テレビで聞くようなやかましい音ではなかった。そこで、恐る恐る廊下に目をやると、半開きのドアからウィーラーの手が突き出ているのが見えた。しかし、殺人犯の姿はなかった。ここですぐ警察に電話した」

わたしはアパートの中を見てまわった。ずいぶんごたごたしていた。本箱の棚の一つに小さいトロフィーがいくつか載っていたので、よく見た。ウィーラーがジェファーソン高校の水泳部員だった一九四六年と四七年に獲得したものだった。

「ウィーラーについて、何がわかっている?」わたしは訊いた。

「まだなにも」ハリソンは答えた。「年齢は三十六ですが」

その日の朝十時半に、本部長秘書のミリー・タイラーが未開封の封筒をわたしの部屋に持ってきた。「これ、本部長宛ての郵便物の中に入っていたんですけど、例の手紙みたいに見えます。タイプの癖に見覚えがあるように思えて」

わたしは封筒をあけ、便箋を気をつけて取り出すと、読んだ。

『これを受け取るころには、ウィーラーの死体を見つけていると思う。

わたしは人類全体を嫌悪していて、無差別に殺しているとでも考えているのかな？

半分は当たりだ。

わたしは無差別殺人はしない』

ずいぶん早く郵便が届いたものだと思ったが、封筒を見直すと、前夜八時の消印がついていた。ウィーラーが殺される六時間前だ。

手紙をラボに送り、それが返されてきた直後にハリソンがオフィスに入ってきた。

ハリソンは手紙を読み、首を振った。「こいつ、頭がおかしい」

「みんなそうさ」わたしは言った。「おかしくなる時が違うだけでね」

「しかも自信たっぷりだ。だって、人を殺す六時間前にこれを投函するとはね。指紋は？」

「ぜんぜんなし。ミリーのさえついていない」

ハリソンはメモ帳を開いた。「ウィリアム・A・ウィーラーの件ですが。クラリネット奏者で、市の音楽振興プログラムで開かれるクラスを教え、そのほかに個人教授もしていた。アパートの一部屋は防音になっている」

「友人、知人のたぐいは？」

「ふつうの人数です。今、調べています。ウィーラーには兄弟が二人いた。一人は歯医者、もう一人はドラッグストア経営。ウィーラーは朝鮮戦争中、陸軍で二年従軍し、海外を含め、さまざまな駐屯地で連隊付き軍楽隊に属していた」

「米国在郷軍人会の会員だったんだろうな？」

「いいえ。海外従軍軍人会です。でも、やっぱり軍隊関係の組織ですよ。高校のときは水泳選手で、トロフィーをいくつかもらっている」

わたしはパイプをいじくった。「いったい何がウィルソンとクリントンとウィーラーをつなげるんだ？　三人ぜんぶに共通するものがなにかあるか？　どんな些細なことでも？」

ハリソンはあれこれ並べ立てた。「三人とも男、アパートに一人暮らし、独身または離婚者、退役軍人で、軍人会に所属、深夜過ぎに殺された、髪は茶色、水泳ができた。この点は、ウィーラーのトロフィーを見たんで、調べてみたんです」

わたしは目をつぶった。「忘れている点があるぞ。三人ともときには息を吸ったり吐いたりした、驚くべきことに、顔が頭の正面にくっついていた」

ハリソンはやや非難するように言った。「かれらをつなぐものがあれば、どんな小さなことでもいいから教えろとおっしゃったでしょう」

返す言葉はなかった。「ウィーラーには生命保険があったか？」

「一万ドル、兵隊《GI》保険です。千ドルが埋葬費に充てられ、九千ドルは母親に行く。母親は未亡人で、社会保障手当に頼り、息子アルバートのドラッグストアの上のアパートに住んでいる。保険金目当てに息子を殺したとか？」

「まさか」

ハリソンはやや疑るような様子になった。「どうしてそう言い切れるんですか？　まともな人情ではないにしても、子供を殺す母親だっていますよ」

「だが、子供が成人してから殺すってことはない」

彼は顎を撫でた。「いやあ、それは気づかなかったな。改めて考えちゃいますね」そう言うと、彼は改めてひとしきり考えた。

翌朝、出勤すると、スー・アダムズが声をかけてきた。「今度の手紙は本部長でなく、警部ご自身宛てになっています。ほかの郵便物といっしょにわたしが開封しました。デスクに置いてあります」

部屋に入り、封筒をしばし調べた。昨日の夕方早くに投函されていた。

『ヘイズ警部殿

この事件の担当はあなただと新聞で読んだので、直接手紙を送る。第四の被害者はもう見つけただろうな？

時速七十五マイルでカーブに入れば大惨事につながると知っているレーシングカー・ドライバーそっくりの気分だ。知っているくせに、時速七十四マイルで曲がってみる……次は七十四・五マイル……また次は七十四・六マイルで。事故を起こさずにぎりぎりまで近づくのがゲームの愉しさになってくる。

警察がわたしを待ち構えている日が来る前に、何人殺せるだろう？

いつか、やりすぎてしまうかもしれない』

わたしはインターコムでスー・アダムズを呼んだ。彼女はわたしより三十分早く出勤し、前夜の出来事はたいてい教えられている。

「スー、四人目が見つかったと、どうして教えてくれなかった？」

「見つかっていないと思いますけど」彼女は言った。「少なくとも、そんな話は聞いていません。ゆうべは殺人が二件ありましたが、どちらも夫婦です。一つはハンマー、もう一つはナイフ。例の事件とは関係ないですよね、警部？」

一時に昼食から戻ると、スーが心配そうにいらいらしていた。「四人目が見つかったようです。ハリソンは十五分前に出かけましたから、そろそろ現場に到着したころです」住所を書きつけた紙切れをよこした。

運転手に降ろしてもらうと、わたしは小さなコテージまで歩いた。市の中では古い、うっそうと木々の多い地域にある家で、敷地の奥のほうに建っていた。

「名前はフェアバンクス」ハリソンは言った。「チャールズ・W・フェアバンクスですが、近所の人たちはチャーリーと呼んでいた。年齢、七十二歳、やもめ、子供はいない。退職し、社会保障手当と年金で一人暮らしだった」

わたしは台所の床に倒れている遺体を見下ろした。チャーリー・フェアバンクスは右のこめかみを撃ち抜かれていた。

ハリソンは続けた。「医師の推定では、死んだのはおおよそ午前一時から三時のあいだです。どのみち、近所に銃声を聞いた記憶のある人はいない。夜中のそういう時間じゃ、みんなたいてい眠っていますからね。だから犯人はその時間を選んで襲ったんでしょう」

「見事な推理だ」

「どうやらフェアバンクスは台所のテーブルにすわってコーヒーを飲んでいるところだったようです」

「午前一時から三時のあいだに？」

「一人暮らしだったから、時間はどうにでもなった。コーヒーが飲みたくなったら、いつでも飲んだんでしょう。ともかく、犯人はすぐ外に立って、フェアバンクスの横の窓の網戸越しに発砲した」

「誰が死体を見つけた？」

「姪です。少し話をしました。フェアバンクスは一人暮らしで、ああいう年だったから、彼女は毎日正午ごろ電話をかけていた。今日の昼には電話に出なかったので、どうかしたかと様子を見に来たんだそうです」

「保険は？」

「二千ドルだけで、姪が受取人ですが、葬儀の経費は彼女が出すことになっている。あと、彼はこのコテージを所有していて、これも彼女のものになります」ハリソンはしばらく黙り込んだが、それからため息をついた。「フェアバンクスはまるっきり泳げなかった」

わたしはハリソンを見た。

彼は咳払いした。「その、これで共通点がまた一つなくなったでしょう。被害者は全員が泳げる、というのがね。それだけじゃない。フェアバンクスの残り少ない髪の毛は白髪で、以前は赤毛だった。すると、みんな茶色の髪だというわれわれの仮説もだめになる」

わたしは窓の外を見た。「"われわれの"という言い方はやめろ」

ハリソンはまだあきらめていなかった。「しかし少なくとも、ネブラスカ州リンカーン付近の陸軍駐屯地で二週間過ごしている。第一次世界大戦終了直前です。一九一九年に米国在郷軍人会が設立されて以来、忠実な会員だった」

ハリソンはひとりうなずいた。「そうすると、まだこれだけは言えるな。被害者はみんな男性で、一人暮らし、従軍経験があり、退役軍人組織に属していた」

わたしは深く息を吸った。「ほんとにそれで満足なのか?」

五人目の被害者は、翌朝二時から三時のあいだに死んだ。死亡時刻がこれだけ正確にわかるのは、彼が夜警で、毎時間タイムカードを押すことになっていたからだ。三時にタイムカードが押されなかったので、警備会社が自動的に出動し、ハンフリー工具会社の太い金網に囲まれた敷地内に倒れている彼の死体を発見したのだった。

その朝九時に、わたしのデスクには被害者の所持品が載っていた。運転免許証の情報を読んだ。「リチャード・M・ジョンソン。一九一二年生まれ。すると、五十四歳だな」

ハリソンはラボから届いたばかりの報告書を読んで、ぎょっとしたようだった。「でも、ジョンソンが五人目ってことはありえませんよ。われわれのパターンから外れています」

「しかし、弾丸は外れていない」わたしは言った。

ほかの被害者を殺したのと同じ銃から発射されたものだ」

「ジョンソンは陸軍、海軍、海兵隊、それどころか沿岸警備隊にさえ入ったことはなかった」ハリソンは情けない声を出した。「二重ヘルニアで4－Fに分類され、徴兵されなかったんです。それに、一人暮らしでもなかった。妻と、成人した子供二人といっしょに住んでいた」

わたしは彼の肩に手を置いた。「たまにはそういうこともある。退役軍人会がカギだと、本気で考えていたのか？」

彼はうなずいた。「これで、被害者をつなぐ唯一の点は、みんな男だってことだけになりました。男なら何百万人といる」彼は考えるように眉根を寄せた。「アルファベット順に殺されちゃいませんよね？」

恥ずかしながら、わたしも一瞬、それは考慮した。

「いや」わたしはいらいらして言った。「そんなことはなかった」

ハリソンは顎を撫でた。「犯人は狂っているとは思えませんね」

「どうして？」

「その……〝幸福の手紙〟みたいに次々つなげて人を殺すのは確かに狂ってますけど、こいつの狂気はそういうタイプじゃない。頭のおかしい殺人鬼がのさばっているとわれわれに思わせたいだけなんだ。彼は被害者のうち、少なくとも一人については、理解できる殺害動機を持っているけれども、われわれが血まなこで大量殺人犯をさがしているほうが都合がいい。個々のケースをよく調べれば、彼に不利な答えが出てしまうから」

ときに、自分は同僚の知性を過小評価しているのではないかと感じることがある。しょっちゅうではないが、たまにはある。

「なるほど」わたしは言った。「じゃ、どの被害者が犯人の本当の狙いだ?」

「わかりません」ハリソンは言った。「まだそいつに行き着いていないのかもしれない」

その晩十時にわたしはオフィスにいた。疲労し、空腹で、家に帰って熱い風呂に入りたかったが、明日の朝にはまた誰か死んでいるのだと思うと、これまでの殺人についてわかっていることを繰り返し見直し、考え直さずにはいられなかったのだ。

ドアがかちゃりとあき、ハリソン部長刑事と、眼鏡をかけて賢いフクロウのように見える十歳の息子ウィリアムが入ってきた。二人とも正装だった。ハリソンは説明した。「YMCAで行なわれた〝父と子の晩餐会〟に行ってきたんです。ちょっと寄って、なにか新しいことが出たか、確かめようと思いまして」

「なにもない」わたしは言い、デスクに置いた一枚の紙をむっつりと眺めた。

1 ヘンリー・ウィルソン
2 ジョージ・クリントン
3 ウィリアム・A・ウィーラー
4 チャールズ・W・フェアバンクス
5 リチャード・M・ジョンソン

気がつくと、ハリソンの息子がわたしの肘のあたりに来ていた。「どうだ」わたしはやや苛立って言った。「なにか意味があると思うかね?」

子供は眼鏡を鼻梁に押し上げた。「はい、ヘイズ警部。みんな合衆国副大統領をつとめた人たちです」

わたしは二十秒ばかりも黙って彼を見つめ、それから手近の百科事典のところへ行った。

ウィリアムの言うとおりだった。

すぐさま非番の刑事たちを呼び集め、市の電話帳と首っ引きで張り込み場所を指定していった。

そのうちの一人が――大富豪ウィリアム・A・キン

グ氏の豪邸の外で——キングの甥を逮捕した。唯一の遺産相続人である青年は、眠っている伯父の頭蓋骨に弾丸を撃ち込もうとしたところだった。

キング氏と同姓同名の人物は、フランクリン・ピアスのもとで副大統領をつとめていた。

わたしはオフィスで、ささやかな祝賀会としてコーヒーとケーキを振る舞った。

「犯人はちょっとアンフェアだと思うわ」スー・アダムズは言った。「副大統領の名前なんて、いったい誰が覚えてるっていうの？　これが大統領の名前だったら、わたしだってすぐ怪しいと思ったでしょうよ。大統領ならみんなよく知っているもの」

ベンジャミン・ハリソン部長刑事はチョコレート・ケーキを切り、息子のウィリアム・ヘンリー・ハリソンに一切れ渡した。「最初はあのポルク・アンド・ポルクで働く公認会計士が犯人じゃないかと思ったんだがね」

ミリー・タイラーはコーヒーに砂糖を入れた。「ああ、マディソン・アヴェニューの広告代理店の副社長とけんかになったっていう人？　正直なところ、あのときはわたし、奥さんが犯人かなって思っていたんだけど、彼女はワシントン州にいて、アリバイがあったでしょう」

スー・アダムズはまだ同じ点にこだわっていた。「ジェファーソンとかリンカーンとか、そんな名前を出してくれていたらねえ」

わたしは顎を撫で、事件の経緯を思い出そうとした。そう言われれば……

本部長が部屋のドアをあけた。「きみに渡す表彰状を作っているんだがね、警部。ファースト・ネームをまた忘れてしまった」

「ラザフォードです」わたしは言った。「ラザフォード・B・ヘイズ（第十九代大統領）」

〔訳者注　本文中に出てくる固有名詞（人名・地名）は、被害者を除き、すべて大統領の名前――ワシントン、アダムズ、ジェファーソン、マディソン、ウィリアム・ヘンリー・ハリソン、タイラー、ポルク、リンカーン、ラザフォード・B・ヘイズ、ベンジャミン・ハリソン。ただし、ハンフリーはこの作品が書かれたときの副大統領。次期大統領への作者の期待がこめられていたのかもしれない？〕

ビッグ・トニーの三人娘

Big Tony

松下祥子 訳

「うちの娘三人、そろそろ嫁にいく年ごろだ」ビッグ・トニーは言った。フランス窓から離れ、こちらを向いた。「オブライエン、その実現はおまえに任せる」

わたしは二秒ばかり考えた。「戸別訪問して、ビッグ・トニーの娘を一人、嫁にもらいたいやつはいないかと訊いてまわれってことですか？」

「違う」彼は葉巻入れから一本取り出した。「おれが三年前にこんな郊外のリヴァー・ヒルズに移ってきたのはどうしてだと思う？」

「最高の家柄の連中がうようよしている場所に住みたかったから？　でも、連中は口をきいてくれないし、娘たちとデートしてくれるやつもいない？」

「おれは永久にカントリークラブに入れてもらえんかもしれん」ビッグ・トニーは言った。「だが、娘たちは男とつきあうのに問題はない。娘らに前に会ったのはいつだった、オブライエン？」

「四年前です。西海岸へ送り出される前」

彼はうなずいた。「みんな美人に育った」

「でも、まだ結婚できない？」

「こういうことなんだ、オブライエン。おれはあの子らの父親で、今でもたまに名前が新聞に載ることがあるが、それは社交欄ではない」彼は分厚い敷物の上を行ったり来たりした。「子供のことにとやかく口を出す親にはなりたくないが、実情がわかっているから、悲しくなる」

彼は葉巻を振った。「たとえば、アンジェリーナとハーバート・ブラッドフォードだ。しんそこ惚れ合っているのに、やつは結婚を申し込もうとしない」

「どうしてです？」

「親父を恐れているからだ。親父のグローヴァー・ブラッドフォードに言わせれば、ハービーはプリマス・ロック（一六二〇年に最初の植民地建設団が到着した場所）に船を着けたご先祖様のいる女の子が現われるまで待つべきだそうだ。知ってのとおり、うちの一族はタイタニック号の三等船室を惜しくも取りそこねた口でね」

「ファウスティーナの問題は？」

「モーリー・ウィルソン」

「こっちは何を恐れているんです？」

「千五百万ドル。ファウスティーナと結婚すると、祖《ば》母《あ》さまからそれだけもらえなくなる」

「で、千五百万ドルを振ってでもファウスティーナと結婚しようとは思わない？」

「いいか、オブライエン」ビッグ・トニーは言った。「おれはあの男をそうひどいやつとは思っちゃいない。女は女だが、千五百万は千五百万だからな」

「それで、わたしは千五百万ドル相手に戦って、ハッピー・エンドで終わらせる？」

ビッグ・トニーはにんまりした。「おまえを西海岸へ送ったとき、あっちではなにもかもぼろぼろ、崩壊寸前に見えた。正直、なにも期待しなかった。だが、おまえはすべて見事に再建してくれた。おれはそういう仕事ができるやつなら誰だって尊敬するし、だからこっちでもまた奇跡を起こしてくれるんじゃないかと思ってね」

「セシーリアの問題は？」

「フィリップ・コートランド。彼は東部のどこかの大学でフットボールの選手だった。ほんとの上流で、自分名義の財産が百万くらいはある」

「そいつはどうしてためらっているんです？」

「知らん。だが調べ出して、なんとかしてくれ」

脇のドアの一つがあいて、セシーリアが部屋に入ってきた。「まあ、誰かと思えば、オブライエンじゃないの。ずいぶんご無沙汰ね」灰色の目がわたしをまじまじと見た。「どうして西海岸から出てらしたの？ビジネス？」

「友達として訪ねてきたのさ」ビッグ・トニーは言った。「しばらくうちに泊まる」腕時計に目をやった。

「ゴルフ・プロとレッスンの時間だ。おまえ、オブライエンにうちの中を案内してあげたらどうだ？」

庭に出ると、セシーリアは言った。「こっちにいらした本当の理由は何なの？」

「きみには秘密だ」

彼女は肩をすくめた。「好きにして」生垣のほうを指さした。「あのすぐ向こうにアンジェリーナとハーバート・ブラッドフォードが手を握り合っているのが見えるはずよ。毎週火曜と木曜、二時から四時のあいだに、ハービーはカントリークラブのハンドボール・コートをこっそり抜け出して、アンジェリーナの顔を拝みに来るの」

生垣の向こうに曲がり込むと、二人が石のベンチにすわっているのが見えた。

アンジェリーナは黒髪で、身長は五フィート二インチくらいだ。「あら、ミスター・オブライエン」彼女は言った。

セシーリアは二人を見て微笑した。「モンタギュー家とキャピュレット家（『ロミオとジュリエット』の反目する家族）の焼き直し。わたし、あの二人を誘拐して、最寄りの判事のところに送り届けて結婚させちゃおうかって、たまに思うことがあるわ」

アンジェリーナは首を振った。「二十世紀だもの、そんなの無理よ、セシーリア」

ハーバートはうなずいた。「実をいうと、ミスター・オブライエン、父はぼくのことなんかなんとも思っていないんですが、ぼくのほうは何をするにもとにかく父に認めてもらう必要がある。極度に依存的人格なんです」

車寄せにジャガーが一台入ってきて、家の前に止まった。

「わたしのテニスのお相手」セシーリアは言った。

「でも、どうしてもというなら、キャンセルしますけど?」

「いや。仕事がありますから」

運転していた男は車から出て、こちらに向かってきた。

「フィリップ・コートランドよ」セシーリアは紹介した。「こちらはジム・オブライエン」

コートランドはわたしと同じくらいの背格好で、わたしたちはたがいを観察した。

「オブライエンは父の仕事に関係している人」セシーリアが言った。「死体の始末とか、そういうようなことの担当ね」

「おぼえておかなきゃな」コートランドは言った。

わたしは二人が立ち去るのを見送ってから、車で町に出て、〈モーニング・クロニクル〉にいる飲み仲間を訪ねた。バーを出たあと、彼は新聞社の参考資料室に通してくれ、わたしはそこで多少調査をした。

翌朝、ビッグ・トニーの家を出ると、ブリーフケースを買った。ブラッドフォード・ラボラトリーズ製薬会社で、グローヴァー・ブラッドフォードの秘書に名前を告げ、すわって待った。

秘書は一分で彼の事務室から出てきた。「ミスター・ブラッドフォードがお目にかかります」

広々した部屋で、分厚いカーペットが敷いてあった。グローヴァー・ブラッドフォードはデスクの向こうで立ち上がり、手をさしのべた。大柄な男で、おそらく週末はボートで過ごすのだろう。

わたしが席に着くまで待ってから、彼は言った。

「秘書の話では、食品医薬品局の方だそうですな」

「そうです」

彼は油断のない様子で次を待った。

「ミスター・ブラッドフォード」わたしは言った。

「六カ月前、局から御社に対し、睡眠薬スリープ・ソー・イージーの効能とされるものの宣伝広告を中止するよう、命令が出ました。御社は五百ドルの罰金を科された」

彼は無表情になった。「過去の話です。すんだことだ」

わたしは微笑した。「そのとおりです。御社はスリープ・ソー・イージーの製造を中止し、五百ドルの罰金を支払った。しかし、局が行動に出る前にスリープ・ソー・イージーが稼ぎ出した百五十万ドルに比べれば、そのくらい、微々たるものだ」

彼はなにも言わなかった。

「局の動きは遅い」わたしは言った。「そこを利用して金儲けをする輩もいます。たしか、うちではスリープ・ソー・イージーを一年半検査してから、ようやく手を打った」

やや間を置いた。「そこで、今度は御社の新製品、ドリーム・エイトです。就寝前に小さな錠剤を二錠飲めば、赤ん坊のごとくぐっすりと八時間眠れる。御社では二カ月前にドリーム・エイトの製造と宣伝を開始した。局が動き出して御社にまた五百ドルの罰金を科す前に、今度も百万ドルくらいは稼げるでしょう」

彼は葉巻入れに手を伸ばし、細巻き《パナテラ》を一本取り出した。わたしにはすすめなかった。

彼が葉巻に火をつけるまで待ってから、わたしは言った。「局の行動は、遅いときもある。また、速いときもある。今すぐ、百万ドルの速さで動くこともできます。あるいは明日からでも」

彼はこちらをしげしげ眺めた。「局がどのくらいの速さで動くか、おたくしだいだ、と言いたいのかね？」

今度はわたしのほうが黙っている番だった。にっこりした。

彼は身を乗り出した。「わかった。恐喝くらい、聞けばわかる。いくら欲しいんだ？」

「金はいりません」わたしは言った。「すでに買収されておりますのでね。欲しいのは幸福です。わたしのため。あなたのため。みんなのために」

彼の目が細くなった。「もうちょっと具体的に頼む」

「二日ほど前、ある男がわたしのところにやって来ました。ドリーム・エイトに関して、わたしが局を速く動かせるかどうか知りたがった。彼が持ってきた金を見て、やれないことはないと答えました。ところが、わたしに必ずしもそうさせたいわけではなかった、ただし……」わたしは言葉を切った。

彼は口を挟んだ。「ただし、なんだね？」

「どうやら、この男にはアンジェリーナという娘がいて、彼はその娘にしあわせになってもらいたい、ということらしい。そして、彼女の考えるしあわせとは、ハーバート・ブラッドフォードなる人物と結婚することなんです」

グローヴァー・ブラッドフォードはこぶしでデスクをどんと叩いた。「許さん！」

わたしは立ち上がった。「あなたしだいですよ、ミスター・ブラッドフォード。百万を取るか、ハービーを取るか」

「ちょっと待ってくれ」ブラッドフォードは言った。「局をどのくらい止めておける？」

「まあ、二年てとこですか」わたしは言った。「がんばればね」

彼は目を輝かせた。足し算をしているようだった。

わたしはドアの前で立ち止まった。「あともう一つだけ、ミスター・ブラッドフォード。ビッグ・トニーはカントリークラブに入会したがっています。お口添えいただけるんじゃないかな」

その晩、ビッグ・トニーの家でわたしはモーリー・ウィルソンに会った。やせて、髪が薄くなりかけている。話のあいだに彼はこう漏らした。「祖母の考えは理解しがたいですよ。ぼくがファウスティーナと結婚するのは絶対許してくれないのに、ぼくがここに来るのには反対しない。むしろ奨励するくらいなんだ」

「今日はビタミンC錠を飲んだ？」ファウスティーナは訊いた。

ウィルソンはうなずいた。

ファウスティーナは生まれつき顔色が青白く、おそらくそのままで九十七歳まで生きるだろう。「わたしには甲状腺薬が必要だって、かかりつけのお医者様をもうちょっとで説得できると思うのよ」

「なあ、モーリー」ビッグ・トニーは言った。「イリノイ州に缶詰工場を二軒買ったところだ。季節によって、コーンとかグリンピースとか、そんなものを扱う。このぜんぶを結婚祝いとしてきみにやるよ」

ウィルソンは考えてみた。「価値はどのくらいですか？」

「三十万ドルだ」

ウィルソンは首を振った。「だめです。夜眠れなくなりますよ。失った千五百万ドルがちらついて」

ハービー・ブラッドフォードとアンジェリーナが部屋に入ってきた。

「アンジェリーナと結婚するのを父が許してくれました」彼は誇らかに宣言した。

「大がかりな披露宴になるわ」アンジェリーナは言った。「まずは園遊会を開いて、婚約発表するの」

翌朝、朝食のあとで、わたしは車を取りにガレージに行った。

セシーリアがついてきた。「またお仕事？」

「そうです」

「でも、どんなお仕事かは教えてくださらないでしょうね？」

「どうしてそんな必要がある？」

「わたしはボスの娘で、しかも好奇心があるから。このところ、物事が動き出したみたいだし、仕掛け人はあなたじゃないかって、妙な勘が働くの。ね、何をしているのか、教えてくださらない？」

「まあ、そのうちにね」

「そのうちって、いつ？」

「きみが結婚したら」

モーリー・ウィルソンの祖母の家までは半マイルもなかった。

ヒルダ・ウィルソンは色あせた乗馬ズボンにモカシン靴を履き、セーターを着ていた。

「こんにちは、坊や」彼女は言い、そのままサイドボードまで歩いていった。「一杯いかが？」


「ちょっと時間が早すぎます」わたしは言った。

「この年になるとね」彼女は言った。「早すぎるってもんはないのよ。たいていは遅すぎる。もっとも、あたしが乗り遅れたものなんて、たいしてありませんけどね」ジガー・グラスのバーボンを飲み干した。「さてと、坊や、どんなご用？」

「ミセス・ウィルソン」わたしは言った。「わたしは作家です。有名な一族の伝記を書くのを専門にしています。ウィルソン家について書き始める前に、いくつか確かめておきたい点がありまして」

「どうぞ続けて、坊や」

「はい」わたしは言った。「ご主人はコロラドで他人の先有鉱区の権利を横領してウィルソン家の財を成した、というのは本当ですか？」

「そのとおりよ、死んだ亭主のビルがやったこと」

「それから約一年後、酔っ払いどうしのけんかで、相手を撃ち殺した？」

「目のあいだを見事に撃ち抜いた」ヒルダは言った。

「ビルは絞首刑になるところだったけど、陪審を賄賂で抱き込んだの」

どうも思ったように事が運んでいないという感じがした。「ミセス・ウィルソン」わたしは言った。「この伝記は書かなくてもいいいんですよ」

「そうなの？」彼女はサイドボードに戻り、もう一杯飲み物を注ぐと、わたしのところに持ってきた。「ぐっとおやんなさい、坊や。必要みたいよ」

わたしはグラスを受け取り、待った。

「坊や」彼女は言った。「あんたみたいな自称作家なら今までに六人来て、ウィルソン家の伝記を書くって話を持ち出した。それから、書かないでいてほしければ一万ドルだかなんだか渡せって言う。あんたもそういうつもりだったの？」

わたしは飲み物をひといきに干し、なにも言わなかった。

ヒルダ・ウィルソンは続けた。「うちの人間が過去に何をしようとしまいと、人が興味を持つほどウィルソン家は有名じゃない。友達ならどっちみちみんな知ってるし、敵や赤の他人が何を知ろうと、どう考えようと、あたしはどうでもいい。あんた、いくらせびるつもりだったの？　一万？　一万五千？」

「金を要求するつもりではありませんでした」

「でも、なにか要求するつもりではあったのね？　じゃ、なに？」

「あなたには関係ない」

彼女は声を上げて笑った。「もう一杯いかが、坊や？」

「ボトルを持ってきてください」わたしは言った。

「それに、坊や呼ばわりはいいかげんにしてくれ」

彼女はボトルとグラス二個を持ってきた。「あんたはうちの亭主によく似てる。ビルって呼ぶわね」

彼女は椅子をこちらに近づけた。

「いったいどうして孫息子をファウスティーナと結婚させてやらないんです？」わたしは迫った。

彼女の明るい青い目がきらめいた。「ああ、そういうことだったの？　あたしを恐喝して、モーリーに結婚していいと言わせようって寸法？　あたしが今までずっとモーリーをビッグ・トニーの家に行かせてきたのはどうしてだと思う？」

「わかりません」

「モーリーは馬鹿なのよ」ヒルダは言った。「目が節穴。あたしはあの子をセシーリアと結婚させたいの」

わたしは空のグラスをにらんだ。「セシーリア？」

「そう」ヒルダは言った。「ファウスティーナだってきれいな子だけど、頭が切れてガッツがあるのはセシーリア」

考えてみた。「なるほど。それじゃ角度を変えて、もしあなたがセシーリアだったら、モーリーと結婚しますか？」

彼女はボトルに手を伸ばした。「千五百万の財産持ちなら、するわ」

「ビッグ・トニーにも数千万の財産がある」わたしは言った。「セシーリアを金で釣れるとは思いません」

わたしたちは黙ったまま、もう一杯飲んだ。

とうとうヒルダはため息をついた。「わかったわ、ビル。モーリーは垂涎の婿候補じゃないし、あたしの期待が過ぎたみたい。あの子とファウスティーナはいっしょにビタミン剤を飲みながら、仲よくやっていくのかもね」

トニーの家に戻ると、彼は車の前部座席にゴルフ・バッグを積み込んでいるところだった。「驚くことがあるぞ。グローヴァー・ブラッドフォードがカントリークラブに招待してくれた。どうやらこれで入会間違いなしだな」

その晩、モーリー・ウィルソンが家に来た。「祖母がファウスティーナとの結婚を許してくれました」彼は宣言した。

「今日の整腸剤は飲んだ?」ファウスティーナが訊いた。

モーリーはうなずいた。

ビッグ・トニーはわたしと二人きりになるまで待った。

「おまえの仕業だな」彼は言った。「それも四十八時間とたっていない」葉巻をぷかぷかふかした。「お次はフィリップ・コートランドか?」

「ええ」

わたしは月曜日にコートランドに会おうと決めたが、それほど長く待つ必要はなかった。土曜日の午後、向こうがわたしに会いにきたのだ。

彼はこちらをしげしげと見て言った。「ビッグ・トニーの右腕なんですか?」

「そのようなもんだ」

「彼のためにいろんなことをしてきた?」

「いろいろとね」

それで満足したようだった。「金を儲けたいとは思いませんか? 大金です」

「かまわないが」

彼はおもむろに煙草に火をつけてから話を続けた。

「町に倉庫をいくつか持っているんだ。それがたまたま焼け落ちてくれたらありがたい。礼金は二万ドル」

わたしはにやりとした。「わたしに倉庫を焼かせて、保険金をせしめるつもりなのか? きみには百万も財産があるんだと思っていたがね」

彼の頬が赤らんだ。「ぼくがいくら持っているとかいないとかは関係ない。この仕事を引き受けますか、どうなんです?」

わたしはうなずいた。「わかったよ。だが、金はいらない」

彼は不審げにこちらを見つめた。「いったい何が欲しいんです？」

なにも言わずにおこうかとしばし考えたが、思い直した。「セシーリアに結婚を申し込んでほしい」

目がきらりとした。「それが仕事料？」

「お聞きのとおりだ」

彼は煙草を何度かゆっくりふかし、油断のない目でこちらを見ていた。「それがお望みなら、やりますよ」

わたしはドアまで行ってあけた。「じゃあ、すぐやってくれ」

彼は首を振った。「だめだ。倉庫のほうが先だ」

彼が出ていくと、わたしは酒棚へ近づいた。

一時間ほどして、ビッグ・トニーがカントリークラブから帰ってきたので、わたしはすべて報告した。

彼は首を揉んだ。「すると、あいつはおれたちを使って自分の倉庫を火事にしようって魂胆なのか？　こっちをなんだと思ってやがるんだ？」

「みんなが考えているのと同じに思っているんですよ」

ビッグ・トニーは首を振った。「かたぎになって長いから、倉庫を焼いてくれるような人間に心当たりはない。考えてみないとな」

わたしはボトルに手を伸ばし、もう一杯注いだ。セシーリアが部屋に入ってきて、わたしの椅子の背に寄りかかった。「カリフォルニアでは何をしてらしたの、オブライエン？　人殺しと幼児誘拐？」

「トニーがいくつも買った小さいドラッグストアをとりまとめてチェーンにしていたんだ」わたしは言った。「人殺しなんて、五歳のとき以来やってない。まあ、また始めてもいいかな」顔を上げて彼女を見た。「フィリップ・コートランドのどこがそんなに特別なんだ？」

彼女は目をぱちくりさせた。「特別？　あの人が特別だなんて、誰が言った？」

「じゃ、どうして彼と結婚したがっている?」

「わたしがあの人と結婚したがっている、ですって?」

「じゃ、そうじゃないのか?」

「とんでもないわ。あの人からは十回以上プロポーズされてるけど。ね、そうでしょ、パパ?」

わたしはトニーに目を向けたが、彼は葉巻をさがすのに忙しくしていた。

深呼吸して、電話のところへ行った。フィリップ・コートランドをつかまえると、言った。「いまいましい倉庫なんぞ、自分で焼け」

電話を切り、ビッグ・トニーをにらみつけた。「どういうことなんです?」

彼は葉巻に火をつけた。「オブライエン、おまえを呼び戻したときには、まさかアンジェリーナを結婚させてくれるとは思いもよらなかった。ファウスティーナもな。そんなことは誰にもできないと思っていたし、なんの期待もしていなかった」

「じゃ、そもそもどうしてわたしを呼び寄せたんです?」

ビッグ・トニーはにんまりした。「セシーリアは二十六、いい年ごろだから結婚させようと思ったのさ。おれの眼鏡にかなう人間を見つけるのに、たとえ西海岸まで手を伸ばさなければならなくてもな」

彼はドアまで行き、振り返った。「あとは任せる、オブライエン。おまえは仕事人だろう。うまくやってくれ」

ポンコツから愛をこめて

Approximately Yours

松下祥子 訳

すみれ色の瞳に見つめられて、ちょっとどぎまぎした。

駐車した一九二四年型アプロクシメット《似たようなもの》の運転席にすわったまま、ホールディング医師はその若い女を横目でちらちらと見た。まんべんなく日焼けした肌。ショートパンツ。さっきからラルフのドラッグストア前のベンチにすわり、絵葉書を書いている。このあたりで見かけたことはない。亜麻色の髪に青いリボン。彼はひとりうなずいた。観光客だ。観光にくる女の子はみんな亜麻色の髪に青いリボンをつけている。

今、彼女は絵葉書を置いて立ち上がった。考えるように首をかしげたままだった。

ホールディングはすこし先にあるヘンリーのスーパーマーケットに目をやった。木製スポークのついたステアリングを指先でいらいらと叩いた。いったいどうしてアグネス叔母さんはちょっと買い物するのにこんなに時間がかかるんだ？

若い女は二歩近づいた。腕を組み、車をすみずみまで見回した。後部、中央部と来て、正面側に移動した。

ホールディングはもう我慢できなかった。「タイヤを蹴飛ばしたら、大声を上げるぞ」

彼女は車を指さした。「これ、なに？」

「自動車」ホールディングはむっとして答えた。

「それはナンバープレートから察しがついたわ。でも、どういう種類の自動車？」

「一九二四年型アプロクシメット」

彼女はちらっと笑った。「二つとない車ね？」

所有者たる誇りが青年の声に混じった。「エンジンは一九一九年型フォード。ボディは基本的には一九二五年型エセックスだけど、もちろん屋根は切り取ってある。タイヤは一九二二年型シヴォレーで……」

「あなたがこいつを組み立てたの？」

わが手で作り上げたこれこそ発明の才と想像力を駆使した模範的マシンだと、謙虚さのかけらもなくホールディングはつねに考えていた。ところが、この創造物を〝こいつ〟呼ばわりされたあげく、気がつくと、もごもご言い訳がましいことを言っていた。「ああ……ジェレマイア伯父がカリフォルニアへ引越したとき、納屋にあるものをぜんぶくれたんだ。古い車がたくさん、というか、少なくとも部品がいっぱいあって、だからその……法律に触れるわけじゃなし……」咳払いした。「ガソリン一ガロンで二十七マイル走れる」

アグネス叔母がヘンリーのスーパーマーケットから出てくるのが見えた。ホールディングはステアリングの下のスパークとアクセル・レバーを調整してから、車の正面に立った。クランクを四度回したが、なにも起きなかった。

「なーるほど！」亜麻色の髪の娘は言った。

娘をにらみつけてから、もう一度クランクを回した。ゴホゴホいってエンジンがかかり、ホールディングはあわてて運転席に戻った。

勝ち誇った笑顔を娘に向け、彼はアグネス叔母を乗せて歩道際を離れた。

エンジンの騒音に負けじと、アグネス叔母は声を張り上げた。「あの人、だれ？」

ホールディング医師は頭にあった形容詞をやや上品に変えて言った。「けしからん観光客」

アグネス叔母は非難するように舌を鳴らした。「ほらほら、クリス、大目に見てやりなさいよ。なんといったって観光客はこの町の経済に欠かせない存在だもの」二人のあいだに置いた食料品の袋に目を落とした。

「ヘンリーはインゲンの缶詰を三十六セントに値上げしたわ。労働の日（九月第一月曜日の祭日）がすんだら、二十五セントに戻すけど」

ホールディングはエルマーの自動車修理工場に立ち寄った。彼の六二年型セダンはまだ修理中だったが、五時までにはできるとエルマーは請け合った。

メイン・ストリートにある医院を通り過ぎ、チェスナット・ストリートをはずれたところにある木造の白い大きな家まで行った。二階へ上がり、水泳トランクスに着替えてまたすぐ外に出たが、その前に台所に寄った。「ひと泳ぎしてくるよ、アグネス。電話が来たら、コーネリアスに頼んで信号を出してもらって」

海岸沿いの道路にアプロクシメットを走らせた。朝の水泳を楽しむ人たちがぱらぱらと見えた。知った顔はない。夏はいつもこうだ。地元の人たちは露店で釣り餌を売るか、骨董品屋を開くか、さもなければ九月まで隠れている。

彼は浜の人気《ひとけ》のない区域を見つけた。それでもコーネリアスのコテージとその脇の釣り餌の露店は目に入る。

駐車し、キーをトランクスのファスナー付きポケットに入れた。サンダルを脱ぎ、砂浜をぶらぶらと水際へ歩いた。

木の杭を組み立てた構造物が腐りかけている。かつては桟橋だった代物だ。その前で彼はためらった。子供のころはあそこから何百回となく飛び込んだものだった。ひとり、にんまりした。いいじゃないか？

まだ残っている灰色の板の上をそろそろと進み、いちばん高い杭のてっぺんまで登った。見るものすべてを統べる王といった格好で、堂々と立った。

次の瞬間、足を滑らせた。

一瞬、宙に浮き、水に落ち、それからなにかに頭を打ちつけて、がつんと鈍い音がした、そこまでは意識があった。

意識を取り戻したとき、彼は砂の上にうつぶせに横たわっていた。頭は横向きで、舌は口から出ている。誰かが体の上にしっかりまたがり、人工呼吸を施していた。

ホールディングはゲホゲホとかなりの量の塩水を吐き出した。ようやく舌を口の中に収めると、しゃべれるようになった。「もういい」

背中にかかる圧力がなくなったのを感じ、ぐったりしてあおむけになった。

見上げると、すみれ色の瞳の娘が立っていた。青いリボンと亜麻色の髪はびしょ濡れだ。それどころか、全身が濡れていた。ショートパンツとブラウスが体にまとわりついた麗しい眺めを、ホールディングはうっとりと鑑賞した。

娘は彼を冷ややかに見た。「いいおとなが、泳げないとわかってるなら深みにはまらないようにするものだと思うけど」

「そのとおりだ」ホールディングは言った。「だけど、ぼくは水泳が得意なんだ。足を滑らせて落ちた。水面下になにかあって、頭をぶつけた」

娘は指で彼の頭蓋骨をそろそろと触った。「おかしな飛び込みは見たけど、お得意の技の一部なのかと思ってた」

指が痛む部分に触れ、彼は顔をしかめた。「いったい、何をしてるんだ?」

「骨折がないか、調べてるの。じっとしてて。わたし、元ガールスカウトで、応急手当とかは得意だから」しばらくして、彼女は言った。「頭はひびもなくて、大丈夫そう。でも脳震盪《のうしんとう》があるかもしれない」

ホールディングは自分の指で確かめ、彼女の診断は正しいと思った。骨折はないが、たんこぶができている。「今という今、きみがここにいてぼくの命を救ってくれたっていうのは運命だ。驚くべき偶然だな」

「それほど驚くべき偶然じゃないわ。わたし、たまたまあなたの後をつけていた、というか、あなたの車をの後ろにとめてある、あのいかにも乗り心地のよさそうなモダンなやつ」

ね」彼女はアプロクシメットに目をやった。「あんなものが存在するって、信じられなかったのよ」

ホールディングは半身を起こした。「言っとくけど、あの車を二百五十ドルで買いたいと申し込まれたことだってある」

「ほんと？　あれに一般道路を走らせてはならないという、公徳心のある人から？」

空は青く、砂は褐色だが、ホールディングの目は怒りに血走った。「命を救ってくださったことに感謝します」つんとして言った。「では、さようなら」

「どこへ行くつもり？」

「うち」彼はきっぱり言った。「車もぼくも、うちでは愛されているもんでね」

「その前に、医者に診てもらったほうがいいと思うわ。脳震盪はあとでどうなるかわからないもの。連れてってあげる。わたしの車は、おたくのアプロクシメット

「アプロクシメットをここにひとり置き去りにしていくなんて、思いもよらないね。帰ってきたときには、消えているかもしれない」

彼女はかすかに微笑した。「あれをわざわざ盗もうっていう物好きがいるってこと？」

ホールディングは鼻高々でアプロクシメットの窃盗価値を述べ立てた。「観光客ってやつは何をやるか知れたもんじゃないし、アプロクシメットは逸品だ。われわれ地元民がドアに鍵をかけるのは、一年のうち、この季節だけだからな」

彼女はため息をついた。「だけど、どうしたって医者に診てもらわなきゃいけないし、自分で運転するのはまずいと思う。ことに、あの車はね」状況をさらに考慮した。「わかったわ、じゃ、アプロクシメットで

行きましょう。わたしが運転します」

二人は砂浜を歩き、車に近づくと、ホールディングは車の正面に行った。

「ちょっと待って」娘は言った。「何をするつもり?」

「そりゃもちろん、クランクを回してエンジンをかけるのさ。セルフ・スターターはついていない」

彼女はしばし迷う様子だったが、それから言った。「だめ。クランクはわたしがやります。力を出すと、脳震盪を起こした頭蓋骨の中でなにかが緩んではずれちゃうとかいうことがあるかもしれない。それじゃ困るでしょ」

ホールディングは感心して目をぱちくりさせた。「ずいぶん本気でぼくの面倒をみてくれているね」運転席にゆったりすわった。「接触、始め」

クランクを何度も回したが、エンジンはまったく反応を示さなかった。彼女はぶつぶつ言いながら、またやってみた。

「筋肉を使って力を込めないとだめだ」ホールディングは忠告した。

娘は冷たくひとにらみしてから、仕事に戻った。さらに何度もやってみてだめだったので、運転席のほうにやって来た。「あなたのほうで、もうちょっとスパークをかけてくれたら……」言葉が切れた。その目が危険をはらんで細くなった。「イグニション・キーを差し込んだらどうかしらねえ」

ホールディングは赤面した。「ごめん。忘れてた。わざとじゃないって」彼はポケットからキーを取り出した。

彼女がもう二回、乱暴にクランクを回すと、エンジンがかかった。

ホールディングは彼女が運転席にすわれるよう席をずらした。「こういうのの運転のしかたはわかる?」

「ええ」彼女は抑揚なく言った。明らかにまだイグニションキーのことを根に持っているのだ。ステアリングを握った。「じゃ、いちばん近いお医者さんはどこ？」

「ドクター・ホールディングを試してみるといい」彼は言った。「悪くない男だ。Uターンして」彼女が車をターンさせるのを見守った。「ぼくをつけてきたと言ってたっけ？」

「アプロクシメットをつけてたのよ」

「ほんと？　どうして？」

彼女は彼に目をやった。「車を売ろうと考えたことはある？」

「アプロクシメットを？　まさか。ぼくの自慢の作品だよ。それってつまり、きみが買いたいって意味？」

「自分用にじゃないわ。わたしなら十ドルだって……」言い方を変えた。「実は、父が古い車のコレクターなの。当然、純粋主義者よ。一九一九年のフォードのボルトを一九二四年のシヴォレーにつけようなんて、夢にも思わない。でも、ひょっとするとアプロクシメットを欲しがるかもって思ったの。お笑い種としてね」

「売るつもりはない」ホールディングは硬い口調で言った。「それもよりによって、この子を物笑いにしようなんてやつにはね」

コーネリアスの釣り餌店に近づくと、看板の旗が途中まで下げられ、半旗になっているのが目についた。

「あれはぼくのための信号なんだ」ホールディングは言った。「ちょっと止まってくれないか」

彼女は片方の眉を上げたが、言われたとおりにした。

ホールディングは小走りに道路を渡った。

コーネリアスは彼が来るのを見て、すでに旗を竿のてっぺんまで戻していた。「アグネスから電話があった。ミセス・ウィルソンのところのシシーだそうだ。木から落ちた。ミセス・ウィルソンは腕が折れたのじゃないかと思っている」

「医院に来ているのか？」

「いや。ウィルソンの家だ」彼は道の向こうのアプロクシメットに目をやった。「いい女をつかまえたな、先生。ちょっと濡れねずみみたいだけどさ」

「そういえば」ホールディングは言った。「櫛は売ってないか？」

「このごろは、なんでも売ってるよ」コーネリアスは言った。「アイスクリーム、チョコレート、ポテトチップス、櫛。釣り餌まである」彼はカウンターの上で容器を押し出した。

ホールディングは一方が先細りの棒になった大きめの櫛を選んだ。

「五十セント」コーネリアスは言った。

ホールディングはしかめ面になった。「どう見たって十九セントの櫛だろ、コーネリアス。ぼくは観光客じゃない」

コーネリアスはため息をついた。「わかったよ。十九セント」

「よし。じゃ、きみの請求書からそのぶん引いておく」

ホールディングは櫛を手にして、また道を渡った。

「あら、ありがとう」彼女はバックミラーを見ながら濡れた髪を梳かし、リボンを結び直した。「よしと。どっちへ行くの？」

「直進。道順は教える」彼は娘の運転ぶりを見ていた。

「ホテルに泊まっているの？」

「いいえ。ドライブの途中で朝食に立ち寄っただけ。そうしたら、あなたのアプロクシメットが目についたのよ」

「あそこのガソリン・スタンドを右折」

五分後、アプロクシメットはがたがたとウィルソン家の車寄せに入り、びっくりしたニワトリがたくさん、ばたばた散っていった。

娘はイグニションを切り、けげんな顔になった。

「ここがドクター・ホールディングの医院なの?」

「ああ、いや、違う」ホールディングは否定し、アプロクシメットの後部ドアをあけて、かばんに手を伸ばした。「数分で戻るから」

かばんについた金文字を見て、彼女は目を丸くした。「ドクター・C・L・ホールディング? それって、あなたのこと?」

彼は弱々しく微笑した。「実は、そうなんだ。Cはクリストファーだよ」

彼女は車から出て、ばしっとドアを閉めた。「騙されたわ。まんまと騙された。さよなら、ドクター」

「おい、ちょっと待ってくれ」ホールディングはあわてて言った。「今行かれちゃ困る。手術中、ランタンを掲げていてくれる人が必要になるんだから」

彼女は目をつぶった。「ばかげた話はやめましょう」

ミセス・ウィルソンと娘のシシーがポーチに出てきた。シシーは黒髪の十歳の女の子で、左手首をそっと押さえていた。

「木から落ちたんですよ、先生」ミセス・ウィルソンが言った。「骨が折れたんじゃないかと思って」

「すっごく痛いの」シシーは明るく言った。「泳いでたの、先生?」

亜麻色の髪の娘はこちらに背を向け、車寄せを歩いて出ていこうとしていた。

ホールディングは声をかけた。「どこへ行くんだ?」

「自分の車よ、もちろん」

「待って。ここがすんだらすぐ、ぼくが送っていく」

「いえ、けっこう」彼女はきっぱり言った。「歩きます」

「でも、名前も教えてもらってない」

彼女は振り向き、ちらっと笑った。「スミスよ」そう言ったきり、歩き去った。

シシーはわざとめそめそした。「ドクター・キルデアやベン・ケイシーだったら、患者のあたしをほっとかないわ」

ホールディングは急いで計算した。彼女は目的地まで歩くしかない。タクシーを拾うことはできない、そんなものはないんだから。あそこまで彼女の足で少なくとも三十分はかかるだろう。ここの仕事はそんなにかからずに終わるから、彼女が着く前に車のところへ行ける。

彼はシシーのほうに向き直った。「さてと、その腕を見せてもらおうかな」

診察すると、シシーの腕は絶対に折れていないとわかった。「手首を捻挫しただけだよ、シシー」

少女はがっかりした。「ギプスをはめたかったのに。そしたら、みんながその上にサインしてくれるでしょ」

「次は願いがかなうといいね。じゃ、その手首を包帯で固定しよう」

手当をしていると、家の中で電話が鳴った。ミセス・ウィルソンは中に入って一分としないうちにまた出てきた。「アグネスからですよ。缶詰工場で事故があって、ルーク・サッチャーが血だらけになっていると か」

ホールディングは喉まで出かかった悪口雑言を呑み込んだ。腕時計に目をやり、アプロクシメットへ急いだ。

十分後、彼は缶詰工場の建物に大股で入っていった。ルーク・サッチャーは血を流していなかった。ベルトコンベヤーに片腕を挟まれたまま、二十人以上の男たちが固唾を呑んで見守るなか、じっと待っていた。サッチャーはホールディングのほうに目を向けた。「泳いでたんですか、先生?」

ホールディングはかばんをあけた。「痛むのか?」

「いや、それほどでも。ただ、身動きがとれないだけで」

ホールディングは状況を考察した。「誰か、かなてこを持ってきてくれ」

監督のイーライ・バートンが困ったようにもじもじした。「機械をだめにしないでくださいよ、先生」

サッチャーは五分とかからずに解放され、ホールディングの診立てでは、十ばかりのかすり傷のほかに異常はなかった。「運がいいぞ、ルーク」

バートンは鼻を鳴らした。「こいつのおかげで、ぜんぶの工程を三十五分操業停止にさせられた」

ホールディングがアプロクシメットのエンジンをかけたところで、バートンが荷積み口に出てきた。

バートンは両手を口の脇に当てて叫んだ。「アグネスから電話がありました。メイソンの息子が首を折ったそうです。若い女の観光客にいいところを見せようとして、トランポリンで曲芸をやっていた」

一瞬、ホールディングは聞こえなかったふりをしようかと思ったが、それから深呼吸して、バートンに向かってうなずいた。アプロクシメットは車寄せを出ていった。

十二分後、メイソンの家に行ってみると、トムは裏庭の木陰にすわり、首の後ろをさすりながら、アイスクリーム・コーンを舐めていた。

ホールディングは両手を腰に当てて仁王立ちになった。「首を折ったんだと思っていたがな」

トムはホールディングの口調にややむっとした。「かもしれないよ、先生。まだ診察してないじゃん」

三分後、ホールディングはかばんを取り上げた。「あと一週間くらいは首がこわばっているだろう。そのほかに悪いところはない」

トムの母親がコテージから出てきた。「アグネスからたった今、電話があって……」

さらに二軒まわり、五十五分後、アプロクシメットはふたたび海岸沿いの道路をがたがたと走っていた。

彼女の車は消えていた。ホールディングはため息をついた。予想はしていたのだ。自称スミスという若い娘を探し出すには、どうしたらいい？　コーネリアスの釣り餌店にふと目がいった。旗が半旗になっていた。

ホールディングはうんざりして息を吐き、店に立ち寄った。

コーネリアスはティーンエイジャー二人にコークとポテトチップスを売っていた。「アグネスがあちこちに電話していたんだよ。あんた、警察に呼ばれてる」

「なんで？」

「ある女性の身元確認」

「その女に何があったんだ？」

コーネリアスは肩をすくめた。「さあね。アグネスから聞いたのはそれだけだ」

十二時十分前に、ホールディングは小さな警察署の前に車をとめ、階段を上がった。

ロウエル署長は彼をじろじろ見た。「泳いでいたのかね、先生？」

壁際のベンチにすわっていたすみれ色の瞳の娘が立ち上がった。だいぶ乾いたな、とホールディングは思った。それに、ずいぶんかっかしている。

彼はにっこり笑った。「二度と会えないかと思っていたよ」

「そのとおりになるわ」彼女はぴしりと言った。「わたしがここを出たら最後ね」

ホールディングは署長のほうを向いた。「何が問題なんだ、オリヴァー？」

「うちのやつらが海岸道路に駐車してあった彼女の車を見つけた。キーは中、ドアはロックされていない、あたりに人はいなかった」

「この人たち、わたしの車を盗んだのよ」娘はぷりぷりして言った。

「まあまあ」ロウエルはなだめるように言った。「あなたの所有物を守ろうとしていただけですよ、お嬢さん。人のいない自動車の中にキーを置いておいては、トラブルが起きないほうがめずらしい——所有者が近辺にいない場合は、車を警察署に移動して、引き取り手が現われるまで預かることになっています」彼はホールディングのほうに向き直った。「それでね、先生、キーを車に置きっぱなしにしておくのは法律違反なんだ。自動的に罰金が科される。二十ドル」

「彼女は金を持っていないのか？」

「そこなんだ。個人小切手で支払いたいと言う。それで、あんたに彼女の身元を確認してもらう必要があるんだよ。なにしろ、名前はスミスだと言っているし」

「だって、そうなんですもの」娘は言った。「ミーガン・スミス」

署長は落ち着き払って話を続けた。「彼女の話では、この町に知り合いはあんたを除くと一人もいない。わたしは身元がきちんと確認されないうちは、小切手を受け取ってはいけないことになっているんでね」やや苛立った様子だった。「観光客なら誰だって、二十ドルくらい現金を持っていそうなもんだ」

「すみませんね」ミーガンは言った。「それじゃ、ドクター・ホールディングが来てくれたんですから、罰金を払って、さっさと出ていきます」

ホールディングは顎を撫でた。「もしぼくが身元を保証しなかったら？」

ミーガンの目が険悪に細くなった。「あのとき溺れさせておくんだったわ」

「彼女が現金を持ってくるまで、車を預かっておくしかない」ロウエル署長は言った。

「というのはね」ホールディングはまじめくさって言った。「この人が町に対して悪い印象を持っているのに、このまま帰してしまうわけにはいかないだろう。観光業に悪い影響を及ぼすかもしれない」

ミーガンは腕組みして、片足を床にとんとん打ちつけた。

ホールディングはかすかににやりとした。「いや、ちょっと意地悪な考えが頭に浮かんだまでさ。わかった、身元は保証する」

「ありがとう」ミーガンはこわばった口調で言った。「では、わたしの車のグラブボックスをあけさせてください、署長。小切手帳を出しますから」

彼女が戻ってきて、小切手を書くのをホールディングは見守った。「きみ、まだアプロクシメットに興味があるかい？　百五十で売ってあげよう。ただし、もちろん、きみがここに一週間滞在して、試運転してみるって条件でね」

彼女は小切手に署名した。「いいえけっこう」

「五十？」

「いいえ」

「こうしよう。アプロクシメットはただであげる。もしきみがここに一週間滞在してくれるなら」

ミーガンはためらっているようだった。

「こんなにいい提案はありませんよ、お嬢さん」ロウエル署長の声に熱がこもった。「町じゅうがアプロクシメットを誇りに思っています。一ガロンで二十七マイル走れる」

彼女の唇にちらと微笑がよぎった。

「姉のエリーのところに格好の部屋がありますよ」ロウエル署長は言った。「食事付き。眺めがいいし、個人小切手も受け付けます」

ハーマン・ワッツ巡査が人差指でキー・チェーンをくるくる回しながら入ってきた。「車にキーを置きっぱなしでしたよ、先生」

ホールディングは手を伸ばした。「ありがとう」

ワッツは手を引っ込めた。「待った、先生。まず罰金を払ってもらいましょう」

ミーガン・スミスがにんまりした。

「なんだって」ホールディングはかっかして言った。「警察署のまん前に駐車してあるんだぞ」

「違いはないね、先生」ロウエル署長は言った。「法律は法律だ。二十ドル」

　ホールディングは深呼吸した。「二十ドル？　ぼくは観光客じゃない」

「すまんな」ロウエルは言った。「でも、誰でも一律に扱わなければならない。ま、これが労働の日よりあとで起きていれば、罰金はたったの十ドルだったんだがね」

　ホールディングは目をつぶった。「わかったよ、署長。二十ドルを町の公庫に入れてくれ。おたくの請求書から引いておくから」

　電話交換手が椅子の上で体をねじり、ヘッドホンをはずした。「アグネスから電話がありました、先生。ミセス・タールトンの盲腸が破裂したそうです」

「ありえないね」ホールディングは言った。「二年前にぼくが切除手術をしたんだから」だが、仕事は仕事だ。彼はしぶしぶドアのほうへ歩いた。

　ミーガンはまだかすかな笑みを浮かべていた。「ランタンを掲げてくれる人間についてきてほしくない？」

　彼の顔がぱっと明るくなった。「じゃ、泊まっていくんだね？」

「アプロクシメットのためにね」ミーガンは言った。

　理由はそれだけなのかもしれない。だが、ホールディングは楽観的に想像した。もうしばらくしたら、電話の用件を伝達するのは彼女の役目になる。

　アグネス叔母さんはひとことも文句は言わないだろう。

驚之巻

おどろき

殺人境界線

Killing Zone

小鷹信光 訳

ビッグ・ジョーは淋しい田舎道の路肩に車を止めた。

「イリノイか、ウィスコンシンか、ハリーをどっちの州でカタづけようか？」

ライリーは煙草の吸いさしをピンと投げた。「ちがいでもあるのか？」

おれはどっちの州でも大きなちがいがあるとは思わなかったが、質問されたのはおれじゃない。

「そうだな」ビッグ・ジョーはこたえた。「イリノイでは死刑は電気椅子、ウィスコンシンには死刑制度はないってことぐらいかな」


ライリーは相手を見つめた。「つかまるかもしれない、と思ってるのか？」

「そうじゃないさ」とビッグ・ジョー。「だが、先の見通しってやつは必要だ」

ライリーは肩をすくめた。「いま、おれたちはどっちにいる？」

「イリノイだ」ビッグ・ジョーがこたえた。そして月明りに照らされた淋しい田舎道の先を指さした。「あそこに見える標識が州境だ。あれを越えるとウィスコンシンになる」

ライリーは車から降り、後ろのドアにまわりこんできた。彼はおれの足の縛りは解いてくれたが、縛られた両手はそのままだった。「よし、ハリー。降りろ」

おれはやっとのことで立ちあがり、外に出て、車のわきによりかかった。

ビッグ・ジョーが運転席からまわりこんできた。

「手前《てめえ》の話になるが、おれは電気椅子のことを想像するだけでぶるっちまう。なんか心理学みたいなもんだろうな」

ライリーは田舎っぽいまわりの風景にじっと目を凝らした。「電気椅子なんぞ、いま坐らされたってへっちゃらだ。監房で死ぬまで暮らすのを考えると悪夢に思えるがね」彼は木立ちを指さした。「歩くんだ、ハリー」

「ちょっと待ってくれ」おれは言った。「足が言うことをきかない。血行をよくしないと無理だ」

「そうか、さっさとやれ」とライリー。「外はやけに冷えやがる」

「イリノイにいるんなら、ライリー」ビッグ・ジョーが言った。「さっさとハリーを始末してくれ」

「いいとも」とライリー。「すぐ撃ち殺してやる」

おれはビッグ・ジョーに声をかけた。「わかってるだろうが、直接手を下さなくても、あんたはライリーと同じように殺人罪の扱いをうける。共同謀議ってやつだ。で、しまいにはあの緑色のドアを通らされることになる」

「電気椅子の部屋のドアはいまは灰色だ」そうは言ったものの、ビッグ・ジョーは考えこんだ。「電気椅子への道連れはごめんだ、ライリー。ハリーをウィスコンシンまで運んでいこう。そっちでおれがカタづけてやる」

ライリーは何か考えこんでいた。「いや、待て。もしおまえがこいつをウィスコンシンで殺せば、おれが共犯者ってことになる。この先一生、十×六フィートの鳥かごで暮らすのは願いさげだ」彼は四五口径のオートマティックをとりだした。「いまここでハリーを始末する」

ビッグ・ジョーがライリーの腕をつかんだ。「そうはさせないぞ、ライリー。おれは前に一度裸線に触れたことがある。電気がビリビリッとくる感じがどんなものかおぼえてるんだ」

「そうかよ、へっ」ライリーがピシリと言い返した。

「こっちは壁の中で七年間暮らしたことがある。電気椅子に坐るほうがまだましだと思ったぜ」

「おふたかた」おれは声をかけた。「はっきりさせてくれるかい。ビッグ・ジョー、あんたは椅子が怖いから、ライリーにイリノイでおれを殺させたくないんだろ？」

「そのとおりだ」とビッグ・ジョー。

「そして、ライリー。あんたは小さな部屋で一生を過ごすのががまんできないから、ビッグ・ジョーにおれをウィスコンシンで殺させたくない」

「そのとおりだ」

「ありがとう」おれは言った。

そして駆けだした。

スピードをあげて走るのに、うしろで両手を縛りあげられたままというのはいい方法じゃない。おれはそのことをすぐに思い知らされた。

五十ヤードも行かないうちに、ビッグ・ジョーがおれに飛びかかった。

ライリーも一緒になって、ふたりともおれの体の上に乗っかった。

ビッグ・ジョーは頭を掻いた。「さて、どうしたもんか」

おれは知恵を貸してやった。「ボスにおうかがいをたてたらどうだ？」

「ここにはいない」とビッグ・ジョー。

唾に草がまじっていた。「じゃ、一番近くの町まで行って電話をかければいい」

二人は考えこみ、ビッグ・ジョーがうなずいた。

「こいつの言うとおりだ。ライリー、おまえはハリーとここで待ってろ。すぐ戻る」

「町に行くんなら」おれは言った。「おふくろに手紙を送りたい。出してきてくれ」

「ふざけてるのか」とライリー。

おれは首を横に振った。「ふざけてるんじゃない。おふくろにはこの六年会ってない。死に際の最期の願いだ」

二人はしばらく顔を見合わせていた。ビッグ・ジョーが言った。「こいつとは長いつき合いだ、ライリー。最期の願いぐらいかなえてやろうじゃないか」

ビッグ・ジョーは車に戻り、懐中電燈と汚れた四角い紙切れを持ってきた。「物入れにはこれしかなかったんだ、ハリー」

二人はまたおれの足を縛り合わせたが、両手は自由にしてくれた。

しばらく手首をこすり、鉛筆を持てるようになると、平たい岩をテーブルがわりにしておれは書きはじめた。

書き終えると、紙切れをライリーに渡した。彼は手紙を読み、ビッグ・ジョーにまわした。

ビッグ・ジョーはうなずいた。「いい手紙だ、ハリー。おまえがおふくろさんをほんとに愛してることが誰にでもわかる手紙だ。町へ行ったら、封筒と切手をどこかでみつけてやる。あて名は?」

「レティシア・ネルスン」おれはこたえた。「西一七三二番地、エモリー、ラスヴェガス、ネヴァダ五三二一〇だ」

ライリーは、紙切れの上部に念のため住所を書かせて、ビッグ・ジョーに返した。「封筒を見つけたら、こいつの書いた住所をそのままうつせ。おれたちの指紋はどこにも残すなよ」

ビッグ・ジョーはうなずき、車に乗って走り去った。

四十五分後、彼は戻ってきた。

「ボスは何だって?」ライリーが訊いた。

「いろんなことを言われた」とビッグ・ジョー。「だが結論は、おれたちでコインを投げて決めろってことだ」

ライリーはうれしくなさそうだ。「気にくわんな。これでまた振り出しに戻っちまう。コインがどっちになろうと、おれはハリーにウィスコンシンで死んでもらいたくない」

「イリノイはこっちがごめんだ」とビッグ・ジョー。

「手紙は出してくれたのか？」おれは訊いた。

「ああ」ビッグ・ジョーがこたえた。

二人はしばらくコオロギの音色に耳を傾けていた。やがてライリーが顎をこすった。「とは言っても、ボスが何かを命令したら、それは本気だってことだ。さからえば、つぎの誕生日まで生きのびられない」

ビッグ・ジョーがため息をついた。「わかった、ライリー。オモテがでたらウィスコンシン、ウラはイリノイだ」

おれは空咳をした。「ビッグ・ジョー。じつは、さっき教えたのは郵便番号じゃなかった。あんたの車のプレート・ナンバーだ」

ライリーはビッグ・ジョーに目を向けた。「こいつの言うとおりか、ジョー？」

ビッグ・ジョーは肩をすくめた。「知るもんか。いちいち車のナンバーなんかおぼえてるやつがいるか。さっき封筒に書いた数字さえおぼえちゃいない」

おれもおぼえていなかったが、こういう状況ではひとつの数字が決め手になる。「そんなわけで、当然あれは、おれの死に際の最期の手紙ってことになる。おれが死んだことを知ったら、おふくろはきっと手紙を警察に届けるだろう。そうなれば、あの数字がたんにまちがった郵便番号ではない、と警察は見ぬくにちがいない」

ビッグ・ジョーとライリーはまた顔を見合わせた。

「おい、どうする？」とビッグ・ジョー。

「電気椅子には坐りたくない、小さな部屋で頭がおかしくなるのもごめんだって言うんなら」おれは言った。「おれを逃がすんだな。こっちが何千マイルも離れた場所に行っちまってから、あんたらはボスのところへ行って、始末しましたと報告すればいい。おれがどうなったか詮索するやつはいないさ」

二人の頭の中で五分間ほど輪がぐるぐるまわり、やっと二人そろってうなずいた。

幹線道路にやってきた頃には、おれの足の血行もだいぶよくなっていた。これなら大丈夫だ。

ビッグ・ジョーは一時停止の標識で、通過する車の流れが切れるのを待った。「いま思いついたんだがな、ライリー」彼は言った。「ハリーをネヴァダまで連れてったらどうかな。あの州は、死刑はガス室送りだ。それなら楽なもんだ」

一秒の半分で、おれは車から飛びだした。

このときは、ビッグ・ジョーもライリーも、ほかの誰にせよおれには追いつけなかった。

最初の客

Businessman

小鷹信光 訳

ショートニング（菓子用の油脂）の一ポンド缶に値段が記されていないことに気がついた。「少々お待ちください」私は客に告げた。「調べねばならないので」

見つかるまで価格表を繰りつづけた。「三十六セントです」私はそう言って、キャッシュ・レジスターに買物の総額を打ちこみ、合計額をださせた。「ぜんぶで四ドルと八十三セントになります」五ドルからお釣りを返し、食料品をまとめて紙袋に詰めこんだ。

「ありがとうございました」私は言った。「またよろしく。お休みなさい」


そのあと私は野菜売り場へ近づき、前からいた今夜最後の客が買物を終えるのを待った。「何かお手伝いしましょうか？」

二十五歳ぐらいの小柄な男で、両袖と襟のあたりがすり切れたジャケットを着ていた。

「ああ、お願いします」男は言った。「手伝ってもらえますか」彼はトマトを半ダース選んだ。「これをください」

私はトマトを袋に入れて目方を量り、トマトの箱についている値札に目を走らせた。「一ポンド十九セントですから……二・五ポンドで……」耳に載せていた鉛筆を手にとって計算した。「四十六セントです。ほかには何か？」

「そうだな」男は言った。「あと一つ」彼の手がジャケットのスリット・ポケットにつっこまれた。

店のドアが開き、空っぽのソーダ水の瓶を三本持った男の子が入ってきた。

「その子の用事を先にすませていいよ」男は言った。

「べつに急いでないから」

「この瓶を返しにきたんです。おじさん」少年が言った。

私は空瓶を三本うけとり、空瓶が積まれているところへ行ってあたりに目をやった。そして三本のうちの一本を持って戻った。「ごめんよ、坊や」私は言った。「二本はうけとるけど、これは扱ってない銘柄なんでね」

私はキャッシュ・レジスターを開けて、少年に十六セント渡した。

「お待たせしました。あと一つは何でしょうか？」少年が店から出て行くと、私はさっきの客に声をかけた。

彼の手はポケットから半分出かかっていた。拳銃が握られているのが見えた。「キャッシュ・レジスターを空っぽにしてもらえるかな、おっさん」

私はまじまじと男を見つめた。ひげを剃っていないこと、衣服があまり上等でないことを除けば、とても強盗には見えない男だった。

「おふざけのつもりか？」私は言った。

男は拳銃をポケットからとりだし、私を狙って構えた。「弾が飛びでるんだぜ、おっさん」彼は言った。

「言われたとおりにしろ」

拳銃を向けられるとどんな気分になるのかが、ふいにのみこめた。心臓は高鳴り、唇は乾ききっている。

「いいか、お若いの」私は言った。「キャッシュ・レジスターにいくら現金があるか、私はよく知らない。だが、四十か五十ドル以上ってことはないはずだ。もしつかまると五年はくらうというのに」

「そんな心配は明日まわしだ」

店のドアがまた開いて、若い女が入ってきた。

男は拳銃をさっとポケットにつっこんだ。「こいつがここに入ってるのを忘れるなよ」やさしく言って、ポケットの上から拳銃をたたいてみせた。彼は片側に体をずらし、窓に記された文字を眺めているふりをした。

「シリアルを一箱いただきたいんですけど」若い女が言った。「大きい箱にしてください。お願いします」

私は店内をみまわし、もぞもぞと眼鏡を拭いた。

「あの一番上の棚だろう」若い男が言った。

「ああ、そうでした」そう言って私は移動椅子を運び、箱を棚からおろした。

「それだけでけっこうよ」女は小銭をカウンターに並べて、言った。「袋に入れてください」

女が去ると、また若い男とふたりっきりになった。動悸が気になりはじめた。興奮しすぎるのは禁物だ。

男は窓から目を移した。「ポールスン食料品店か」窓に記された文字を暗じながら、自分に話しかけるように言った。「なかなか繁昌しているいい店をお持ちだね、ミスター・ポールスン」

ふたたび拳銃が姿を見せた。「カネだ」男は言った。「忘れたのかな?」

私は〈非売り上げ〉ボタンを鳴らしてレジスターを開け、抽斗から紙幣をとりだした。「コインもかね?」私は訊いた。

男は一瞬ためらい、紙幣に目をやった。「四、五十ドルといったのは冗談じゃなかったようだな」彼は肩をすくめた。「小銭は残しておけよ」

男は拳銃をポケットにおさめ、後ずさりで戸口に向かった。「よし、ミスター・ポールスン」彼は言った。「年相応に分別もお持ちだろうが、十分間はじっとしていろ」背中でドアを押し開け、男は通りを駆け去った。

私は店の入口に近づき、窓にちらっと目をやり、ドアに鍵をかけてシェードをおろした。鼓動が正常に戻るのを待ち、店の奥へ戻り、明りを消した。

明りのついた裏手の小部屋へ行き、白いジャケットを脱いで金庫の上に置いた。小さな流し台で冷えるまで水を流し、コップに水を注ぎ、一日一錠の強心剤を飲んだ。

そして私は、ミスター・ポールスンのそばまで足を運んだ。しっかりと縛られているのを確かめてから、猿ぐつわをはずしてやる。

「さあ、ミスター・ポールスン」私は言った。「よく事情をわきまえて仕事《ビジネス》にとりかかろうか。こっちは朝まででもねばるつもりだ。あの金庫の錠前を開ける組み合わせ番号を聞かせてもらうまではね」

仇討ち

The One to Do It

松下祥子 訳

木切れを燃やした焚き火を前にうずくまり、ブリキ皿で食事をしている。こちらに背を向けたベイリーをカービン銃の照準に入れた。指がすっと用心鉄《トリガー・ガード》にすべり込み、引き金をとらえた。今なら撃てる、と思った。それでおしまいだ。そうすれば、兄を殺した男が死んだと満足して、父の牧場に帰れる。

だが、ふとためらい、彼がこちらを向くのを待った。わたしが彼を殺すには隠れて攻撃するしか道はないが、それでも背後から撃ちたくはなかった。

二人は小声で話をしている。わたしはその判然としない声に聞き耳を立てながら、待った。ホルスターに入れた四四口径のフロンティア・コルトのシルエットが見える。ベイリーはエルウッドで過ごした数年のあいだに、あれで少なくとも四人の男を殺していた。

それでいて、ジム・ベイリーは法の手を恐れることなく闊歩している。エルウッドの町の証人たちが、どれも正当な戦いだったと証言したからだ。だが、わたしは葦毛の馬をノウゼンカズラの木につなぎ、鞍につけた銃ケースからウィンチェスター・カービン銃をそっと取り出すと、四百ヤード先のキャンプファイアに向かって忍び足で歩いていった。月は細い縁がぼんやりと見えるだけ。わたしはツツジやバラがびっしりと茂ったやぶの陰に隠れて移動した。五十ヤードまで近づくと、足を止め、腹ばいになって発砲姿勢を取った。

カービン銃をしっかり固定しておきたかった。ジム・ベイリーを一発で仕留めたかった。

彼とエド・ホヴァー、二人っきりだ。メスキートのしを含め、状況をもっとよく考えている者たちに言わせれば、ベイリーは自分と同等の男に対しては決して銃を向けない人間だ。彼が銃で倒す相手は、六連発銃より投げ縄を手にするほうに慣れた牧場労働者たちだった。

ベイリーが兄のビルを殺したのは、ビルが二つの過ちを犯したからだった。兄はベイリーとポーカーをやり、おまけに手札が配られるのをあまりにもじっくりと観察しすぎたのだ。

ビルが死んだとの知らせを受け、わたしは牧場労働者二人を伴って町へ行った。二人がビルの遺体を四輪馬車に載せ、わたしたちは家に帰った。五年前に亡くなった母が眠る柵で囲った場所に彼を埋葬した。

暗い日で、強い風が衣服を引きちぎりそうだった。車椅子にすわった父は説教師の言葉を最後まで聞き、息子の棺が墓穴へ下ろされるのを見守っていた。

希望を失った父の目を見たそのとき、何をしなければならないかわかった。その仕事をするのに残された人間はわたし一人だということも。家族は二人きりになってしまったし、父はスチールダスト馬に振り落とされて以来、歩くことができなくなっていた。

葬式がすむと、わたしは家に戻り、着替えた。午後遅く、父が昼寝をするまで待ってから、ビルの銃を腰につけ、ホルスターを結びつけた。弾薬を四箱取り、馬に乗って放牧地へ出ると、家からは音が聞こえないあたりまで行った。

それから、コルトの練習を始めた。わたしは牧場で生まれ、歩けるようになるとすぐ、父といっしょに狩猟に出たものだった。だからライフルやショットガンの扱いには慣れているが、六連発銃を身に帯びたことはなかった。

最初は動きが鈍く、発砲しても大きく的を外したが、練習を続けた。四箱の弾薬を使い切ると、翌日また四箱持ってやって来た。毎日欠かさず、三週間練習を続けると、最初はゆっくりとだったが、しだいにめきめきと腕を上げ、ようやくこれで準備ができたと思えるまでになった。

夕方、馬で町へ出て、メサ酒場前のつなぎ柵に馬をつないだ。酒場に入ると、酔客のざわめく声、女たちの甲高い声でやかましかった。わたしはスイング・ドアを背にして立ち、ベイリーをさがした。

わたしの姿が目にとまると、声高な話し声がしだいに静まった。一瞬、笑い出しそうになった者もいたが、わたしの顔を見ると、真剣だとわかったらしい。かれらの目はわたしから、七枚式スタッド・ポーカーの手札を並べたテーブルにすわっているジム・ベイリーのほうに移った。

近づいていくと、ベイリーは目を上げ、唖然とした様子でしばし見つめたが、それからにやりとした。

わたしは十二フィートほど手前で足を止めた。「にやにやする理由はない」わたしは言った。「おまえを殺しに来たんだ」

だが、彼はまだにやついていて、バーのそばでは誰かが神経質な笑いを漏らした。

わたしの手が下がり、銃を取り出した。そのすばやい動きに、見ていた人たちは息を呑んだ。十秒とかからず、わたしは四一口径のコルト・ライトニングの銃口をベイリーの額にまっすぐ向け、それからまた銃をホルスターに収めた。

「本気だとわかったろう。簡単に勝てはしない」わたしは言った。

微笑は薄くなり、彼は首を振った。「おまえに銃は向けられない。わかっているだろう」

「銃を抜け。それまで動かない」わたしは言った。「おまえははったり賭博師で臆病者だと言ったら、その気になるかな」

微笑はすっかり消え、目がぎらついた。「なんでも言いたいだけ言って楽しめばいい。だが、おれは銃を抜かない」

わたしたちはにらみ合った。こちらが何を言おうと、何をしかけようと、彼に銃を抜かせることはできなかった。彼が撃ってこない限り、わたしからは撃てない。怒りに燃え、撃ちたい気持ちは充分あったが、目撃者のいる前で先に発砲するわけにはいかなかった。そんなことをすれば投獄され、悪くすれば絞首刑だ。むかつきながら踵を返し、あとは一言もなく立ち去った。スイング・ドアに近づくと笑い声が起き、馬に乗ったころには店じゅうがどよめいていた。

それからの数週間は家の仕事をして過ごし、ベイリーがここを去ってララミーへ行くと聞きつけると、わたしは町の外で待ち伏せした。やがて、隠れ場所から彼の姿が見えた。

一人だろうと予想していたのだが、エド・ホヴァーという仲間が同行していた。どうすべきか決めかね、馬に乗った二人が目の前を通り過ぎて見えなくなるまで見送った。

わたしはベイリーと一対一で向き合いたかったのだ。銃を抜かなければ明らかに死ぬという状況で。だが、エド・ホヴァーのせいで事態が変わった。こうなると、つかまえそこねて手が届かなくなる前にベイリーを襲う方法は一つしかない。撃ったのは誰か、人が証言できないように、闇に紛れて撃つのだ。わたしは葦毛の馬に拍車をあて、二人のあとを追った……

そして今、わたしは暗がりに隠れていた。ジム・ベイリーは皿とカップを砂で洗い、立ち上がった。こちらを向いた。わたしはカービン銃の銃床に頬をつけ、狙いを定めた。義憤を感じ、指は引き金を引きたがっていた。死んでもらいたかった。なのに、わたしの両手はじわじわと湿ってきた。

ベイリーは動き、またこちらに背を向ける格好になった。好機を逸した。わたしは頭を腕にのせた。頬に涙が流れるのを感じた。時は到来し、過ぎ去った。もう彼を殺すことはできない。

絶望にさいなまれつつ、しばらくそのまま横たわっていたが、やがて立ち上がった。去ろうとして、ふと振り返って二人を見たとき、足が止まった。

焚き火の前を行きつ戻りつするベイリーをエド・ホヴァーが目で追っていた。その目つきから、なにかを待ち構えているのが見てとれた。

ベイリーは地面に置いてあった鞍袋のところに行き、しゃがみ込んで革紐に手をかけた。ホヴァーに背を向けている。警告の声を上げたかったが、間に合わなかった。

エド・ホヴァーはベイリーの背中に銃を向け、発砲した。

弾丸が当たり、ベイリーはつんのめった。ホヴァーは慎重に近づき、死体を転がした。ベイリーのシャツの中に手を入れ、分厚い財布ベルトをはずした。

わたしは彼が馬に鞍を置き、去っていくのを見守った。それから自分の馬のところに戻った。今見たこと、自分がもうすこしでやりそうだったことを考えると、体ががくがくと震えた。

夜の闇の中をゆっくり馬を進めた。わたしに人は殺せない、殺そうなどと考えるべきではなかった。そう悟っていた。リーヴァイスを脱ぎ、ドレスに着替えたら、また父の娘に戻って家事を切り盛りしよう、そのときが待ち遠しかった。

保安官が歩いた日

When the Sheriff Walked

高橋知子 訳

「ジョーイ・リーは身長がおよそ五フィート十インチ、茶色の髪は短く、左の耳たぶのすぐ下に小さな傷跡があって、でっぷりとしていて体重は百七十ポンドある

——いや、あった、か」

でっぷり？　わたしに言わせれば、百七十ポンドならライト級だ。

カウンターの男はつづけて言った。「だけど、L・Kからスナップ写真をもらってるだろ？」

「いや」わたしは言った。「それに、L・Kが誰かさえ知らない」

男はしたり顔で微笑んだ。「ジョーイ・リーの親父さん、L・K・ウィリアムズだよ」

ということは、ジョーイ・リーのほんとうの名字はウィリアムズなのか？　てっきり、リーだと思っていた。

カウンターの男はわたしのマグにコーヒーのおかわりを注いだ。「L・Kはカンバーデイルで〈ニュー・サウス・カフェ〉をやってる。ここから真東に六十マイルほど行ったところだ。ジョーイ・リーが生まれたのもそこだよ」

わたしの背後のドアが開き、男は視線をあげた。彼は慌ててカウンターを拭くと、その場を離れた。

ステイシーヴィルの保安官は小柄で、制服を完璧に着こなし、白い帽子をかぶっていた。彼はわたしの隣りのストゥールに腰をおろした。「あっちこっちで嗅ぎまわってるらしいな。とくにジョーイ・リーのことを」

わたしはコーヒーを置いた。「ジョーイ・リーのことは誰にもいっさい訊いてない。それどころか、こっちのほうがこの町に足を踏みいれてからずっと質問攻めにあってる」

保安官はわたしをねめつけた。「私立探偵じゃないだろうな？」

「わたしが私立探偵に見えるかい？」

「近ごろは、人は見かけだけじゃわからない。ジョー・マニックス（テレビドラマ《マニックス特捜網》に登場する二枚目の私立探偵）のようなやつから、フランク・キャノン（テレビドラマ《探偵キャノン》に登場する肥満体の私立探偵）のようなやつまでいる。あんたの仕事はなんだ、だんな？」

あれこれ言われると、わたしはついムカついてしまう。「海事弁護士だ」

保安官はつゆほども信じなかった。「このあたりに海なんてないがな。あるのはジュバル・A・アーリー湖くらいだし、それだって雨が降っても二十六エーカー程度にしかならない。なんでここに来たんだ、だんな？」

「わたしの口を開かせるのは、わたし自身の仕事と裁判所命令くらいだ。この美しい町に立ち寄ったよそ者は、わたしだけなのか？」

「そんなもんだ。まあ、この二年ではな。アムトラックのせいで、われわれが日々利用していた鉄道が廃止されて以降、ほとんど陸の孤島と化しちまった」

保安官はその憂鬱な状況に思いをいたらせたのか、顔をしかめた。「男にはとくにどうということはないが、女どもは文句たらたらだ」

保安官はしばしわたしを見つめると踵を返し、夜の闇へと去った。

カウンター係の男が戻ってきた。「ジョーイ・リーの生きてる姿を最後に見たのは、たぶんおれだ。ただし、きっと……」彼は保安官がたどった方向を、意味ありげにいちべつした。

「つまり、ジョーイ・リーは死んでるってことかい？」

男は大仰に肩をすくめた。「そう考えてる者はいる。ジョーイ・リーがいなくなったのは一週間前で、関連がありそうなのはパトロールカーのタイヤについた泥くらいだ」

パトロールカーのタイヤについた泥？　それについて質問をしかけたが、男は先をつづけた。

「こういうことが起きると、町は二手にわかれる」男は思案をめぐらした。「考えてみれば、どんなことであれ何かが起きると、町はまっぷたつだな。その件にはふれず、町の外に洩れないようにしようとする連中と、公にしたがる連中とにね」

「どうして公にしない？」

「保安官は性根が腐ってる。やつにたてつこうなんて誰も思わない。とくに今回のようなことではね」男はわずかに身を乗り出した。「あんた、バッジ持ちかい？」

わたしは目を閉じた。「わたしは海事弁護士だ」

男はくつくつと笑った。「海事弁護士って何をするんだ？」

「目下のところ、一八九三年にレディ・ダイアナ号を見舞った海難事故の生存者のうち、いまも生きてる最後のひとりの代理人を務めてる」

「一八九三年の？　ってことは、八十一年も裁判がつづいてるってことか？」

わたしは微笑んだ。「いいかい、法律——なかでも海事法に関する知識があれば、こういうことがとんとん拍子では進まないとわかるはずだ」わたしは腕時計をちらりと見た。九時になろうとしていた。「この町にホテルがあるかどうか尋ねても無理だろうな」

「〈ボーリガード・ホテル〉がある（ピエール・グスターヴ・ボーリガードは南北戦争の南軍の将軍）。最近はがら空きだ。オーナーはレイフ・カヴァート。保安官のいとこだ。だから、ユリシーズ・

S・グラント部屋だけは敬遠しろよ（ユリシーズ・S・グラントは南北戦争の北軍の将軍）。二二三号室だ」

わたしは駐めてある車へ戻ってスーツケースをとってから、半ブロック先の〈ボーリガード・ホテル〉へ向かった。ロビーに入ると、そこに居あわせた全員がわたしのことを知っている、あるいは知っていると思い込んでいる感じがひしひしと伝わってきた。

受付の男は敵意を漂わせながら、わたしが宿帳に記入するのを見つめていた。彼はボードから鍵をはずした。「部屋は二二二号室だ」

わたしは鷹揚な笑みを浮かべた。「わたしは二二二という数字に精神的アレルギーがあるんだ。話せば長くなるから、いずれ時間のあるときに。ちがう部屋を頼む」

不承不承、彼はほかのタグのついた鍵を差し出した。

部屋はそこそこ清潔で居心地がよさそうだった。わたしは三十分テレビを観てから、ベッドに入った。


翌朝、着替えを終えるとほぼ同時に、ドアをノックする音がした。

ドアを開けると、メイドの制服を着て、腕にシーツと枕カヴァーをかかえた小柄で年配の女が立っていた。

「シーツと枕カヴァーを交換しに来ました」

メイドはベッドにかかっていたシーツをはぎはじめた。「L・Kに雇われたんでしょう？」

「L・K・ウィリアムズ？」

彼女はうなずいた。「ジョーイ・リーはまだ生きてると思う？」

「どうしてみんな、ジョーイ・リーが死んでると思ってるんだ？」

メイドは枕に洗いたてのカヴァーをかけた。「町民はみんな――いや、少なくとも半分は――気になってるんですよ。保安官や親族の前では口に気をつけてるけど。生きているジョーイ・リーを最後に見たのは、きっとわたしよ」

「その役どころを振られたのは〈ステイシーヴィル・カフェ〉のカウンター係だと思ってたが?」

メイドは鼻を鳴らした。「アレックスがジョーイ・リーを最後に見たのは、月曜日の夜九時半。わたしは九時四十五分に、ジョーイ・リーが保安官と一緒にいるところを見かけたの。刑務所のすぐ裏で。言い争ってましたよ」

「どんなことで?」

「はっきりとは聞こえなかった。わたしに気づくとぴたりと口を閉じて、わたしが充分遠ざかったのを確認してから、またやりはじめましたよ。この町はどうです?」

「すてきだね」

メイドはシーツを広げた。「ステイシーヴィルは男と犬にとっては天国だけど、女と馬にとっては地獄ですよ。列車がなくなってからというもの、わたしたち女は世の中から隔絶されてますからね」

「車の運転をできる女性はいないのかい?」

「この町じゃあ、車なんて一家に一台しかない家がほとんどですよ。ダンナから車を拝借して、モントゴメリーにのんきに買い物に行こうとする?」

「ということは外の世界から孤立して、あきらめきってるのかい?」

「テレビがあるし、火曜日と木曜日の午後は図書館が開いてるから、文化にはふれてますよ。だけど、わたしたちは孤立した人間なの。町の外に出て、たまには知らない人と会わなけりゃ、日がな一日、考えが凝り固まって内向きになっちゃいますよ」

メイドが出ていくと、わたしは窓辺に寄り、メイン・ストリートを眺めた。知り得た情報によると、ステイシーヴィルに存在するのは——あえて挙げると——ドラッグストア二軒、カフェ・レストラン四軒、教会五つ、医者二人、歯科医三人、カイロプラクターひとりだ。

ふたたびドアをノックする音がした。

こんどはブルージーンズにTシャツ姿の大柄な若い男だった。高校三年生くらいだろうか。

若者は凄味をきかせて、わたしをねめつけた。「たあ、つぎのバスでステイシーヴィルを離れたほうがいいぞ」

「ステイシーヴィルにバスはない」

彼の顔がわずかに赤らんだ。「車で行けってんだよ。とにかく、町から出て行け」

「どうしてだ？」

彼は盛りあがった上腕二頭筋をぴくぴくと動かした。

「おれがそう言ってるからだ」

わたしは歯をのぞかせて笑った。「言っておいてやろう、わたしは空手の茶帯だ」と言ったものの、実際には空手チョップと火鉢キャセロールの区別もつかない。

若者はたじろいだ。「おれは白帯だ。体育のコーチにすごく筋がいいって言われてる」

わたしは威圧の意をこめて含み笑いした。「白帯の者は手厚い保険にはいっていないかぎり、自分より上位の茶帯とは決して組みあわないことくらい知ってるよな。なんのはずみで、ここに来たんだ？」

彼は落ち着かない様子で、体の重心を片方の足からもういっぽうに移した。「保安官はおれのおじきで、クリスマスや誕生日とかによくしてもらってる。おじきが助けを必要としてるなら——たとえおじきが何をやらかしたにしろ——あんたをちょっとばかし脅して力になれると思ったんだ」

「おじさんがきみをここに寄こしたのか？」

「そうじゃない」

わたしは悲しげに首をふった。「おじきは何も知らない」「なあ、いいか、きみがこれまで観たテレビのなかで、探偵が脅されたり、さらには実際に暴力をふるわれたからって、恐れをなして町から出ていくのを観たことがあるか？」

若者は眉根を寄せて、記憶を探った。「そうだな……」彼ははたと気がついたように腕時計に目をくれた。「まずい、もうこんな時間だ。行かなくちゃ。化学の授業に遅れる」彼はノックする前にドアの脇に置いたと思しき本の束を拾うと、一目散に階段を駆けおりていった。

わたしは朝食をとりに、そばのレストランへ向かった。現われたウェイトレスの制服のポケットに、ビリー・ジーという名前が刺繍されていた。彼女は微笑んだ。

「おはようございます、コリンズさん」

ビリーにはそれまで一度も会ったことがなかった。

彼女は片目をつむってみせた。「この町で海事弁護士に会うことなんてそうそうないわ」

「この先もそう会うことはないだろうね」

「この町はどう？」

「興味深いね」

ビリーは肩をすくめた。「男と犬には天国だけど、女と馬には地獄よ」

わたしは彼女をまじまじと見た。「このあたりは馬が多いのかい？」

「ううん、それはないわ。単なる表現よ。だけど、女は大勢いるわ」

わたしは窓の外をちらりと見た。保安官が通りの反対側にパトロールカーを駐め、その横でこれみよがしにショットガンを点検していた。

「ほんと、狩りが好きなんだから」ビリー・ジーは言った。

「何を狩るんだ？」

「たいていはウサギね」

保安官はパトロールカーの埃――その一片以外に汚れはなかった――に気づき、ハンカチで拭いとった。

「パトロールカーを私用に使うのを認められてるの」ビリー・ジーは言った。「保安官は後生大事に扱って、かたときも離れないのよね」彼女はしかたないわとでも言いたげに笑った。「先週の火曜日、歩いてたときは別だけど」

ビリーに注文をとると、立ち去った。

食事を終えてレストランから出ると、保安官に呼びとめられた。「誰に雇われてるんだ?」

「L・K・ウィリアムズってのはどうだ?」

「そいつはいただけないな。雇ったのはこの町のやつなんだろ? それか、連中が委員会でもつくってるとか?」保安官は、脇をびくびくしながら通りすぎた三人の幼稚園児をにらみつけた。「町の連中の腹のなかくらいお見通しだ。だが、面と向かって言ってくる根性のあるやつなんてひとりもいない」

「言うって何を?」

「なんでもない。部外者からの干渉はごめんだ」

わたしは通りの少し先にあるドラッグストアへ足を向けた。

店主がわたしにしかめ面を向けた。「あんたの質問にはいっさい答える気はない。わたしからは何も聞き出せないからな」

またしても保安官の親戚か?

「葉巻を買いにきただけだ」

店主は冷ややかな視線をわたしに浴びせた。「いいだろう。ひとつだけ言っておいてやる。ランドルフに訊け」彼は店の奥へ向かった。

「葉巻は?」

店主は奥の部屋へ消えた。

わたしはため息を洩らし、愛想のいい店員のいるもう一軒のドラッグストアで葉巻を買った。メイン・ストリートを引き返し、南北戦争時の大砲が北向きに鎮座する裁判所前広場を過ぎた。

ホテルの部屋に戻った。

ベッドに、顎に無精ひげのあるずんぐりとした男が坐っていた。スーツは見るからに黄ばみ、パナマ帽は少しばかりへしゃげていた。

男は遠慮がちに微笑んだ。「ドアの鍵があいてたし、ノックしても返事がなかったもんでね。それに、ここにいるのを人に見られたくなかったんだ。あんたは誰を信用していいかわかってないだろう」

「いったいあんたは誰だ？」

「ランドルフ・ウィスターだ」男は唇に舌をはわせた。「酒があるなんてことはないよな？」

「ああ。もう探してみたんだろ？」

男はうなずいた。「ひょっとしたら、なんかあるかと思ってね」

「あいにくだな」

男はひょうひょうとして目下の状況を受け入れた。

「有益な情報には金を払うんだよな？」

「生きているジョーイ・リーを最後に見たのは自分だと言うんだろ？」

「いや。それはホテルのミセス・ホイッテカーだ。おれが見たのはほかのことだ」

わたしはスーツケースの中身をあらためた。なくなっているものはなさそうだ。

「火曜の夜、おれは留置所にいた」ランドルフは言った。「そういうことが、たまにあるんだよ。ともかく、酔いをさませと、保安官に独房に放り込まれた」

わたしはスーツケースを閉め、鍵をかけた。

ランドルフは先をつづけた。「水曜の朝、七時ごろに目がさめると、留置所のすぐ裏で水が流れる音がしてた。独房の窓からのぞいてみたら、保安官がホースを片手に車を洗ってた」

「これまで一度も車を洗ったことがないっていうのか？」

「言いたいのは、パトロールカーのタイヤに泥がついてたってことだ。乾いた泥だ。ここ二週間、雨は一滴も降ってないのに、どうしてタイヤに泥がつく？」

ランドルフはナイトテーブルにあった水に口をつけ

た。「月曜の夜、九時四十五分、保安官とジョーイ・リーが口論をしてるのをミセス・ホイッテカーが目撃してる。ジョーイ・リーを誰かが見たのは、それが最後だ。そして水曜の早朝、保安官がパトロールカーのタイヤについた泥を洗い落としていた」

「火曜日がすっぽり抜けてるようだが」

「その日、保安官は一日じゅう町にいたよ。徒歩でうろついてた」

「それがどうして重要だというんだ?」

「火曜の夜、おれを逮捕した保安官は、おれを留置所まで歩いて連行した。なんでいつもみたいに車じゃないんだって訊いたら、あいつ怒り狂って、口を閉じてろってさ」

ランドルフは空になったグラスを置いた。「釈放されて、ジョーイ・リーが行方不明になってると耳にした。くわえて、火曜は丸一日、パトロールカーを見た者がいないってことも。保安官はなんら変わった様子もなく町にいたが、どこに行くのも歩きだった。車のことを訊かれると、あいつはむっとして、修理工場に出してあると言ってた。だけど、町に修理工場は二軒しかないし、どちらも火曜に保安官の車はあずかっていなかった。そこでだ、隠しごとがないとしたら、どうしてそんな嘘をついたのか?」

「わたしにはさっぱり見当がつかない」

「仮に月曜の夜、口論のさいに保安官がジョーイ・リーを殺したとしよう。死体をどうしていいかとっさには思いつかず、ひとまずパトロールカーのトランクに隠し、火曜は一日じゅう自分ちのガレージに置きっぱなしにして頭を悩ませてた。で、火曜の夜、死体を処分した。もしおれが死体を探すとしたら、ジュバル・A・アーリー湖の岸からかかるだろうな。日照りつづきで水かさが減ってるし、靴が泥だらけになる」

「もし、あんたたち町のみんながそう考えてるなら、どうして誰も州当局へ通報してないんだ?」

「ほかの誰かが行動を起こすのを待ってるんだろうが、誰も動かない。あんた、L・Kに雇われてるんだろ？」

わたしはスーツケースをつかんだ。「いいや」

ランドルフは怪訝な顔をした。「町を出るのか？」

「ああ」わたしは笑みを浮かべてドアを開け、部屋をあとにした。

車に戻る途中で、また保安官に出くわした。彼の視線がスーツケースにそそがれた。「もう行くのか？」

「ああ。みんなのもてなしは心地いいんだが、そろそろつぎの地へ向かわなくちゃならないんでね。ここに来た目的も果たせたし」

口を半開きにして突っ立っている保安官を尻目に、わたしは歩き去った。

ステイシーヴィルを離れてから、ニューコートとポータータウンでそれぞれ数時間過ごし、午後三時にはカンバーデイルに到着した。立ちならぶ店に視線を走らせ、〈L・K・ウィリアムズ・カフェ〉の窓を見つけた。

しばしためらってから車を駐め、店内に入った。日中のこの時間、客はわたしだけだった。壁際の空いているブースのひとつに席をとった。

注文をとりにきたウェイトレスは長身で、悲痛な思いをかかえているといった風情の女だった。彼女は縁色の赤くなった目をおさえた。

身長はおよそ五フィート十インチ、茶色の髪は短く、左の耳たぶの下方に小さな傷跡があった。でっぷりとしていて、体重は百七十ポンドくらいあると思われた。そう、でっぷり。

突如、信じられないようなことに思いあたった。

「きみがジョーイ・リー・ウィリアムズ？」

名前を言いあてられて、彼女はいささか面食らったようだった。「ジョセフィンだからジョーイよ。わたしが遠くから崇拝のまなざしを送ってる有名女優、ジョーイ・ヘザートンと同じジョーイ。ウィリアムズは旧姓で、いまは結婚してる。わたし、あなたのことを知ってるかしら?」

「きみのおかげでステイシーヴィルは騒ぎになってる」わたしは言った。「きみの身に何が起きたのか、誰も知らないんでね」

ステイシーヴィルという名前が新たな涙をさそった。ジョーイはどうにか気持ちを落ち着かせ、話ができる状態に戻った。「すべてのはじまりは、わたしが車でモントゴメリーへちょっと買い物に行ったことなの」

「それが凶悪な犯罪のようには思えないが」

「わたしにも思えないし、クライドがどうしてあれほど腹を立てたのかもわからない。だって彼は車を私用で使ってもいいって、町から許可をもらってるのよ」

「クライドって?」

「夫よ。ステイシーヴィルの保安官」

わたしは目をぱちくりさせた。「きみはパトロールカーでモントゴメリーまで買い物に行ったの?」

「クライドはもう何ヵ月もパトロールカーで人の追跡とかしてないから、一日くらい借りたってかまわないと思ったの。でも、それをクライドにわかってもらえなくて、大げんかよ」

「月曜日の夜? 留置所の裏で?」

ジョーイはうなずいた。「それで火曜日の朝、クライドがまだ眠っているあいだに鍵をとって、出かけちゃったの。クライドの帽子をひとつ拝借して、黒っぽい上着を着てね。誰も変な目で見なかったわ。ウーマンリブの盛んなモントゴメリーならなおさらね」

ジョーイは鼻をおさえた。「帰り道、キャブレターの調子がおかしくなったり、オートーガ郡のとある町で泥にはまって、しばらく動けなかったり。あれやこれやで、家に着いたときには午前零時をすっかりまわってた。クライドはもうかんかんよ」

思い出すだけでそうとうつらいようだった。「頭がどうとかこうとか、それこそひどいことを言われたわ。それでパパに電話をしたら、午前三時に迎えにきてくれた」

「ご主人はきみがここにいるのを知ってるってこと？」

ジョーイはうなずいた。「なのにあの人ったら、一度だって謝りの電話をかけてこないのよ」

確かに保安官はプライドが高く、自分の妻が、言ってみればパトロールカーを盗んでモントゴメリーへ買い物に行き、自分を放ったらかしにしたとなど口にできる人間ではなかった。

彼の妻が行方不明だと町じゅうが知っていることは百も承知だろうが、町民の全員とは言わないまでも半数が、彼が妻を殺したと見ているとは思ってもいないのではないか？

わたしはため息をついた。「きみからご主人に電話をかけて許すと言えば、この局面を乗り切れるとは思わなかったの？」

ジョーイは背中をあとひと押ししてほしそうだった。

「わたしから電話をかけたほうがいいと、ほんとうに思う？」

「そりゃそうだよ。ご主人がひどいことを言ったら、好きなときに電話を切ればいいんだし」

「かけるわ」ジョーイはきっぱりと言った。彼女はついとその場を離れ、店の端にある公衆電話のブースへ向かった。

見ていると、ジョーイはダイヤルをまわした。話しながら何度もハンカチを使っていたが、おおかたの表情から、じきにクライド——たとえ今回のことを忘れなくても許しはした夫——とともに、ステイシーヴィルに戻るだろうことが見てとれた。

わたしは海事弁護士ではない。私立探偵《プライヴェート・ディテクテイヴ》でも刑事《ディテクテイヴ》でもない。

サウス・セントラル・バス・ライン社に勤務し、新規開拓できそうなバスのルート――とりわけ、鉄道が廃止された地域でのルート――の調査を業務としている。

別のウェイトレスが注文をとりにやって来た。「カンバーデイルの町はどう？」彼女は訊いた。

「魅力的だね」

彼女はため息を洩らした。「男と犬にとっては天国だけど、女と馬にとっては地獄よ。わたしなんて、もう三カ月もモントゴメリーへ行ってないんだから」

わたしは手帳を取り出し、ステイシーヴィル、ニューコート、ポータータウンにくわえ、新規ルートとしてカンバーデイルも検討すべし、と記した。

怪之巻

あ　や　し

猿男

Ape Man

松下祥子 訳

　おれは長椅子に寝そべり、目をつぶっていた。漫画本が床や胸の上に散らばっている。深く息をして、いびきをかく真似でもしてやろうかとぼんやり考えた。そうしたらやつらは面白がるかもしれない。

「難解な読書でブルート《けだもの》の脳味噌は疲れ果てたんだな」ハリーは言った。

　ハリー・ホイットマンは《クーリエ》に毎日スポーツのコラムを書いて生計を立てている。トランプをぱらぱらと切る音が聞こえ、おれは薄目をあけてそっちを見た。

　おれのマネージャーのマックス・カミンスキーは渋い表情で飲み物に目を落とし、《ジャーナル》のエド・ウィーヴァーはもぐもぐとガムを嚙んでいる。

「わかった」指をぱちんと鳴らしてハリーが言った。「突顎《プログナサス》。そうだ、そいつだ」

　エド・ウィーヴァーは退屈したように片方の眉を上げた。「説明してくれ」

「突顎《プログナサス》」ハリーは言った。「あいつの顎は突き出ている。猿の顎みたいにさ」

　ごつい顎、それはそうだ、とおれはうんざりして思った。中顎《メソグナサス》程度かもしれないが、絶対に突顎《プログナサス》なんかじゃない。

「そのうち、あいつだってそういうジョークを理解する日が来る」エドは言った。「そうしたら、あんたはその真珠のごとき白い歯をなくすことになるな」

　ハリーは高笑いした。ここでおれがふいに立ち上がり、襟首をつかんでやったら、あの笑いは即座に止まるのだろうが。

「ウィスキーがなくなったよ、みんな」マックスが言った。「いつまでいるつもりなんだ？」

「もう一ゲーム」エドは言い、おれを見た。「あいつ、美男とは言い難いよな。もう見慣れてきたかい、マックス？」

ハリーは足を組み、反り返ったので、椅子がきしんだ。「あの野郎を起こして、今夜のファイトについて一言もらったほうがいいか？」

「勝手に書け」マックスは言った。「どうせ手慣れたもんだろう」

「このバーロウって若いのが頭を使ってぴったりくっついていれば、判定勝ちに持ち込めるかもしれない」エドは言った。

「判定になんかならん」マックスは言った。「ブルートはあんなやつ六ラウンド以内にやっつける」

おれは伸びをし、あくびをしてから、半身を起こした。見ていると、ハリーはポーカーを終え、エドと一緒に立ち上がった。

「どのラウンドでやっつけるつもりだ、ブルート？」ハリーが訊いた。

「マックスがやれと言ったときだ」おれは答えた。

二人が出ていくと、マックスは胃薬の箱を取り出した。「おまえ、間違ってるんじゃないかと思うことがあるよ」彼は言った。「読み書きができるっていうんで、タニーがマスコミにどう書かれたか、知ってるだろう」

「あいつはインテリっぽく見えたからさ」おれは言った。「おれはそんな顔じゃない。この頭蓋骨の中に詰まってるのはおれのもので、他人に知られるつもりはないね」

マックスは背が低いのに、それより六インチは長身の男に見合った体重を抱えている。「おまえの目を見りゃわかりそうなもんだ」彼は言った。「頭のよさが目の輝きに出ている」粉薬を溶かしたグラスを手にして、飲む覚悟を決めるように見つめていた。「あんなふうに言われてばかりで、傷つくってことはないのか？」

おれはコートをはおった。「出かけるよ。新鮮な空気を吸って、漫画本をもっと手に入れてくる」

マックスはグラスを空にした。「おまえ、ほんとにああいうのを読んでるのか？」

「ああ」おれは言った。「スーパーマンの大ファンだ」

階下に降りると、ちょっとためらってから通りに出た。外に出て人からじろじろ見られるのはいやだが、ホテルの部屋で一日つぶすわけにもいかない。数時間こもっているだけで、檻に閉じ込められている気がしてくるのだ。

ゆっくり歩き、新鮮な空気と日の光に気持ちを集中させようとしたが、すれ違う人々の顔に浮かぶ驚愕や衝撃、笑いを押し殺した表情を見ると、いつものようにてのひらが湿ってきた。

六ブロックほど行くと、図書館が見えた。階段の下で足を止め、中に入ろうかどうしようかと迷った。郷里では、司書たちは距離を保っているとはいえ、おれの姿を見慣れているが、ここは知らない街だった。

行き過ぎようとしたとき、女子高校生が二人出てきた。こっちを見て目を丸くした。無事におれをやり過ごした女の子たちの安堵のため息が聞こえてきそうだった。

二人は見間違いでなかったのを確かめようと、肩越しに振り返った。おれはまた怒りにとらわれるのを感じた。逃げたくなった。一人でいられる場所、人目のない場所へ。

だが、そんな考えは振り捨てた。無理だ。少なくとも、今はまだ。おれは図書館をにらみ、入ろうと心を決めた。

書架のあいだをぶらぶらし、ところどころで一冊抜き出してぱらぱらと見た。静かな環境がしだいに心を落ち着かせ、緊張を緩めてくれた。一つの通路に曲がり込み、途中まで進んだとき、あたりが薄暗くて背表紙の文字がよく読めないのに気づいた。電灯のスイッチを探そうと、通路を戻った。

おれより先にほっそりした若い女のシルエットが現われ、その手がスイッチに伸びた。

パチンと音がして明かりがついたとき、おれたちはほんの一、二フィートしか離れていなかった。女はこっちを見ると息を呑み、抱えていた本を取り落とした。おれは本が床に落ちる前に受けとめた。

緊張感がまたおれの神経を逆撫でした。「びっくりするのも無理はないですが」おれは言った。「悲鳴なんか上げないでください。図書館の中ではつねに静かに」おれは本を彼女の手に返し、通路の中ほどへ戻った。

彼女がまだそこに立っているのを意識した。見たいだけ見るがいいさ、と言いきかせた。あんたがどう思おうと、おれはびくともしないからな。

数秒後、足音がして、彼女が近づいてきた。おれの横のセクションで立ち止まり、持っていた本の一冊を棚に入れた。

こんなに近くに来るとは、女のくせにずいぶん勇気があるな、とおれは苦々しく考えた。横目でひそかに見ると、二人の目が合った。彼女の瞳はすみれ色で、柔らかい髪は茶色だった。

女は目を逸らさなかった。「さっきは驚いた様子をお見せして、申し訳ありませんでした」彼女は言った。

「いいんです」

「ただその、暗いところから……」

「お詫びの言葉はありがたく頂戴しました」おれは言い、棚から一冊抜いて、ぱらぱらと中を見た。彼女の目がまだこちらをしげしげ見ているのが感じでわかった。

「犬に吠えられることもある」おれは言った。「でも、根は親切で優しいほうだから、子供には好かれます」

おれは本をぱたんと閉じ、棚に戻した。その場を離れようとすると、彼女はおれの腕に手を置いた。

「わたし、行きます」彼女は言った。「お邪魔するつもりはなかったんです」

おれはさっきより注意して相手を見た。人とは違う真剣な表情を浮かべていて、そこに恐怖の色はなかった。

「ぶらぶら眺めていただけなんだ」おれは言った。「どっちみち、借り出せない。貸し出しカードを持っていないから」

「わたし、ここの司書です」彼女は言った。「受付デスクにいらしていただければ、カードをお作りします」

からかっているのではないかと、彼女の顔をよく見てから言った。「わかった。じゃ、そうしてもらおう」あとについて、デスクまで行った。彼女は引出しから白紙の貸し出しカードを取り出すと、タイプライターに挟んだ。

「お名前は?」彼女は訊いた。

「ウェストウッド」おれは言った。「ロバート・ウェストウッド」

彼女は意外そうに、つと顔を上げた。きっとおれの写真を見たことがあり、おれが何者か、知っていたのだ。

首の後ろに凝りが戻ってきて、ここを出なければだめだとわかった。「カードはもういい」おれはドアのほうへ歩いた。振り向いて彼女を見た。

「そうだよ」おれは言った。「ロバート・ウェストウッドは本名だ。でも、お笑い種になるんなら、ブルート・ブラウンの名前でカードを作って、クイーン・ホテルに送ってくれればいい」

図書館を出て、ホテルのほうへ歩き出した。どうしていちいちこんなことで苛立つんだ。ブルート・ブラウンであることにそろそろ慣れてもいいころじゃないか。歩く速度を緩めた。しっかりしろ。あと数千ドル稼いだら、人のいない、鏡のない孤島を望みどおり買える。

そのあとはずっとホテルの部屋で休み、七時半ごろ、マックスといっしょにアリーナへ行った。九時に呼び出しがかかり、通路をリングまで歩いた。ファンは総立ちになり、おれをよく見ようと首を伸ばした。大勢の中にいれば安全とばかり、ぶしつけにくすくす笑う声も聞こえた。

アナウンサーが選手を紹介し、これまでの記録を述べたあと、バーロウとおれはリング中央で対峙し、注意を受けた。おれは改めて相手をよく見た。年は同じくらいだ。青い目をした端正な若者であるっていうのは、いったいどういう感じがするのだろう。

バーロウはこれまでに二十一勝していた。今いる中で最高のファイターの一人だ。だが、彼を見ると胸が悪くなった。おびえているとわかったからだ。おれと目を合わせようとせず、リングの床の上で足を神経質に前後させている。

いつもたいがいこれだ。そう考えるといやになった。誰もがおびえきって出てくる。おれの評判を聞き、写真を見、計量のとき、撮影のときに会っているが、リングに入ればすべてが違ってくる。マネージャーが何を言おうと、試合に臨む覚悟につながらないのだ。

おまえにはあいつと同じだけの力があるし、動きはずっと速い、とマネージャーは励ます。猿男とかいうのはただの宣伝文句さ。あの顔はああいうふうに整形したんだ。もともとハンサムな男じゃなかったがね、それでもただの人間だよ。いいか、坊や、ただの人間だ。

おれはレフリーの言葉にぼんやり耳を傾け、それから自分のコーナーに戻ってゴングを待った。ゴングが鳴ると、おれはリングの四分の三を進んでバーロウのところまで行かなければならなかった。

バーロウは試合のあいだ、薄く笑うので知られていたが、今、微笑はなかった。その顔は不自然に白く、動きはこわばってぎこちなかった。生まれて初めてノックアウトされるのはどういう気分だろうと考えているのだ。それが起きる前にどれだけひどく叩きのめされるのかと考えている。

今すぐやってやるか、と思った。あっちのコーナーへ追い詰めれば、あっというまに一巻の終わりだ。

接近すると、彼はおれをかかえて離さなかったので、こっちも相手に寄りかかり、レフリーが二人を離すのを待った。そのときふいに、なんで勝たなければならないのかと思った。もしこの試合に負け、さらに続けて数試合負けたらどうなる？　観衆に目をやった。そうなっても、こいつらは来る。そもそも、ここに来ているのはそれが理由だ。おれが殴り倒されて床に伸びるのを見たいのだ。

バーロウがまたクリンチし、レフリーに引き離されたあと、おれは軽く左を数発食らわせた。ようやく痛みを感じる程度だ。第一ラウンドはだれていて、ゴングが鳴ると二人ともブーイングにさらされた。

第二ラウンドが始まった。バーロウの動きは前より滑らかになっている。まだ慎重で、やられそうだと思うとすぐ防御姿勢になってクリンチしてきたが、徐々に自信をつけてきた。

おれはできるだけ左で相手の顔を狙ったが、たいした効き目はなかった。彼がわずかばかり繰り出してくるパンチは反射的によけた。観衆のざわめきは単調で、こっちは眠くなってきた。たまにリングサイドで大声がすると、はっと覚醒する。

あと十秒でラウンドが終わるというとき、バーロウの左が長くするりと伸びてきて、おれの頭の脇をとらえた。観衆は総立ちになったが、おれはゴングが鳴るまで持ちこたえた。

コーナーに戻ると、マックスがボトルを渡してくれた。「そんなに眠いんなら、枕を持ってきてやろうか」

第三ラウンドに出てきたバーロウは薄い笑みを浮かべていた。二ラウンドをすませて、まだ生きてピンピンしているのがうれしい驚きなのだ。マネージャーの言ったとおりだと思い始めている。

試しに前より強いパンチを送り出してやると、その目から見る見る自信が薄れていった。だが、おれは積極的な攻撃を続けず、時間がたつにつれて彼の顔に微笑が戻ってきた。

彼は例の長いレフトで点を稼ぎ始めた。たいして気にならなかった。一、二秒、痛むのをこらえ、次が来るのを待ち構えた。

ぼんやりとした好奇心から、いつあのレフトが来るかを学んだ。まずバーロウの靴底がきゅっときしみ、それからレフトが来る。必ず、きゅっと音がしてレフト、だった。

初めは、一発来るごとに機械的にクリンチし、人々の歓声に耳を傾けた。

だが、それからクリンチに入るのをやめ、靴がフロアをこするきしみを聞きつけようとするのもやめた。ただ人々の声だけを聞いた。金を払って席を手に入れた人間たち。リングサイドの客はそれだけよけい金を払っている。

ラウンドを終え、コーナーに戻ると、おれはぼうっと自分の靴を見つめた。

「ブルート」マックスは言った。「どうしたんだ?」

「どうもしない。ブルートはオッケー。ブルートは元気だ」

ゴングが鳴るのを待って、スツールを離れた。バーロウはリング中央で待ち構えていた。もう微笑は消えなかった。恐れていない。自分が勝つと知っている。おれを平気でぼこぼこにして、いい気分になるつもりだ。

また左がきたが、今度は右も使っていた。左をよけ、両手を下げたところに右が来る。だが、もう痛みは感じず、もっと強いのが来ればいいと思った。

するとふいに観衆の大歓声が聞こえて目が覚めた。気がつくと、フロアに尻餅をついていた。リングサイドの客たちのゆがんだ顔、満足そうなきらきらした目が間近に見えて、ちょっとびっくりした。

おれは目をつぶり、カウントを待った。すぐに立ち上がることはできたが、そのつもりはなかった。疲れていた。人生でこんなに疲れたことはなかった。

だが、レフリーはカウントしていなかった。目をあけると理由がわかった。バーロウはまだおれのすぐ前に立ち、レフリーはその腕を引っ張っているのだった。

見下ろしているバーロウの口が動いていた。唇をゆがめて、こう言っているようだった。「立てよ、猿男。そうしたらまた倒してやるぜ、猿男」

レフリーはバーロウをニュートラルコーナーに連れていき、おれのカウントをとり始めた。振り返ってリングサイドの観客を見ると、同じことを言っているようだった。「立ち上がれ、猿男。立ち上がれ、猿男」「立ち上がれ、猿男。簡単に終わらせるなよ。立ち上がれ、猿男。八つ裂きにされるんだ。もう一度。さあ、もう一度」

おれの目は湧き上がる憎悪に血走った。猿男は立ち上がった。立って、バーロウを待ち構えた。バーロウと世界中の人々を。かれら全員が近づくまで待って、猿男は襲いかかった。

バーロウの目に浮かんだ驚きが、次の何分の一秒かで曇ったと思うと、彼はフロアに倒れた。

観衆のどよめきは静まり、衝撃と失望のつぶやきが広がった。猿男は向きを変え、まっすぐテレビ・カメラを見た。今、何人の人がおまえを見ているだろう、ブルート、と猿男は自問した。失望した人は何百万人いるだろう。

マックスとおれが十一時にホテルに戻ると、チンチラ毛皮のコートを着た金髪女が部屋のドアの外で待っていた。おれに近づき、その手を肩から腕に走らせた。熱っぽい目がぎらぎら輝いた。「すごいわ」彼女は言った。「見事なブルート《けだもの》」

おれはなにも言わず、小刻みに息をする女を見ていた。

「ブルート」彼女は言った。「いっしょに下に来て。一杯だけつきあってよ、ブルート。ね、お願い、ブルート」

「ああ」おれは言った。「まあ、あとでな」

「来てくれる？」鋭い白い歯のあいだから舌がちろちろと出たり入ったりした。「来てくれる、ブルート？」

「考えとくよ」

マックスに続いて部屋に入ると、彼はドアをロックした。おれは長椅子にすわった。

「どうする？」マックスは訊いた。「あいつの目を見たろう？」

おれは彼を見た。「マックス、おれを追いかける女はどれっくらいいる？　どういう種類の女でもさ？」

マックスはスーツケースのほうへ行き、ボトルを取り出すと、自分のために一杯注いだ。

「おれも飲んだらいいのかな、マックス？」おれは訊いた。「飲んだら幸福な気分になるか？」

「わからん」マックスは飲み物をにらみつけ、それからぐいと飲んだ。

おれはベッドに行き、横になった。「眠るよ、マックス。眠るか、下へ行くか、二つに一つだ」

おれは目をつぶり、眠りが来ればいいと願った。終わりのない、長い長い眠りが。

確かに長い眠りだったが、そこまで長くはなかった。翌朝十一時に目を覚まし、入浴してひげを剃ると、部屋に戻って窓から外を見た。

よく晴れた日で、青空に雲がいくつか浮かび、ゆっくり動いていた。生きる意欲が湧きそうな朝だった。陽射しの中、ガールフレンドをピクニックに誘うような日だった。

窓をあけ、顔に風を感じた。気持ちのいい、きれいな空気には生命のにおいがした。

それから下を見た。

九階下を見ると、人々がいた。歩く人、車やバスに乗る人。善良で親切な、誰もおびえさせずに道を歩ける人々。

背後でドアがあく音がした。マックスが静かに言った。「ブルート」

爪先に弾みをつければいい、と思った。それだけで、もうブルートはいなくなる。

マックスがまた声をかけてきた。「ボブ」

おれはさらに三十秒ばかり見下ろしてから、窓を閉めた。「ありがとう」

マックスは部屋の真ん中に立った。茶色の目がおれを見守っている。

「マックス」おれは言った。「もうおしまいだ。やめる」

「見てりゃわかったよ」マックスは言った。

「ごめんよ、マックス。ここまで育ててきてくれたあんたを見棄てるのはいやなんだが、これ以上は続けられない。あんた、金に困るだろうな、マックス」

マックスは手元に目を落としたまま、葉巻の包みをあけていた。「金なんかどうでもいい。人の気持ちのほうがよっぽど大事だ」

「おれの島に郵便船が来たら、葉書を出すよ」おれは言った。「欲しければね」

「欲しいとも」マックスは言い、ポケットから封筒を取り出した。「今朝、これが受付に来ていたよ、ボブ」

それは無地の封筒で、宛先は書いてなかった。指に挟むと、中に長方形の厚紙が入っているのが感じられた。ふいにこわくなり、指が震え出した。封筒を破ってあけると厚紙が滑り出た。

しばし手にしてから、裏返した。ロバート・ウェストウッド名義の図書貸し出しカードだった。

タイプされた自分の名前がやがてぼやけてきた。しばらくして、マックスがまだおれを見守っているのに気がついた。

「ほかに見るものはないのか、マックス?」おれは言った。

クロゼットへ行き、コートを取り出した。マックスは心配そうだった。「もう悪い考えにとらわれちゃいないだろうな?」

「ああ、そんなことはないよ、マックス」おれは言った。

図書館に入ると、彼女は受付デスクにいて、近づいてくるおれにほほえみかけた。

「カードを届けてくれて、ありがとう」おれは言った。

彼女がつけている香水のにおいが漂ってきた。

「ゆうべ、試合を見た?」おれは訊いた。

「いいえ」彼女は言った。

「見たかった?」

「いいえ」

「最後の試合だったんだ」おれは言った。「これから島を買って、そこに住むつもりだ」

彼女はこっちをじっと見た。「どうしてもなの?」

苦々しい思いがまた湧いてきた。「おれをもう一度よく見てくれ」

彼女はおれのつぶれた顔に目を走らせた。「どうしてもそうなさるの？」

「ああ」おれは言った。「そうしなきゃならない」おれは上を向いた彼女の顔をよく見た。「今日は本を何冊か借り出すよ。そして、戻ってくる」

「ええ」彼女はおれの顔から目を離さずに言った。

言葉を出すのは難しかった。「意味がわかるかい？戻ってくるんだ」

「ええ」彼女は言った。「わかっています」

彼女はまたほほえみ、おれはそのすみれ色の瞳の奥まで覗き込んだ。ほかの女たちが誰もおれの中に認めてくれなかったものを、その目は見つけていた。彼女は一人の男を見ているのだった。

三つ目の願いごと
The Rules of the Game

小鷹信光 訳

あの一件があったのは二年前だが、いまの私はかなり満ち足りた身分だと思う。あの日、健康維持のために市営公園を散歩していたとき、私は救いを求める悲鳴を耳にした。川のほうにすぐ目をやると、あきらかに溺れている人の姿があった。

　救助に向かえそうな若者がいないかあたりを見まわしたが、目にはいるかぎりそんな人物は見あたらない。となれば、上着を脱ぎ、靴を蹴るようにして脱ぎすてて水に飛びこむしかない。
　二、三度水を掻いただけで危難の主のそばに近づいた。小柄で、目方も軽く、きわめて協力的にふるまってくれたので、そのチビさんを川岸にひっぱりあげるのはわけもなかった。
　足場のしっかりした地点までくると、彼は立ちあがり、水からあがった犬のように体をふるわせ、小生意気な薄い笑みをのぞかせた。「このようなことをなさるにはいささかお歳を召しすぎているようにおみかけいたしますが」彼は言った。

　まあそうだ。「で、大丈夫かね？」

　彼はうなずいたが、くすくす笑いをおさえるのに苦労しているようだった。「まあ、まあ、とにかくあなたはわたしの命を救ったことになります。当然のことですがたいへん感謝しています。それゆえ、わたしに授けられた能力に応じてあなたにさしあげられるのは……」

　彼は自分の言葉が及ぼす効果を確かめようと言葉をくぎった。

「……三つの願いごとです！」

私はじっくりと相手を見つめた。明らかに薄気味悪い小男だ。年齢は見当さえつけ難いが、この地球上にかなり長期間棲息してきたような感じがする。

そして私はにっこり笑った。そうとも、何もかもお見通しだぞ。どこかのテレビ・プロデューサーがこの男を雇って川に飛びこませ、何も知らない通行人に救助させたあげく、おきまりの三つの願いごとをたずねるというしかけにきまっている――視聴者を楽しませるためのお芝居だ。

私はこっそりと左右に目を配った。テレビ・カメラはどこに隠れているのか？　茂みのどこかにひそんだ望遠レンズが、いま、この瞬間、私にピタリと焦点を合わせているはずだ。隠しマイクもすぐ近くに置かれているにちがいない。

どれくらいの数の人々が、いまこの番組を見ているのだろう？　それともビデオ撮りなのか？　たぶん後者だろう。見ている人々は、私がどんな願いを口にすると期待しているのだろうか。たぶん、カネを求める品のない要求がとびだすと思っているはずだ。

そうはいかないぞ。それほどあからさまに自分をさらけだすつもりはない。カネ以外の何かを願ってやろう。全人類の健康と幸福なんてのはどうだろう。そう、それがいい。少しばかり大仰だが、私にとってもいいことにつながる願いごとだ。

だがその前に、このやりとりにいくぶんユーモラスな味つけをすべきだ、と心に決めた。三つの願いごとなどという話を大まじめにうけとめるほどのうすのろではないことを視聴者に教えておく必要がある。

私は草の上に坐りこみ、濡れた靴下のまま靴をはこうとした。「そうだな、じゃまず手始めに」慈愛に満ちた笑みをチビさんに投げかけて、告げた。「体じゅうを乾かしたいものだね」

二つめの靴紐を結び終えるまで、起こったことに気がつかなかった。全身が乾いていたのだ。申しぶんなくカラッカラに。

私は目をぱちくりさせた。眠っていたのだろうか？夢を見ていたのか？　あるいは、まさかとは思うがこれは……

私は男をにらんだ。「溺れたふりをして、三つの願いごとをかなえる提案をするってのを、どれくらいやってきたんだ？」

「そう、五百年以上になるでしょうか」

別の質問をしてみた。「もし、あくまでも仮定の話だが、私が百万ドルを願ったら、ほんとうにカネが手に入るのかね？」

「もちろん」

「ところがそのカネは南軍政府の通貨だったり、偽造紙幣だったり、盗まれたカネだったりするんじゃないのか？　言い換えれば、そのおかげでいろいろなめんどうごとに巻きこまれるんじゃないのかね。きみのようなおチビさんから三つの願いごとをかなえてもらった人間は、誰も彼も、以前より必然的に悪い状態におちいるのがオチなんだろう？」

くすくす笑いが洩れた。「願いごとをするときは、きわめて限定的にする必要があります。充分に特定せねばなりません。さもないと、小さな誤解が生じるからです。で、二つ目の願いごとは？」

「目下思案中だ」私はいくぶんきびしい口ぶりでこたえた。「考えている」

彼は肩をすくめた。「ゆっくりお考えください。わたしは、あなたが願いごとを三つ口にするまでそばから離れません。それがこのゲームのルールなもので」

私は歩きだした。カメラの視界から出かかっているぞと誰かが叫びだすのを半ば待ち望みながら。

誰もそんなことはしなかった。

チビさんは私のわきで飛んだり、跳ねたりしている。通りがかりの人に私たち二人の姿を見られたら、どう思われるかわからない。だがチビさんはただにやりとした。「心配ご無用。あなたしかわたしの姿は見えません。他人の目には、あなたひとりで歩いているように映っているのです」

私は自分のアパートまできちんとした足どりをくずさなかった。チビさんは部屋の広さや家具・調度品にまったく感銘をうけなかった。

「数百万ドルで何ができるか考えてごらんなさい」私が上衣を架けるのを見つめながら、彼は言った。「それとも若返りはどうですか？　若さを願ってみませんか？　もう一度若くなりたくはありませんか？」

若返るだって？

そそられる提案だ。だが、どこまで若くなれるのか？　人の腕に抱かれる赤子にまで戻るのか？　それともみなし子か？　病気がちな子供か？　あるいは、人にもらわれそうもない、可愛げのない子供だろうか。とんでもない里親にもらわれるかもしれない。まっとうな両親のもとで育ててもらえるのか？　長じて非行少年に変じるのではないか。それがもっと悪質な犯罪につながっていって、新しい人生の大半を刑務所で過ごすことになるとか？

かすかに汗ばんでくるのを感じた。あまりにも多岐にわたる不愉快な枝道が待ちかまえている。もし若返りを望むなら、その中身を完璧に限定せねばならない。一つでも指定しそこなったり、ぬかしてしまえば最悪の立場に立たされることになる。

「教えてくれ」私は用心深く訊いた。「この三つの願いごとで、まんまときみをだしぬいたものがこれまでにいたかね？」

チビさんは薄い笑みを浮かべ、私のテレビ受像機を調べてスイッチを入れた。

「壊れているんだ、そいつは」私は言った。

彼はテレビに片手をあてがった。「ワイヤーがゆるんでるんじゃありませんか？　トントンとたたいてやれば……」

「そんなに簡単にいくんならそう願いたいね。ブラウン管は……」

彼が受像機の側面を軽くポンとたたいた。完璧に鮮明な画像が輝いた。

チビさんはくすくす笑った。「さて、最後の三つ目の願いごとはなんでしょうか？」

私は目をつむった。つまらないことに二つ目の願いごとをつかってしまった。はっきり言えば罠にかけられたのだ。願いごとはあと一つしか残っていない。

私は目を開けた。「ちょっと待ってくれ。先に進む前に、二人のあいだで絶対に守るべきゲームのルールをつくろう。三つ目の願いごとが不用意な場面でうっかり舌からこぼれでてしまったり、眠っているあいだに寝言でつぶやいてしまったりというのは納得がいかない。三つ目の願いごとは、きわめて正式できちんとした方法でなされねばならない。そう、〝私、アンドルー・H・ミーカーが、健全なる心とつかれきった肉体の持ち主として、いまここに望むのは……〟と宣言してから、最後の言葉を埋めることにしたい」

チビさんはすぐさま同意した。「けっこうですとも。で、あなたの三つ目の願いごとは？」

「もう少し考えないとこたえはでない」

若返りか？　もう一度人生をやりなおすのか？

同じように男性として？　染色体も変わらないままに？　これまで過ごしてきたのと本質的にはまったく同じということになっても、それを繰り返したいか？

私は結婚しなかった。血のつながりにはいっさい関心をもてなかった。勤務日は必ずオフィスへ出て、この三十年間、どの日もどの日もたいしてちがいはなかった。ひとけのないアパートの部屋に戻り、チェスの問題にとりかかるか、テレビを観るか、何かを読むか、そんな毎日だった。

チビさんがテレビの画面から顔をあげた。「思いつきましたか？」

私はため息をついた。「三つ目の願いごとを口にすると、とてつもなくおぞましいことが起きるんだろう？」

彼はそしらぬ顔をした。「おぞましいことって何でしょう？　あなたの着てるものを乾かしたときも、不快なことは何も起きなかった。テレビを直したときもそうだったのではありませんか？」

「そのとおりだ。しかし、初めの二つは知ってのとおり、うっかり口をすべらせてしまった願いごとだった。いまきみは、私の三つ目の願いごとを待ちかまえている。そして、何らかの手をつかって、それを台無しにしてやろうと狙っている」

チビさんは笑みを押し殺し、背中を向けて、《アイ・ラヴ・ルーシー》の再放送を観はじめた。

チビさんが私の人生に入りこんできてから、そう、二年がたつ。その間に彼は熱心なテレビ・ファン、かなり達者なチェス・プレイヤー、そして散歩のときの楽しい道連れになった。

私はまだ三つ目の願いごとを告げていない。もちろんこの先もそのつもりはない。

つまるところ私は、これまでの人生に欠けていたものをちゃんと手に入れてしまったからだ。

良き友がそれだ。

フレディー

Freddie

松下祥子 訳

朝早くから運転を続けていたせいか、情けないことにまた神経痛に見舞われた——右耳から顎の先にかけて、まっすぐに痛みが走る。

ポケットにはアスピリンが入っていたが、わたしは錠剤を水なしで飲み込める人間ではない。

少し先の四つ辻のまわりに十二、三軒の建物が固まっていたので、スピードを落とした。ほとんどは相当のぼろ家で、人さえ住んでいないようだ。だが、そのうちの二軒——道路からぐっと奥まって建っているヴィクトリア朝ふうの三階家と、だだっ広い居酒屋兼ホテル——だけは、いい状態に見えた。

わたしはホテルの前に車をとめ、幅広い階段を上がってバールームのドアに近づいた。

そろって七十代に見える男四人がテーブルを囲み、カードゲームをやっていた。やはり七十代のバーテンがわたしをじろじろ見た。

「ブランディと水を頼む」わたしは言った。「別々に」

「申し訳ありませんが」彼は言った。「うちはB級居酒屋です。ビールしか売りません」

わたしはためらった。ビールにはアレルギー気味なのだ。飲むと風邪の症状が出る。だが、アスピリンを飲み下すための一口か二口なら、たぶん害はあるまい。

ガラスのジョッキが目の前に置かれると、わたしはアスピリンの缶をあけたが、それから眉をひそめた。神経痛は完全に消えてしまったようだ。

バーテンはわたしが薬を取り出さないまま缶をポケ

ットにしまうのを見守っていた。

「神経痛なんだ」わたしは言った。「ついさっきまで痛みがあったんだが、消えてしまってね」

彼はいやに熱心にうなずいた。「そういうことってありますよね。これという理由もなしに。かと思うと、理由があるときもある」彼は自分用にビールを注いだ。

「アルバートと呼んでください」

わたしはビールのジョッキをしばし見つめ、アレルギーがあろうとかまうものか、飲んでやる、と決めた。

背後のどこかで皿やナイフがかちゃかちゃいう音がしている。そういえばだいぶ腹が減っていることに気づいた。ダイニングルームを見つけ、小さめのテーブルについた。

食事をしながら、部屋を見回した。十数人の客がいて、みんなどう見ても七十代以上だが、元気一杯、食欲旺盛のようだった。

かれらはしじゅうこちらに目を向けていた。どうやらわたしは話題の中心にされているらしい。

食事をすませると、バールームに戻った。さっきのビールの影響は出ていないようだったから、もう一杯注文した。

今夜、さらに百マイルも運転するのかと思うといやになった。「部屋はあいているかな?」アルバートに訊いた。

アルバートはにっこりした。「ノーバートがいた部屋がありますよ」

案内されたのは広い部屋で、心地よくしつらえられ、暖炉があった。壁際の本棚には本がたくさん並んでいた。

「ノーバートはこの部屋に十二年いたんです」アルバートは言った。「でも、それから行くときが来ましてね」

わたしは十時まで読書して、眠りについた。だが、夜中の二時にふいに目が覚めた。神経痛が戻ってきていた。

ため息をつき、アスピリンを見つけると、廊下に出て浴室に行った。紙コップに水を満たし、二錠飲み下した。

痩せ型の男がふらりと入ってきた。顔が土気色で、いかにも具合が悪そうだ。

最前、ダイニングルームにいた客の一人だった。誰かにチャーリーと呼ばれていたのを思い出した。

わたしはもう一つのコップに急いで水を入れた。

「薬かなにか、効くものがあるんですか?」

男は首を振った。「いや、その必要はありません。どうせ十五分くらいしか続きませんから。いつ来るかわからないんだが、ありがたいことに、これで最後です」

彼は差し出された水を飲んだ。わたしは彼を助けて、寝室に連れていってやった。

自分の部屋に戻ると、道路側に向いた窓際に立ち、アスピリンの効果が現われるのを待った。

筋向いのヴィクトリア朝大邸宅はすっかり真っ暗だったが、ただ一箇所、二階の窓の一つにかすかな光がまたたいているように見えた。

わたしはそれを五分間見守ってから、ベッドに戻った。

夜の眠りが妨げられたというのに、翌朝はすっきりと目を覚ました。朝食に降りると、ほかの客たちはほとんど全員がもう食事を始めていて、チャーリーもまじっていた。すっかり元気になっていた。

食べ終わると、わたしは出発したくない思いに駆られた。どうして今日、町に帰る必要がある? 土曜日だから、どうせ月曜日までアパートでぶらぶらするだけだ。

アルバートをつかまえた。「もう一晩、泊まることに決めたよ」

彼は満面に笑みを浮かべた。「きっとそうなさると思ってました」

わたしは葉巻に火をつけ、裏庭に出た。手入れが行き届き、野菜や花がよく育っていた。

チャーリーがやって来た。一塩の瓶だけ手にして庭に出てくるほど楽しいことはありませんな」彼は蔓からチェリー・トマトを一個摘み取った。「わたしは八十四です。今夜、発ちます。誰か出ていくときは、たいていパーティをやるんだが、静かに握手してさよならを言うのがわたしのスタイルでしてね」彼は手を差しのべた。

わたしはなにげなく握手した。「ご出発ですか?」

彼はうなずいた。「みんなが眠っているあいだにね」

その日は最高にのんびりと落ち着いて過ごした。なにもすることがなくても飽きないたちなのだ。うんざりするのは、やりたくないことを無理やりやらされるときだけ。人生ではそういうことが多すぎる。

夕食後、わたしはドラフト・ビールをピッチャーに入れて、部屋に持っていった。

十二時近くまで読書してから、窓際へ行った。筋向いの家の二階からは、今も不思議な薄明かりが漏れていた。ほかの部分は暗いままだった。

階下でドアがあいて閉まる音が聞こえ、チャーリーが視野に入った。

彼は三〇年代の流行歌を口笛で吹きながら道路を渡り、ヴィクトリア朝大邸宅の玄関へ行った。

すると、一階ぜんぶに明かりがついた。だが、ブラインドやカーテンが下がっていて、中は見えなかった。

チャーリーは大きな玄関ドアをあけ、中へ消えた。

二十秒後、明かりは消え、建物はまた闇に包まれた。ただし、二階のあの薄明かりだけはついていた。

「ようこそ」

わたしは振り向いた。声は耳から六インチくらいのところから聞こえたのに、隣には誰もいなかった。それどころか、部屋じゅうどこにも人はいなかった。

次の瞬間、簡潔明快に、疑問の答えが頭の中に押しつけられた。

声は筋向いの家にいるなにかが発した。それは二階に住んでいる。この地球以外のどこかからやって来たものだ。

そう、それは光を発している。

わたしは目をぱちくりさせた。「いったいどうやって地球に来たんだ？」

「いまいましい天体図を読むのが昔から苦手でね。要するに、道に迷った」

好戦的な気分が湧いてきた。「地球を征服するつもりなんだろうな？」

声は笑った。「こんな阿呆の惑星を？　とんでもない。エネルギーを再補給して出発できるようになるまで、とどまっているだけだ。地球時間で二〇七三年の春の予定だがね」

「チャーリーをどうしたんだ？」

「わたしが消費した」

「チャーリーを食ったのか？」

「消費したんだ。一瞬でかたづき、痛みはない。彼は顔に微笑を浮かべて去ったよ。人の生命を延ばす力はわたしにはないが、最後の数年を気持ちのよいものにする力ならある。たとえばチャーリーは、最後の十年間寝たきりで痛みに苦しむことになっていたが、わたしはその時期、彼が健康ではつらつとした人間として過ごせるようにしてやった。引き換えに、そのときが来たら、彼は感謝してわたしに体を差し出した。分子を廃物利用するようにね」

「それで、今度はわたしを消費するつもりなのか？」

「いや、違う。きみにはまだ四十年残っている。だが、ノーバートの代わりが必要でね。あいつの行くべきときは一週間前に来た。行ってしまうのを見るのは本当につらかったよ」

わたしは額に触れた。夢を見ているに違いない。

声は続けた。「このホテルを管理する人間が欲しいんだ。必要とあれば、一般の人を迎える。お客さんが心地よく過ごせるよう気を配り、食料品を注文し、勘定を支払い、使用人を監督し、洗濯物を出し、といったことをする人間さ。ここの状況は一見すると単純に見えるが、そうでもないんだ」

目をぱちくりさせた。今夜、二度目だ。「わ、わたしにここにとどまって、支配人をやれというのか？」

「特典はいろいろある。もう神経痛に悩まされなくなる。ビールのアレルギーがなくなる。気がついただろうがね。チョコレートを食べるとじんましんが出ることもなくなる。それに、ほんの五、六時間の読書で目が疲れることもなくなる」

パニックには陥らなかった。ごく冷静に服を着て、スーツケースに荷物を詰めると、外に出て、車に乗った。

半マイルばかり走り、小さい石橋が目に入ったとき、自分の足がアクセルからはずされ、ぐっとブレーキを踏むのを感じた。腕に力が加えられて、車を路肩に寄せるしかなかった。エンジンが止まった。

「くそ」わたしは言った。「あんたのしわざか？」

「そうだ」

わたしはかっかしてすわっていた。この生き物にどんな名前をつけてやろうか？　キシルトファネリブ？　コラソロジモグ？　それとも舌から軽く転がり出るような名前、イグウノブリティビーとか？

いや、このろくでもない侵略者なら、フレディーと呼んでやろう。

「それは気に入ったな」フレディーは言った。「キシルトファネリブとか、コラソロジモグとか、イグウノブリティビーなんて、ありきたりすぎる。だが、フレディーなら響きがいい。うん、いい名前だ」

すると、フレディーはわたしの心が読めるのか？

「まだ気がつかなかったのか？」

わたしはたっぷり一分間、コオロギの声に耳を傾けた。「あんたの力はどこまで届くんだ？」

「半径約一マイルに限定している。あの先の石橋はわたしの東の境界だ。だが、挑発されれば、必要に応じて力を出せる。ちょっと疲れるがね」

わたしは橋をじっと見た。「もしなんとかしてあの橋を越えられたら、自由にさせてもらえるのか？」

フレディーはため息をついた。「しょうがないな。なにか挑戦することがあるほうが、ここの生活が明るくなるだろう。だが、率直にいって、不可能への挑戦だよ」

わたしは車をまたスタートさせ──フレディーの許可をもらってだ──ホテルに戻った。

そう、フレディーの読心能力は打ち勝ち難い障害のように思えた。脱走計画を練ったところで、フレディーには最初からお見通しなのだ。


ホテルの前に車を寄せた。「ここにいる人たちはみんな、あんたの力に支配されているのか？」

「永住客だけだ。厨房係、ウェイトレス、配達人とか、そういう人たちはわたしの存在すら知らない」

それからの数週間に、わたしは毎日の簿記の仕事を三十分以下まで減らすことができた。

それだけではない。パン屋の配達用ライトバンの後ろに隠れようとしたが、ドア・ハンドルに手を掛けたところでフレディーに止められた。川岸の植物を観察するふりを装って橋まで歩き、自由を求めて必死の跳躍をするつもりだったが、フレディーはわたしをつまずかせたので、シャツに草のしみがついてしまった。州警察に電話しようとまでしたが、ダイヤルの途中でフレディーに止められた。

十月の終わりごろ、夜中にふいに目が覚め、気がつくと神経痛が戻っていた。

「フレディー」わたしは言った。「約束が違うじゃないか」

フレディーはなにも言わなかった。

わたしは眉をひそめ、窓辺に行った。筋向いの家は真っ暗に見えた。

フレディーは出ていったのだろうか？　死んだ？　地球のウィルスがうつって、鼻風邪で死んだとか？

わたしは家をじっと見た。

違う。完全に暗くはない。そうだ、ほんのかすかだが、明かりが見える。フレディーはまだあそこにいるが……

心臓がどきどきしてきた。

なんてことだ、フレディーは眠っている！　フレディーは眠ると、状況を把握できなくなるのだ。わたしの心を読めないし、わたしが出ていくのを止められない。

わたしはスリッパを履く手間も惜しんだ。書き物机から車のキーをひっつかみ、階段を駆け降りた。砂利の上は音を立てないようにつま先で跳び、車にすっと乗り込んだ。エンジンは一度ごろごろと鳴って、それまでだった。

バッテリーが上がっていた。当然だ。車は三ヵ月以上、置きっぱなしだったのだから。

苦い顔で砂利の上を戻り、建物の脇に立てかけてあった自転車に飛び乗った。道路に出るなり、懸命にペダルを踏んだ。半月よりふくらんだ月の光で、行く先の道路ははっきり見えた。

四分の一マイル進むと、息が切れた。永遠と思えるほどの時間がたち、ようやく坂を上りきると、すぐ先に石橋が見えてきた。

そのとき、感じた。フレディーが動き出した。目を覚ましつつある。あくびをした。もちろん、彼なりのやり方でだが。

橋まで百ヤードに近づいた。

五十。

フレディーは今ではほぼ意識がはっきりして、客たちの心をチェックし始めたようだった。いつわたしに番が回ってくるだろう？

十ヤード。

最後の力を振り絞って自転車を漕ぎ、猛スピードで橋を渡った。

すぐに足を止めた。あと一ヤードでも漕いだら死んでしまいそうな気分だったのがおもな理由だが、もう一つ、もしフレディーに約束を守る意志がないとすれば、あと数フィート離れたところでなんの違いもない、とも思ったのだ。

ようやく息ができるようになると、わたしは話しかけた。「それじゃ、フレディー、これで自由に行かせてもらえるかな？」

彼はぷりぷりした声音だった。「だろうな。だが、きみは寒い十月の午前三時にパジャマ姿で自転車に乗って、ずいぶんばかげた様子に見えるぞ」

わたしはにやりとした。「すると、仕事中に居眠りしたのか？」

フレディーはため息をついた。「われわれは遥か昔に規則的睡眠の必要がないところまで進化した。だがたまに、予測のつかない先祖返りが起きて、十五分かそこら、うとうとしてしまうのさ。きみはここでのい い生活から逃げようとしているんだぞ」

わたしは軽く笑った。「あんたたち宇宙人にはわからないだろうが、われわれ人間にとっては安穏な生活より自由のほうが大切なんだ」

「本当かね？」フレディーは言った。「最近、世論調査をやったのか？　なあ、きみは昔から道路沿いの家に住んで、行き来する人々を見て暮らしたいと思ってきたじゃないか。いや、実際には丘の向こうの家に住んで、道路が目に入らないのだっていいんだ。橋のそっち側にいると肺炎になるぞ。こっち側なら大丈夫だがね」

い。

「わかったよ、フレディー」わたしは言った。「もう行かない。ここにいるよ」

わたしはぞくっと震えた。フレディーの言うとおり、寒い夜だった。

「戻ってきて、あと一、二ヵ月やってみたらどうだ」フレディーは言った。「それでも慣れないようだったら、出ていっていい、約束するよ」

また震えた。考えてみると、わたしにとっては以前から、世界じゅうが冷たい存在だった。突き詰めて考えれば、わたしがいなくなったからといって悲しむような真実の友人は一人もいないし……

自転車にまたがり、橋をまた渡った。ホテルに戻ると、バーのカウンターの裏に入った。アルバートが菓子を入れている小さなディスプレー・ケースがある。チョコレート・バーを三本食べてから、部屋に上がった。

「おやすみ、友達」フレディーは言った。

その言葉にしばし思いをめぐらした。今まで気がつかなかったが、フレディーだって寂しいのかもしれな

ダヴェンポート

The Davenport

小鷹信光　訳

「ご主人がいなくなってどれくらいたつのですか」ホイッティア部長刑事がたずねた。

ブレナー夫人の黒い目が怒っている。「けさの十時からよ」そう告げて、刑事が坐っているダヴェンポート（ソファベッドの一種）を指さした。「水曜日が休みの日なので、いつものようにその上で横になってたわ。アパートの玄関ホールにある郵便受けを見に下に降りて、戻ってきたらいなくなってたの」

ホイッティアは夫人の言葉をメモ帳に書きとめた。

「お友だちを当ってみましたか」

「もちろんよ。でも、誰ひとり主人を見かけてません。クロゼットの服も調べてみました。ぜんぶ残ってます。ひとつ残らず。外は凍るほどの寒さだから、少なくともトップコートと帽子を身につけずに出かけるはずがないのにね」

夫人はダヴェンポートのわきに置かれた一足の靴を指さした。「おまけに、それは主人の靴よ。靴をはかずに外へ出るとは思えないわ。ほかの靴もみんなそろってます」

ホイッティアは自分があくびを嚙み殺しているのに気がついた。妙だな、ここに来たときには眠気など少しもなかったのに、いまは目を開けていられないくらいだ。

刑事は神経をむりやりヘンリー・ブレナーのことに集中させた。ヘンリーという男が、ふっと女房に愛想をつかして家を飛びだしたということも大いにあり得る。しかも、靴下一枚で。だから、金額はわからないが、持ち金が底をつくと同時に戻ってくるのがオチだろう。「ご主人が手元にいくらほどお持ちだったかご存じですか」

夫人は肩をすくめた。「いつもヘンリーはよけいなお金を持ち歩いたりしませんでした。お給料はわたしにそっくり渡し、ちょっとしたお金が入用なときは、わたしにそういって、すませていました。そういう主義だったんです」

そうだろうとも、とホイッティアは思い、またあくびを嚙み殺した。「ご主人の体形などを教えてもらえませんか」

「標準サイズよ。髪が薄くなりかけていて、いくぶん太りぎみ。くたびれた白いシャツを着て茶のスラックスをはいてました」

「アパートの管理人と話しましたか。ご主人を見かけていたかもしれない」

「見かけていません。一緒に洗濯室や倉庫室だけでなく地下室までくまなく捜しました。ヘンリーはどこにもいなかった」

「ご近所のどなたかのところへ出かけたのではありませんか。このアパートの中の」

夫人はそれも否定した。「このアパートにお住まいの方とは、ごあいさつを交わすだけのおつき合いしかしていません。わたしたちは自分たちのことしか気にかけていないし、よその方たちも同じです。きっと何かがあったのよ、ヘンリーに。わかってるの」

あんたの知らないお友だちがいるのかもしれませんよ、とホイッティアは思った。このアパートのどこかの部屋でポーカー仲間と遊んでいて、時間がたつのを忘れてしまったのかもしれない。親しい女がいるということだってあり得る。

ホイッティアは身ぶるいした。なぜかひどく居心地が悪い。ヘンリーという男がすぐそばにいるような奇妙な感覚にわけもなくとらわれた。しかも、ごく身近にいるような。「部屋の中は充分に捜されましたか」

「ええ。わたしをびっくりさせようとしているのかと思ったもので。でも、どこにも隠れていなかった」夫人はダヴェンポートをにらみすえた。「ヘンリーは仕事から帰ってくるなり、靴を脱いでその上に横になった。いつも同じ。テレビを見ようとも何かを読もうともしないで、すぐ眠ってしまうんです。毎日毎日そこに横になってるだけで、いったい何を見てるのか、不思議でした。ときどきうちの人がダヴェンポートに変身しちゃうんじゃないかって思うこともあったわ」

ホイッティアはかたわらのクッションの一つに手を触れた。ああ、まったく坐り心地のいい家具だ。この上ですぐ横になりたくなるのも無理はない。こいつはまるで満ち足りたいきもののような感触がする。

ブレナー夫人がダヴェンポートに近づき、じっと見つめた。「それ、うちのじゃないみたい」

ホイッティアはまたクッションに目をやった。「ちがうんですか」

「よく似てるけど、ちがう。そんな感じがするの。うちのじゃない。どこからきたのかしら」

ホイッティアはため息をついた。じゃ、遠い宇宙のどこかからやってきたとでもいうのか。ダヴェンポートになりすまして地球を侵略する謎の生命体なのか。すでにこの地球には、数千もの仲間がやってきている。一家に一匹がいまや当り前だとでも。

刑事は、こんどは丸っきり別なある考えを思いついて顔をほころばせた。ヘンリーというやつは何かわけがあってぶらぶらと通路に出て、自分たちの部屋と思いこんだ別の部屋に入ってしまい、郵便をとりにいった女房の帰りを今も待っているのかもしれない。あるいはよその家のソファベッドで眠りこんでしまったのか。とにかくここは家具つきのアパートなのだから、どの家もおそらくよく似ているのだろう。

ブレナー夫人は何か思い当ることがあったようだ。

そして、音も立てずに食った。

「ヘンリーは、わけをぜんぶ説明するメモか何かを、下の郵便受けにあとで入れたのかしら」

「その可能性もありますね」ホイッティアはこたえた。「もう一度見てこられたらどうですか」

夫人が出て行くのを見送って、ホイッティアはあくびを一つ。いま坐っているダヴェンポートには、抗いがたい眠気を催させる力のようなものがある。ほんとうに横になってしまいたい気分にさせる力だ。刑事は長々と体をのばし、両目を閉じた。ここに横になって何も考えずにいるのはこのうえなく快適だ。無我の境というやつだ。

刑事の呼吸が少しずつ深くなり、ほどなくすっと眠りに落ちた。

一分がすぎた。そしてまた一分。

ダヴェンポートの背がゆっくりとのびあがり——その日早くに一度やったように——眠っている二人めの男の体をやさしくくるみこむ。

収録作品解題

小鷹信光

本書刊行の端緒は《ミステリマガジン》二〇一三年九月号のジャック・リッチー特集に付した序言「この特集ができあがるまで」に記したように、同誌で連載していた「短篇ミステリがメインディッシュだった頃」の第十回（二〇一三年三月号）で紹介したリッチーの「手ぬかりなし」という短篇のためにまとめた詳細な「作家プロフィール」だった。

そのプロフィールに盛りこむ新ネタ探しの過程で、私はリッチーの次男、スティーヴとメールのやりとりを始めるようになり、本書に収録することになった未訳短篇の原文の半数以上を彼からPDFファイルで送ってもらったのである。そのくわしい経緯については、前出の序言を参照していただきたい。また、ジャック・リッチーの経歴などに関しては、同じ特集にスティーヴが寄せた「わが父、ジャック・リッチー」という回想記が教えてくれているので、ここでは繰り返さない。

本短篇集の大きな特色の一つは、「初出誌が多岐にわたっていること」である。従来の熱心なリッチー・ファンにもこれまで味わったことのなかった彼の〝新しい一面〟を堪能していただけるだろう。一篇ごとの解題にとりかかる前に、本書収録の本邦初訳全二十三篇の初出誌をまず概観しておこう。

一九二二年生まれのジャック・リッチー（本名、ジャック・ライトゥスィ）が、一九五三年末から新聞、雑誌などに発表した短篇はぜんぶで三百四十六篇（ほかに未刊が八篇）。このうちの約二百篇が、リッチーにとっての最大のマーケットであったミステリ専門誌に掲載された。その中から本書に収録したのは《ヒッチコック・マガジン》から五篇、《EQMM》から三篇、《マンハント》《マイク・シェイン》から各一篇、合計十篇だった。

このほかにミステリ・ジャンルのものではリッチーの第一短篇集 A New Leaf（七一年刊。生前に刊行された唯一の単行書）初出の一篇「子供のお手柄」があるが、これらのミステリと呼べる十一篇のテキストはすべて私の自前のコレクションから選んだ作品だった。ふるい落とした未訳作品も多かった（たとえば、ヘンリー・ターンバックル・シリーズも未訳が五篇残っている）。

さて、残りの十二篇だが、これらはいずれもスティーヴ・リッチー（ライトゥスィ）が管理している〈リッチー・アーカイヴズ〉が出所である。彼からはPDFファイルで七十篇を超えるテキストを送ってもらい、その中から厳選したのがこの十二篇だった。その内訳は、メンズ・マガジンから五篇、会報誌から三篇、少年誌、SF誌、西部小説パルプ、恐怖小説アンソロジーから各一篇となっている。最後のアンソロジーはきわめてめずらしいもので、それにおさめられていたショートショートに本書のトリをつとめてもらった。ホラーなのか、SFなのか、はたまたバカミスなのか、いつまでも記憶に刻まれる怪作であることにまちがいはない。

未刊の（つまり生前、新聞、雑誌に売れなかった作品）八篇から数篇を選んでPDFファイルを送ってもらった一篇に「The Indian」という小品があった。父親の遺稿の結末にスティーヴが手を加え、二人の合作として保存されている。六十一年の短かった人生に別れを告げる最期のメッセージといってもいい哀感のこもる短篇だった。もっと悲しい結びだった遺稿に、スティーヴはほんの少し細工を施し、亡くなった父親への手向《たむけ》としたのではないだろうか。

（※なお、二十三篇はまず松下祥子さんが八篇、高橋知子さんが八篇、筆者が七篇を翻訳の担当をし、最後に筆者が全篇を通して翻訳監修をするというかたちをとった。）

第一部　謀之巻

「儲けは山分け」Body Check

Ellery Queen's Mystery Magazine 一九八一年七月十五日号初出。読者とのかけひきを楽しむという玄人ごのみの芸をきわめかけていた晩年の作。八一年には《EQMM》に五篇寄稿したが、その一本めだった「エミリーがいない」でアメリカ探偵作家クラブ（MWA）賞最優秀短篇賞を受賞した。本篇の原題は直訳すれば「身体検査」だが、ここでは死体《ボディ》の確認《チェック》の意味で用いられている。

「寝た子を起こすな」Take Another Look

Alfred Hitchcock's Mystery Magazine 一九七一年八月号初出。全二十九篇のターンバックル・シリーズの記念すべき第一号作品。本篇とシリーズ第二作「グリッグスビー文書」(Mike Shayne Mystery Magazine 一九七一年十月号)では、ターンバックルではなく「バックル」姓で登場し、しかもデビュー作ではミドルネームが「H」になっている(のちにSに変わる。Jのときもあった)。ちなみに四年後に書かれた第三作(未訳)では、ラルフに「ヘンリー」と二度呼びかけられるだけで姓は名乗らず、ダイイング・メッセージを茶化したシリーズ第四作 Finger Exercise(未訳)で初めて Sergeant Turnbuckle の名乗りをあげる。

「**ABC連続殺人事件**」The Alphabet Murders
Mike Shayne Mystery Magazine 一九八〇年二月号初出。ターンバックル・シリーズ第十九作。地名と名前のアルファベット順に犠牲者がつづくクリスティーの名作を下敷きにして、しかも定番の〝双子〟や〝執事〟まで登場するきわめて本格的な謎解き物に仕上っている。

「**もう一つのメッセージ**」The Message in the Message
Ellery Queen's Mystery Magazine 一九八一年十二月二日号初出。ターンバックル・シリーズ第二十三作。《ヒッチコック・マガジン》にはデビュー作をふくめて七篇、《マイク・シェイン》には二篇、残りの二十篇が《EQMM》(リプリント一篇あり)となっているが、《EQMM》に掲載された二つの初期短篇「誰も教えてくれない」「ウィリンガーの苦境」では、教育休暇をとって私立探偵を開業し、「未決陪審」からふたたびミルウォーキー市警察に復帰したことになっている(のちにもう一度「深夜の絞殺魔」で私立探偵に逆戻りした)。やもめ暮らしのターンバックルは年齢さえ定かではないが、本篇に彼の年齢を知る唯一の手がかりとなる記述があることを、訳者の高橋知子さんが発見した。物語に登場する二十代後半の女性が十年ほど前、彼と同時期に大学に在籍していたというのだ。とすると、ターンバックルも多めに見ても三十代の初め。デビューから、死後発表された最終作「残りの二パーセント」まで、ほとんど歳は変わらなかった。ヘンリーはそんなにおじんではなかったということになる。

「学問の道」 Living by Degrees

アンソロジー A New Leaf（一九七一年刊）初出。リッチーの短篇「妻を殺さば」を元にした映画《おかしな求婚》（ウォルター・マッソー、エレイン・メイ共演）の公開に合わせて、映画題名と同じタイトルでデル・ブックから刊行されたこの短篇集にはおもに《ヒッチコック・マガジン》からとられたミステリ・ジャンルの代表作十八篇がおさめられている（版権切れの未訳二篇あり！）。

「マッコイ一等兵の南北戦争」 McCoy's Private Feud

Adam Bedside Reader 一九六七年四月号初出。同誌からは第三部におさめた「ビッグ・トニーの三人娘」も選んだが、ピンナップを売り物にする数多くのメンズ・マガジンの中では読物部門にも力を入れていた雑誌だった（親版 Adam もふくめて八篇掲載）。スティーヴから送ってもらったPDFファイルには、ほかにも戦争小説風の短篇が数篇あったのだが、いまも根強く残る南北戦争のしこりを笑いとばす本篇を選んだのにはわけがある。逢坂剛さんとの対談本『ハードボイルド徹底考証読本』（七つ森書館）でとりあげたマッコイ／ハットフィールド戦争がこの中にでてくるのだ。

「リヒテンシュタインの盗塁王」The Liechtenstein Flash

Boy's Life 一九八三年八月号初出。アメリカのボーイ・スカウトの組織が結成された翌年の一九一一年に創刊された機関誌で、現在の部数は千百万部を超えている。ジャック・リッチーの短篇が掲載された全メディア中の最大手であることは明白だ。一九六三年以降、彼の作品は同誌の誌上を十二回飾った。本篇はその中で最も新しい作品だが（本書の中でも最も新しい）、八三年の八月二十三日にこの世を去ったリッチーははたして刷りあがったこの号を目にすることができたのだろうか。なお、《ボーイズ・ライフ》に五篇発表されたリヒテンシュタインの交換学生物はPractical Englishという児童向けの英語教材誌にも一篇掲載された。

第二部　迷之巻

「下ですか？」Going Down?

Manhunt 一九六五年七月号初出。ミステリ専門誌の中で最も早い時期にリッチーの短篇を載せた《マンハント》にはぜんぶで二十三篇が掲載された（スティーヴ・ハーバー名義一篇をふくむ）。リアリスティックで、どぎつく、挑発的な作風を売りにしていた同誌の好みに合わせた暗いムードのクライム・ストーリーが多かったが（そのためか、五〇年代の四篇が未訳）、本篇はしばらく間を置いてひょっこり掲載された作品で、これが同誌最後の登場となった。さりげないぬくもりを感じさせる結末がみごとで、私的な感想を述べれば、本篇が本書収録作品中の〝マイ・ベスト〟である。

「隠しカメラは知っていた」The Quiet Eye

Alfred Hitchcock's Mystery Magazine 一九六一年八月号初出。初出時のペンネームはスティーヴ・オコンネル（Steve O'Connell）。次男の名前と同じこのペンネームでリッチーは《ヒッチコック・マガジン》に六篇寄稿している。そのうちの未訳だった二篇中の一篇が本篇であり、残りの一篇が、このあとに出てくる「味を隠せ」だった。

「味を隠せ」Kill the Taste

Alfred Hitchcock's Mystery Magazine 一九六四年六月号初出。スティーヴ・オコンネル名義。「前口上」でも述べたように〝夫と妻に捧げる犯罪〟というリッチーやヘンリイ・スレッサーが得意としたヒッチコック風味の短篇ミステリ〝ジャンル〟が存在する。本篇はまさにその決定版といえるだろう。

「ジェミニ74号でのチェス・ゲーム」Gemini74

Signature 一九六六年二月号初出。一九六一年創刊のダイナーズ・クラブ機関誌。リッチーの作品は同誌に十篇掲載された。たぶん、最も高い稿料を支払ってくれた雑誌だったにちがいない。ジェミニ計画や米ソの共同運航計画などが話題になっていた時期に発表された本篇のテーマは二人の宇宙飛行士による人工衛星内での人類史上初のチェス・ゲーム。チェスの指し手に関して翻訳時に小さな疑問が生じ、チェスにくわしい翻訳家、エッセイストでもある若島正京大教授におうかがいをたてたところ、解答のほかに、このオチはフレドリック・ブラウンの名ショートショートに先例あり、とクギをさされた。リッチーは知ってたのかなあ。

第三部　戯之巻

「金の卵」 The Golden Goose

Ellery Queen's Mystery Magazine 一九八二年七月中旬号初出。ミステリ誌からのものではこれが一番新しい作品。私立探偵物の定番である失踪人捜しをジャック・リッチーにやらせるとこうなるという良いお手本のような仕上りだ。だけどいったい原題の「金のガチョウ」って何だろう。イソップ物語では「金の卵を産むガチョウ」だったはずなのにね。たとえ死んでもガチョウは金《きん》だったってことなのか。

「子供のお手柄」 By Child Undone

Alfred Hitchcock's Mystery Magazine 一九六七年十月号初出。どこに隠れているかは教えられないが、本書収録の二十三篇の中には、かなりきわどい叙述トリックを用いて読者をアッと言わせる趣向の話が二篇身をひそめている。そして本篇には、まさに叙述トリックの逆をゆく、あまりにも明らさまで目に入らないたくみな罠が仕掛けられていた。この手は二度と使えないだろう。

「ビッグ・トニーの三人娘」 Big Tony

Adam Bedside Reader 一九六六年二十五号初出。まっとうとは言えないビジネスのボスやその配下の腕ききの仕事人といった怪しげな稼業の男たちは出てくるが、本篇はミステリではない。華やかな上流社会を背景にした、こんなに軽やかなロマンス小説もジャック・リッチーはものしていたのである。本書には一篇もおさめなかったが、デビュー直後から常連になった New York Daily News などの新聞小説がちょうどこんな味つけの都会小説ぞろいだった。

「ポンコツから愛をこめて」Approximately Yours

Millionaire 一九六五年五月号初出。やはりロマンス小説風の本篇のテキストもリッチーの次男、スティーヴに送ってもらったものだったが、それが届いた直後に私は自分のメンズ・マガジン・コレクションの山の中から、まさにこの短篇を収載している《ミリオネア》誌を発見した。ジェーン・マンスフィールドが表紙を飾る六五年五月号は第一巻第六号にあたるので、創刊は六四年末だったのだろう。ピンナップ入りカラー八ページをふくめて九十六ページ、七十五セント。《プレイボーイ》誌の記事を茶化すコラムやイアン・フレミング追悼文なども載っているが、同じ定価でボリュームもカラーヌードも倍以上あり、フレミングの『黄金の銃を持つ男』を連載中だったご本尊の《プレイボーイ》六五年五月号には量・質とも太刀打ちのしようもない。

リッチーは《ナゲット》《ローグ》《キャヴルケイド》《エスカペイド》《トッパー》といった二番手、三番手のメンズ・マガジンにも寄稿しているが、同じ雑誌に二篇載ったのは《アダム》《サー！》《ミリオネア》の三誌だけだった。カラー・ピンナップとは相性が悪かったのだろう。

「殺人境界線」Killing Zone

Millionaire　一九六六年十月号初出。絶体絶命の主人公が二人の殺し屋コンビによる処刑をどうやってまぬかれたか、意表をつくその奇手をリッチーは十二年後に書いた「遅配郵便」（《ミステリマガジン》二〇一三年九月号）でもうまく応用していた。

またまた《ミリオネア》というメンズ・マガジンの話を繰り返すが、ロサンゼルス近郊のロングビーチで刊行されていたこの雑誌の前付《マストヘッド》で、私はジャック・リッチーの名前を見つけてびっくり仰天した。編集・出版人名（エドワード・H・ケリー）に次ぐナンバー2、営業部長の名前がジャック・リッチーだったのである。綴りも同じだが、号によってはミドルネームのCが入っていることもあった。

ウィスコンシン州から生涯ほとんど一度も出たことのなかったリッチーが、なぜカリフォルニア州の出版社にかかわっているのか、営業部長と執筆者がたんに同姓同名だったというだけのことなのか。そのこたえは、次男のスティーヴがそっけなく教えてくれた。「父はミドルネームを使ったことは一度もなかった」と。こんなにめずらしい偶然の一致をみつけたことに少しぐらい〝驚〟いてくれてもよさそうなものなのに。

「最初の客」Businessman

Signature　一九六五年六月号初出。スティーヴ・オコンネル名義。なるほどこの手できたか、とにんまりさせてくれるオチが待っている。見るべきは、そのオチにいたるまでのリッチーの完璧かつ用意周到な筆さばきだ。一言一句おろそかにしていない。

「**仇討ち**」The One to Do It

Western Short Stories 一九五四年十二月号初出。「ジャック・リッチー全短篇チェックリスト」(《ミステリマガジン》前出号)の008番にあたる西部小説で、本書収録作品中最も初期に発表された一篇。一度しか使わなかったJ・G・リッチーというペンネームが用いられた。リッチーはほかにも二篇西部小説を書いたが、お得意のサプライズ・エンディングが効いている本篇の出来がベストだった。

「**保安官が歩いた日**」When the Sheriff Walked

Alfred Hitchcock's Mystery Magazine 一九七四年十二月号初出。長年のファンであればとうにお気づきだろうが、彼の短篇小説にはごくまれにしか実在の地名は出てこない。たまに出てくるのはミルウォーキー、シボイガン、マディスン、ウォウポンといったウィスコンシン州の地名だけだ。私の推定では、全短篇の八十パーセントまでが、舞台をウィスコンシンに想定しているのではないだろうか。かと言って同州の地方色が書きこまれているわけでもない。つまり場所などどこでもいい、ということ。それがリッチーの小説作法の要でもある。

で、本篇の舞台は、めずらしく南部のどこかの町のようだ。しかも意表をつくみごとなオチ。リッチーが使ったこの手には脱帽だ。

第五部　怪之巻

「猿男」 Ape Man

Male 一九五五年六月号初出。メンズ・アドヴェンチュア・マガジンと総称されるパルプ読物雑誌(実話風記事が中心)の老舗の一誌に掲載された一篇。学生時代にアマチュア・ボクサーだったリッチーは、ボクサーやボクサー稼業をテーマにした読物小説をいくつも書いている。読み比べた結果、怪人猿男の淡いロマンスをさりげなく読ませてくれた本篇をボクシング物のベスト1と決定。リッチーの心根のやさしさがにじみでている。

《アドヴェンチュア》《アーゴシー》《スタッグ》《メン》《フォア・メン・オンリー》など同種の雑誌にも寄稿したが、ほとんどが一篇のみでつづかなかった。これらもリッチーとはミスマッチの雑誌群だったのだ。

「三つ目の願いごと」 The Rules of the Game

The Twilight Zone Magazine 一九八一年七月号初出。八一年四月号が創刊号だったこのファンタジイ誌は八九年六月号までつづいた。リッチーはSF／ファンタジイ短篇も十篇近く書いたが、その中で出来のよかった三篇はすべてこの第五部「怪之巻」におさめた(このジャンルの雑誌に掲載されたのは本篇一篇のみ)。リッチーのこれまで知られていなかった持ち札を初めて味わっていただけるのではないかと思う。

「フレディー」 Freddie

The Elks Magazine 一九七四年九月号初出。一八六八年に成人男性のみを対象として創設された社交クラブ〈エルクス〉の機関誌《ジ・エルクス》(創刊は一九二三年)は広く世に知られた百万部雑誌。稿料もかなり高額だろう。リッチーの短篇は《ジ・エルクス》に五篇採用された。彼が書きあげた短篇をどの雑誌に送りつけるか、その順序を決めるのは、長年の友人でもあったひと回り年長の文芸代理人、ラリー・スターニグの仕事だった。選んだ的にうまく矢が命中するか、運とカン頼りの世界で生きのびられるか否かは、ラリーの手に委ねられていたのである。

「**ダヴェンポート**」The Davenport

アンソロジーA Chilling Collection(一九七九年刊)初出。似通った恐怖小説アンソロジーを同じエルゼヴィア/ネルスン社で編じているヘレン・ホーク編によるこの奇談・怪談集には、アーサー・C・クラーク、レイ・ブラッドベリの短篇や小泉八雲の「猫を描いた少年」、米民話「毛むくじゃらの足指」など十九篇がおさめられている。その十九篇の中でもリッチーの本篇はとりわけ不気味で怖い。しかも、リッチー特有のなんともいえぬおとぼけ風味も盛りこまれている。第五部「怪之巻」には、「怪」でありながら「哀」も感じさせる泣ける話をそろえたが、トリをつとめたとっておきの「怪」談によって、本短篇集は幕を閉じる。楽しい宴《うたげ》のあとはいつだって、ちょっぴり哀しいものなのだ。

HAYAKAWA POCKET MYSTERY BOOKS No. 1877

小《こ》 鷹《だか》 信《のぶ》 光《みつ》

1936年生，早稲田大学英文科卒，
ミステリ評論家、翻訳家、作家
編書
『夫と妻に捧げる犯罪』ヘンリイ・スレッサー（早川書房刊）
『O・ヘンリー・ミステリー傑作選』O・ヘンリー
他多数
訳書
『郵便配達夫はいつも二度ベルを鳴らす』ジェイムズ・M・ケイン
『酔いどれの誇り』ジェイムズ・クラムリー
『マルタの鷹〔改訳決定版〕』ダシール・ハメット
（以上早川書房刊）他多数

この本の型は，縦18.4センチ，横10.6センチのポケット・ブック判です．

〔ジャック・リッチーのあの手《て》この手《て》〕

2013年11月10日印刷　　2013年11月15日発行

著　　者	ジャック・リッチー
編・訳者	小　鷹　信　光
発 行 者	早　　川　　浩
印 刷 所	星野精版印刷株式会社
表紙印刷	大平舎美術印刷
製 本 所	株式会社川島製本所

発 行 所　株式会社　早　川　書　房
東京都千代田区神田多町2－2
電話　03-3252-3111（大代表）
振替　00160-3-47799
http://www.hayakawa-online.co.jp

（乱丁・落丁本は小社制作部宛お送り下さい
送料小社負担にてお取りかえいたします）

ISBN978-4-15-001877-1 C0297
Printed and bound in Japan

ハヤカワ・ミステリ〈話題作〉

1868 **キャサリン・カーの終わりなき旅**
トマス・H・クック
駒月雅子訳
息子を殺された過去に苦しむ新聞記者は、あるきっかけから、二十年前に起きた女性詩人の失踪事件に興味を抱く。贖罪と再生の物語

1869 **夜に生きる**
デニス・ルヘイン
加賀山卓朗訳
〈アメリカ探偵作家クラブ賞最優秀長篇賞受賞〉禁酒法時代末期のボストンで、裏社会をのし上がっていこうとする若者を描く傑作！

1870 **赤く微笑む春**
ヨハン・テオリン
三角和代訳
長年疎遠だった父を襲った奇妙な放火事件。父の暗い過去をたどりはじめた男性が行きつく先とは？〈エーランド島四部作〉第三弾

1871 **特捜部Q**
―カルテ番号64―
ユッシ・エーズラ・オールスン
吉田薫訳
悪徳医師にすべてを奪われた女は、やがて復讐の鬼と化す！「金の月桂樹」賞を受賞したデンマークの人気警察小説シリーズ第四弾

1872 **ミステリガール**
デイヴィッド・ゴードン
青木千鶴訳
妻に捨てられた小説家志望のサムは探偵助手になるが、謎の美女の素行調査は予想外の方向へ……『二流小説家』著者渾身の第二作！